[illegible]伝説外伝3
千億の星、千億の光

田中芳樹

同盟軍には，帝国からの亡命者とその子孫によって構成される“薔薇の騎士《ローゼンリッター》”連隊が存在する。その副隊長シェーンコップは，宇《S》宙暦《E》794年最初の会戦において衛星ヴァンフリート4＝2での偵察任務遂行のさなか，かつて部下たちを裏切って，帝国に下った上官——元“薔薇の騎士”連隊長リューネブルクの姿を敵軍の中に見出す。一方，史上最年少で少将に叙せられたラインハルトとその親友キルヒアイスは，現在隊を共にするリューネブルクの野心と，彼の持つ複雑な背景に興味と警戒心を抱くが……外伝第三弾。

銀河英雄伝説外伝３

千億の星、千億の光

田 中 芳 樹

創元ＳＦ文庫

LEGEND OF THE GALACTIC HEROES : SIDE STORY III

by

Yoshiki Tanaka

1988

目次

登場人物

●銀河帝国

ラインハルト・フォン・ミューゼル……准将。一八歳

ジークフリード・キルヒアイス……大尉

グレゴール・フォン・ミュッケンベルガー……宇宙艦隊司令長官。元帥

リヒャルト・フォン・グリンメルスハウゼン……ラインハルトの直接の上官。中将。七六歳

ヘルマン・フォン・リューネブルク……〝薔薇の騎士《ローゼンリッター》〟連隊・元連隊長。准将

エリザベート……リューネブルクの妻

エーリッヒ・フォン・ハルテンベルク……リューネブルクの義兄。内務省警察総局次長。伯爵

オフレッサー……装甲擲弾兵総監。上級大将

オスカー・フォン・ロイエンタール……大佐。二七歳

ウォルフガング・ミッターマイヤー……………大佐。二六歳
ウルリッヒ・ケスラー……………………………大佐
アンネローゼ………………………………………ラインハルトの姉。グリューネワルト伯爵夫人
マグダレーナ・フォン・ヴェストパーレ………アンネローゼの理解者。男爵家の当主
ヒルデガルド・フォン・マリーンドルフ………伯爵家令嬢。〝ヒルダ〟
リヒテンラーデ……………………………………国務尚書。侯爵

●自由惑星同盟
ヤン・ウェンリー…………………………………総司令部作戦参謀。大佐。二七歳
アレックス・キャゼルヌ…………………………総司令部後方参謀。准将
ロボス………………………………………………総司令官。元帥
アレクサンドル・ビュコック……………………第五艦隊司令官。中将
モンシャルマン……………………………………第五艦隊参謀長。少将
シンクレア・セレブレッゼ………………………ヴァンフリート4＝2基地司令官。中将

オットー・フランク・フォン・ヴァーンシャッフェ……〝薔薇の騎士〟連隊・連隊長。大佐

ワルター・フォン・シェーンコップ……〝薔薇の騎士〟連隊・副連隊長。中佐

カスパー・リンツ……〝薔薇の騎士〟連隊。大尉

ライナー・ブルームハルト……〝薔薇の騎士〟連隊。中尉

カール・フォン・デア・デッケン……〝薔薇の騎士〟連隊。中尉

ボロディン……第一二艦隊司令官。中将

ドワイト・グリーンヒル……参謀長。大将

注／肩書き階級等は登場時のものです

銀河英雄伝説外伝3

千億の星、千億の光

第一章　ヴァンフリート星域の会戦

Ⅰ

　この年、歴史はいまだ惰性《だせい》の淀《よど》みにたゆたって、いずれの方角へ流れだすか、意思をさだめかねているようにみえる。

　後年からみれば、この年は、ゴールデンバウム王朝と自由惑星同盟《フリー・プラネッツ》という、敵対しあう恒星間国家の末期であり、歴史は新しい時代へむけて鳴動を開始していたはずである。だが、人々の意識は、一世紀半にわたる催眠状態からさめずにいた。おなじことのくりかえし。流血の振子運動。永遠につづくかと思われる抗争と和平の予定調和。それらが、人々の思考力から弾性をうばい、昨日の延長線上に明日をおいて、疑問をいだかせないようであった。

　宇宙暦《SE》七九四年、帝国暦四八五年。この年も、それにさきだつ多くの年と同様、ゴールデンバウム朝銀河帝国と自由惑星同盟とのあいだに、数次にわたる戦火をまじえさせることになる。

　その最初のものが、〝ヴァンフリート星域の会戦〟であった。

ヴァンフリート星系は、イゼルローン回廊の同盟側出口周辺に位置する恒星系である。八個の大惑星、三〇〇余の小惑星、二六の衛星を有するが、酸素と水にめぐまれず、またあまりに帝国との境界にちかいことから、入植がおこなわれず、無人のままに放置されていた。恒星ヴァンフリートじたいも不安定で、自然の困難と人為的な危険とをおかしてまで居住しようという人間はいなかったのだ。

銀河帝国と自由惑星同盟《フリー・プラネッツ》とが、咆えついたり嚙みつきあったりをくりかえした五万日以上の歴史のなかで、これまでヴァンフリート星系は、ほとんど重要な役割をはたしたことがなかった。恒星ヴァンフリートが自己顕示欲をもっていたとすれば、それはこの年、ようやく満足させられたかもしれない。〝会戦〟の上に〝ヴァンフリート〟の名が冠せられる日が、ついにおとずれたのである。

この会戦に参加した銀河帝国軍の士官に、ラインハルト・フォン・ミューゼルという、黄金色の髪をもつ若者がいた。

帝国暦四八五年、宇宙暦《SE》七九四年の三月。ラインハルト・フォン・ミューゼルは一八歳になった。階級は准将であり、一〇代にして〝閣下〟と呼ばれる身である。この事実にかんして、当事者の主観と客観とのあいだには、巨大な落差があった。周囲の者、ことに門閥《もんばつ》貴族出身の士官たちにとっては、食べたばかりの料理を嘔きだしてやりたいほどに、不快なことであり、過敏な者には、時代が暗く悪い方向へうごいていく予兆を、ごくわずかながら感じさせたかもしれない。ラインハルト自身にとっては、むろん不快なはずもないが、他者が思うほど喜々《きき》としてもいなかった。彼にとっては、准将も、元帥すらも、目的にいたる階梯《かいてい》の一段であるにすぎない。その場に腰をおろして、下方の風景を楽しみつつコーヒーをすすろうとは考えもしないラインハルトであった。彼は疲労と停滞を知らぬ、みずみずしい活力の所有者であって、休息に価値を見いだしていなかったのである。

つねにラインハルトに随従《ずいじゅう》するジークフリード・キルヒアイスも、一八歳にして大尉となっている。平民出身、しかも幼年学校を卒業しただけで士官学校を卒業してもいない者が一〇代にして大尉となった前例もないのだが、なにしろラインハルトにたいする反感と悪意が巨大すぎるため、キルヒアイスにむけられる負の感情は、質量ともに、不足していたというべきであったろう。

キルヒアイスは、二カ月だけ年少のラインハルトにたいして、忠実で強固な盾であることを、みずからにかしていた。ところが事実は、いささか倒錯していて、ラインハルトの異常な栄達が、キルヒアイスの昇進を、その余光で隠し、嫉視《しっし》反感から守るという結果になっている。むろん、ラインハルトの栄達が、キルヒアイスの昇進の原因であるという一面は、もともと否定しようもないことであって、このあたりの事情は、考えるほどに複雑になり、もつれあってくるわけであった。だが、そのような複雑さを、歯牙《しが》にかけるようなラインハルトではない。

「准将とは、なんと中途半端な地位か」

ラインハルトは、そう思わざるをえない。せめて中将に昇進すれば、一万隻前後の艦隊を指揮統率する権限があたえられる。これだけの兵力をうごかすことがかなえば、彼自身の武勲にとどまらず、戦局全体に、すくなからぬ影響をおよぼすことができるのだ。

栄達の道として、ラインハルトが軍隊をえらんだのには、複数の理由がある。前線に出て武勲をたてれば早く栄達できる、というのが、他者にたいする説明であって、それは虚偽ではなかったが、ラインハルトは、秀麗な仮面の下に、より不敵で不逞《ふてい》な理由を隠していた。彼は、将来、ゴールデンバウム王朝を簒奪《さんだつ》して、名実そなわった宇宙の覇王たらんとこころざしていたのだ。仮に彼が、文官として宮廷内で栄達し、国務尚書ないし帝国宰相の座に就きえたとしても、そのような権力など、門閥貴族たちによって、一日にしてくつがえされうるていどのものでしかない。最高の地位と権力を獲得し、それを保持するためには、武力が必要であった。それも、比類なく強大な武力が、である。

ルドルフ・フォン・ゴールデンバウムの登極以来、五世紀になんなんとする銀河帝国の歴史は、腐敗と不公正と収奪と少数支配という四色のインクによって記《しる》されてきた。ときとして名君と呼ばれる支配者があらわれ、インクを薄めて彼以後の歴史をことなる色で記そうとつとめたが、それはどこまでも例外である。社会構造じたいの歪みをただすには、武力による構造の破壊と再建が必要であった。それをなしえるのは自分以外に存在しない、と、ラインハルトは確信していたが、そもそもそのようなことを考える者にしてからが、ラインハルト以外には存在していなかった。

それが、軍人としての栄達を望んだラインハルトの理由であった。だが、その底部には、ラインハルト自身が意識しない必然性の大河が流れていたのだ。腹心の友であるキルヒアイスはそのことを知っていた。つまりラインハルトは生まれながらに軍人であり、戦って勝つこと、流血によってなにかを獲得することに、最高の価値観を有していたのである。


三月二〇日、同盟軍との戦いを眼前にひかえた帝国軍の旗艦ヴィルヘルミナで、将官会議に出席しようとしたラインハルトの華麗な容姿が、ひとりの人物の視覚を刺激した。

昨年、宇宙艦隊司令長官に就任したグレゴール・フォン・ミュッケンベルガー元帥である。士官学校を首席で卒業して以来、三五年の軍歴を誇り、家門にしても伯爵家の次男で、つまるところ銀河帝国の高級軍人として、完璧にちかい履歴書を鼻先にぶらさげている人物であった。

彼は不審そうな横目づかいを副官にむけた。

「あの金髪の孺子《こぞう》は何者だ?」

元帥の問いかけをうけた副官は、すばやく脳裏の人名録をめくって、容姿と人名と階級と履歴とを調べあげ、その結果を、上官に報告した。

「ほう、グリューネワルト伯爵夫人の弟か、あれがな」

今日まで、ミュッケンベルガー元帥とラインハルトとのあいだには、階級差が小さな森となって横たわり、元帥にとって不快な光景をさえぎってきた。貴族とは名ばかりの、門閥社会における異分子が、ついに将官に昇進して、彼の視界に侵入してきたのである。ミュッケンベルガー元帥は、ごくしぜんな保守主義者であって、皇帝の寵妃《ちょうひ》の弟がろくな経験もなく将官たりえるという事実に、好意的ではありえなかった。副官のほうは、いますこし功利的な価値基準を有していたから、気をきかせたつもりで元帥に具申《ぐしん》した。グリューネワルト伯爵夫人の弟を、戦線のどこに配置するか再考なさっては、と。

「たかが准将にすぎぬ者をどこに配置するか、宇宙艦隊司令長官たる私が、わざわざ配慮せねばならんのか?」

遠雷のとどろきに似た怒声が、元帥の上下の歯のあいだから転がりでて、副官は全身で恐縮してみせた。ミュッケンベルガーは部下にたいして暴君ではなかったが、むろん聖者でもなく、前任の副官は四〇日で更迭《こうてつ》され、閑職にまわされていたのだ。したがって、現在の副官ツィンマーマン中佐としては、元帥の宮廷における地位より、自分自身の地位に心せねばならなかったのである。

ミュッケンベルガー元帥は、不機嫌そうな視線を、いま一度ラインハルトにむけた。彼に予知能力があったとしても、そのとき、それは冬眠状態にあった。彼がラインハルトに非凡なものを認めたとすれば、その外見についてだけであった。

三月二一日二時四〇分。銀河帝国軍と自由惑星同盟軍《フリー・プラネッツ》とのあいだに、最初の砲火が交換された。ヴァンフリート星域の会戦が、その瞬間にはじまったのである。

この会戦に参加した兵力は、帝国軍が艦艇三万二七〇〇隻、将兵四〇六万八二〇〇名。同盟軍が艦艇二万八九〇〇隻、将兵三三六万七五〇〇名。前年にかわされた戦闘のすべてを凌駕《りょうが》する大規模なものであった。そして、戦闘状態が終結するまで、のべ人数にして三億人が、このなんらの価値もない星系に展開することになるのである。

ヴァンフリート星域の会戦は、その前半よりも後半に特徴がある、と、戦史書は伝える。前半において、それは、ごく平凡な艦隊戦であるにすぎなかったが、後半において、散在する諸惑星の大気圏内における小規模だが深刻な戦闘の連続となった。その結果、両軍がこの星系から完全に撤退するまで、四〇日を要したのである。

両軍ともに、〝勝利〟を主張したが、これは一五〇年にわたる両軍の戦いにおいては、めずらしいことではない。一五〇年にわたる両者の戦いにおいては、一方的な勝敗がもたらされるほうが、むしろ少数の例に属するのである。

〝戦争ごっこ〟と、ラインハルトが冷笑するような状況は、これまでも、これからも、はてることなくつづくように思われた。

Ⅱ

ラインハルトの直接の上官は、リヒャルト・フォン・グリンメルスハウゼン中将といい、子爵家の当主である。年齢は七六であり、歴戦の老将と称されているが、ラインハルトがみるところ、軍部内においてももてあまされている老廃兵でしかなかった。ミュッケンベルガー元帥なども、この無能な年長者を処遇する方法に困惑し、後方に配置しようとしたのは、当然のことであった。この点、ラインハルトの評価も同様である。

「あんな老人が生存しているのは、酸素の浪費だ。せめてさっさと引退して、他人に迷惑をかけぬようすれば晩節《ばんせつ》も汚れまいに」

ラインハルトはそう思うのだが、七〇代なかばをすぎても現役に固執しているだけあって、グリンメルスハウゼン中将は、戦闘意欲だけは充分以上に所有しているようであった。彼の艦隊を後方に配置しようとするミュッケンベルガー元帥にたいして、しつこく抵抗をつづけ、ついには、

「もはや帝国軍のお役にたてぬ身であれば、生きていても甲斐はない。このうえは、せめてみずからの身命《しんめい》に結着をつけ、諸氏のご迷惑にならぬよう、いさぎよく退場するとしよう」

などと、せきこみつつ言いはなち、わざとらしくブラスターまで取りだしてみせた。狂言であることは明白すぎるほどなのだが、ミュッケンベルガーとしては放置しておくわけにいかない。ひとつには、この老人が、皇帝フリードリヒ四世の少年時代から青年時代にかけて侍従武官をつとめ、父帝との仲をとりなしたり、女性の世話をしたり、金銭をめぐるトラブルを処理したりして、信頼をえている人物であった、という事情もある。

「余命も長くないことだ、あの老人には好きにやらせてやるように」

と、フリードリヒ四世からのお声がかりもあって、閉口しつつも、ミュッケンベルガー元帥は、この老将を廃棄物あつかいすることはできなかったのである。グリンメルスハウゼンひとりの処遇にも手を焼いているのだから、ラインハルトにたいしてまで配慮する気になれなかったのは、むりもない。

ラインハルトにしてみれば、ミュッケンベルガーという旧体制擁護の城壁に達する以前に、グリンメルスハウゼンという古沼を渡渉《としょう》せねばならない。しかもこの古沼には、泥が蓄積し、水草が乱茂《らんも》して、ラインハルトの快足をもってしても、容易には、ぬけでることができそうになかった。

開戦にさきだつ艦隊司令部の会議で、ラインハルトは孤立した。彼は孤立には慣れている。敵意と偏見にみちた孤立は、一八年の人生で幾度となく経験した。四季のうつろいや場所の移動にかかわりなく、孤立はラインハルトの人生にそえられた、辛い薬味であったのだ。

ところが、グリンメルスハウゼン艦隊におけるラインハルトの孤立は、まことに奇妙な味わいのものであった。なまあたたかい晩春の宵《よい》に、相手もなくひとりグラスをかたむけているような印象であった。

「火砲の絶対数が不足していることは事実です。ですが、司令官閣下、機動力をもってそれをおぎなうことが可能です。この宙点《ポイント》に砲艦を配置し、それを一〇時間後に移動させれば……」

「うむ、うむ、いい意見だ」

孫をほめる祖父のような表情で、グリンメルスハウゼン中将はうなずくのだが、ラインハルトの進言を採用することはなく、彼自身がたてた〃老練な〃作戦を指示して会議を終わらせた。姿勢を正して、老人の後ろ姿を見送ったラインハルトは、退出したあと、赤毛の親友に不満をぶつけた。

「キルヒアイス、現在の帝国軍では、低能と無能と無知と頑迷《がんめい》とが、四重奏を鳴りひびかせているのだ。それが大敗もせずにいられるのは、敵がこちらと同水準の奴らだからにすぎん。おれの一〇分の一も脳細胞をもっている奴が敵にいれば、イゼルローン要塞など、とうに敵の手に落ちているさ！」

上申書をデスクにたたきつけるラインハルトだった。

「ああ、まったく、おれがせめて元帥だったら。宇宙艦隊司令長官だったら。こんなばかばかしいまねはさせないのにな」

「有能な部下の進言をしりぞけるような狭量なことはなさいませんか、ラインハルトさま」

ラインハルトがあまりに勢いよく顔をあげたので、豪奢な黄金の前髪が天井へむけて、きらめく小さな滝をかたちづくった。キルヒアイスの一言が、彼の怒気を中和させたのであった。

「キルヒアイス！」

「はい、ラインハルトさま」

「おれは説教されるのが嫌いだ」

「申しわけありません」

「おや、なぜあやまるのだ、キルヒアイス。お前はおれに忠告してくれたのであって、お説教したわけではあるまい」

いやに意地悪な口調で言いはなった、その直後に、ラインハルトの白い秀麗な顔に後悔の表情がひらめき、かえって怒ったような口調で、彼は自分自身の発言を修正した。

「冗談だ、キルヒアイス」

「わかっております、お気になさらず」

その光景を、離れた場所から眼球に映した戦闘オペレーターのひとりが、口のなかでなにかつぶやきながら、ヘッドホンをつけたまま頭髪をかきまわした。彼は、つい一八〇〇秒ほど前に戦友とかわした会話を思いだしていたのだ。

「うちの艦も、今日でお終《しま》いだぜ。艦隊司令官は七六歳の半死人で、分艦隊司令は一八歳のひよことをてやがる。軍上層部《おえらがた》はなにを考えていやがるのか、まったく」

「平均すれば四七歳だぜ。働きざかりの年齢じゃないか」

「あほう！　だから、平均なんてやつは、信用ができねえんだよ」

兵士たちにしてみれば、好きこのんで戦場へ来たわけでもない以上、生きて故郷へ還るためには、上官に有能であってもらう必要があった。自分たちの生命を託さねばならず、その延長上に家族の幸福もかかっている。無能で、無為に部下を死なせる上官など、敵よりよほど憎い存在であった。実際、戦場で部下に撃たれて死んだ士官は、この一五〇年間で、一万の大台に達するであろう。ラインハルトは、実績によって部下の信頼をかちえてきたはずだが、あたらしく配属された部下たちから見れば、全幅《ぜんぷく》の信頼はよせがたい。

「ふん、顔が綺麗なだけが取柄の坊やじゃないか。宮内省の書記官にでもなって、舞踏会の世話役でもしていればいいものを、なんだって殺しあいの場所にしゃしゃり出てくるんだ。自慢の顔が傷ものになるのが落ちだぜ」

これなど、じつはまだ上品な部類に属する悪口なのである。下を見れば、ラインハルトの人間としての尊厳を傷つけるような、陋劣《ろうれつ》な悪口の隠花植物群が、暗く湿った不潔な土壌に群生しているのだった。ラインハルトは事実にもとづかない誹謗《ひぼう》を笑って聞き流すほどには、度量は広くなかった——あるいは無原則ではなかった。ゆえに、彼自身や姉アンネローゼの名誉を傷つけるような誹謗を耳にした場合、放置しておくことは絶対になかった。その点について、キルヒアイスの配慮は、不快きわまる誹謗をなるべくラインハルトの知覚領域に侵入させぬようにする、それ以上のことにはおよばなかった。キルヒアイスにとって、ラインハルトとアンネローゼの名誉は、彼自身の存在に優先するほど重要なことであったので、ラインハルトが敢然としてそれを擁護しようとするとき、阻止すべき正当な理由は、キルヒアイスにはなかったのである。ただ、ラインハルトが激発し、噴火したとき、熔岩がラインハルト自身を害しようとする、その事態を処理するのは、つねにキルヒアイスにとって重大で、しかもやりがいのある責務であった。

Ⅲ

「撃《ファイエル》て！」

ラインハルトはつぶやきを端麗な唇の奥に封じこめた。開戦後二時間を経過しても、彼はまだ会戦に参加することを許されなかった。蒼氷色《アイス・ブルー》の眼光の矢で艦橋のスクリーンを突き刺し、こみあげる戦意を抑制するために、両手をにぎりしめなくてはならなかったのだ。

帝国軍の総指揮官たるミュッケンベルガー元帥は、グリンメルスハウゼン艦隊を戦力外として、同盟軍にたいする作戦展開をおこなっているらしい。それがラインハルトには見えすいている。さらに腹だたしいのは、自分がミュッケンベルガーの境遇にあれば、おなじことをするだろう、という思いである。

グリンメルスハウゼン艦隊は、帝国軍の最左翼に位置している。同盟軍の凸形陣形にたいして、帝国軍は凹形陣形であり、しかも戦線はうごきにとぼしいから、右前方の諸艦が敵と砲火を応酬しているだけで、全体の八割は遊兵と化してしまっている。

「なぜあの宙点《ポイント》に砲火を集中しないのか!」

ラインハルトは、歯ぎしりしたい思いである。スクリーンと三次元ディスプレイとからもたらされる視覚的情報によって、ラインハルトは戦局全体の現況を、ほぼ正確に把握し、解析することができた。ラインハルトが判断するところ、全隊を六光秒(約一八〇万キロ)前進させ、二時方向へ繞回《じょうかい》しつつ砲火を集中させれば、敵右翼に打撃をあたえうるのだ。

だが、事実としてラインハルトの指揮下にある兵力は、巡航艦四〇隻、駆逐艦一三〇隻、砲艦二五隻、ミサイル艦一〇隻であるにすぎない。ラインハルトが戦局全体にわたって影響力を行使するには、この五〇倍ほどの兵力が必要であろう。

その兵力が、グリンメルスハウゼンにはある。にもかかわらず、この無為な老人は、それを活用して戦局全体を主導しようとはしない。ミュッケンベルガー元帥にないがしろにされながら、それにたいする反論を行動によってしめそうとはしないのだ。伴食《ばんしょく》あつかいされるのも当然であった。

ラインハルトにはたったひとつ不足しているものがある。対人関係の経験がそれである。グリンメルスハウゼン老人の麾下《きか》にあることを、ラインハルトは耐えがたく思っているが、キルヒアイスなどに言わせると、もっと劣悪な指揮官の下に配属される可能性もあるのだ。すくなくとも、積極的な悪意にさらされるよりましだ、と割りきったほうがよい。キルヒアイスは、金髪の友のために、そう思う。

「ラインハルトさま、どうか焦らないでください。短距離走の速度で、長距離を駆けぬけることはできません」

陳腐な表現だと自覚しつつ、キルヒアイスはそう親友の覇気を抑制せざるをえない。ラインハルトのほうでも、キルヒアイスの言わんとするところを諒解してはいるが、つい舌鋒《ぜっぽう》が容赦を置きざりにするのだった。

「グリンメルスハウゼンの老いぼれを見てみるがいい。おれの四倍以上も人生の長い距離を走っていながら、なんらなすところもない。提督どもの平均年齢をあげているだけではないか」

ラインハルト自身、よく他人のことをけなすのだが、表現がはなばなしいのと、批判に根拠があるために、陰湿な印象がない。キルヒアイスは、ときとして微笑をさそわれるのだが、ラインハルトはむろん冗談を言っているつもりはないのである。

ところが、五時三〇分にいたって、鈍重なグリンメルスハウゼン艦隊は、どこまでも鈍重に、配置された位置から前進を開始した。

「グリンメルス艦隊がうごきだしました」

七六歳の老提督は、姓が長すぎるので、味方からまでも略称で呼ばれることが、しばしばである。それは、この老人が、かならずしも軍部内で重視されていない事情を、端的に表現するものであった。総司令部オペレーターから、そう報告をうけたミュッケンベルガー元帥は、オペレーターの非礼を、ついとがめそこねた。誰よりも彼自身が、尊敬すべき大先輩を軽《かろ》んじていたからである。彼はスクリーンと三次元ディスプレイを交互に見やった。好意の微粒子をふくまない目つきであった。

「反応が遅すぎるのだ、あの老人は。いまごろうごいても、どうにもならん。エネルギーの浪費でしかない」

ミュッケンベルガー元帥は舌打ちを禁じえなかった。ラインハルトから見ればともかく、客観的な評価として、ミュッケンベルガーはそれほど無能ではない。致命的な失敗をおかしたこともないし、彼が宇宙艦隊司令長官の座について以来、帝国軍の勢力圏はゆらいでいなかった。

ミュッケンベルガーは舌打ちするていどですませたが、ラインハルトは白皙《はくせき》の頬を憤激に紅潮させ、歯ぎしりをこらえるために淡紅色の唇をかみしめている。彼のささやかな戦闘集団は、味方のために、軽快な前進をはばまれていた。鈍重さを絵に描いて額縁《がくぶち》をつけたような強襲揚《よう》陸《りく》艦の群が、ラインハルトの前方をふさいでいたのである。なぜこのような位置に、強襲揚陸艦を配するのか。艦隊全体の行動速度が均一化を欠き、指揮と運用に混乱が生じる。グリンメルスハウゼンには、戦術能力以前に、そもそも戦いにたいする構想力が欠落していると言わざるをえない。

「ですが、この戦いには、装甲擲弾《てきだん》兵総監のオフレッサー上級大将も参加なさっているとか。地上戦闘の可能性が高いという判断からではありませんか」

キルヒアイスが、ラインハルトの留意をうながした。彼があげた名は、二メートルの身長と、それにふさわしい三次元的な筋骨を有する、魁偉《かいい》な人物のものであった。

「ふん、オフレッサーか」

自分より四階級も上の人物を、ラインハルトは非礼にも呼びすてた。指揮シートをつつむ遮音力場《サイレンス・フィールド》のなかにいなかったとしたら、彼の声は、ダース単位の部下たちの耳にとどいたであろう。オフレッサーの勇猛、というより獰猛さは、同盟軍にも周知のことであり、彼らはオフレッサーを〝ひき肉製造者《ミンチメーカー》〟と呼んで忌み嫌っているという。ラインハルトの評価も、それとさしてことならない。

「キルヒアイス、お前ならあのミンチメーカーと戦っても勝てるだろう？」

「あまり自信はありません」

キルヒアイスは笑った。ラインハルトが知るかぎり、この赤毛の友は、白兵戦技においても、世にまれな力量を有しており、一対一の戦いで敗者の列にならんだことはない。ラインハルトもその点はおなじだが、キルヒアイスには一歩譲るだろう、と、ラインハルト自身が認めている。赤毛の友の返答に、ラインハルトはやや興《きょう》をそがれたようで、硬質の唇を閉ざして、スクリーンに視線を転じた。

スクリーンの一角に、艦隊旗艦オストファーレンの姿が小さく見える。その姿を拡大し、艦橋を透視すれば、ラインハルトについて、参謀長と意見を交換する老将の顔が見えたであろう。

「閣下、司令部の意向をとかく無視しがちな、あの孺子《こぞう》をどう処遇なさいますか」

「うん、なんのことであるかな」

「あの金髪の孺子めのことです」

「はて、そんな者がおったかな」

老人が首をかしげると、頸骨《けいこつ》が鳴った。潤滑油をきらした、古い機械のようであった。

「ラインハルト・フォン・ミューゼル准将のことです。グリューネワルト伯爵夫人の弟です。総司令部では彼のことを、そう呼んであざ笑っております」

「それはあまり感心せんなあ」

のんびりと、老人が口をうごかしたので、彼がまだ生きていることを、参謀長は確認できた。

「はあ、さようでしょうか」

「金髪だからといって、悪いことはない。若すぎるからといって、当人の責任ではないじゃろう。そういったことを、悪口の種にするのは、あまり感心せんなあ……」

老人の真意はともかく、彼はラインハルトにたいする誹謗をたしなめるかたちになった。だが、当のラインハルトは、自分が老人にかばわれたことなど、知りようもなかった。

「敵の攻勢など阻止できる。ここだ、ここに火線を敷けば、わが軍中央部隊とのあいだに、十字砲火網を敷いて、敵をなぎたおすことができるではないか。そのていどのことも、あの老いぼれにはわからんのか」

千里眼の所有者が帝国軍にいたとすれば、ラインハルトの言動を、〝恩知らず〟とみなしたかもしれない。

「そうお怒りにならなくてもよろしゅうございましょう、ラインハルトさま、無能な上官たちにも、きちんと存在意義があるかもしれません」

「存在意義⁉　あんな奴らになんの存在意義があるというのだ。敵に不当な勝利をむさぼらせるのが、奴らの存在意義だとでも、キルヒアイスは言うのか」

そんなところです、と、キルヒアイスは笑いをふくんで答えた。彼らが失ったものをラインハルトが奪《と》りかえす、相対的にラインハルトの立場が強化されるという道理である。ラインハルトは友人の意を諒解してうなずいたが、表情には微量の酸味が沈んでいた。

いささか複雑な心境ではある。ラインハルトは勝利と成功を望んではいるのだが、相手の弱体化によってそれが容易になることにたいしては、不満を禁じえないのだ。一五歳で初陣して以来、一〇〇〇日以上の時間をラインハルトは戦場ですごしてきた。前線では敵軍と戦い、後方では味方と戦って、その間に死神の冷たい息吹を知覚した回数は、両手の指ではとうていたりない。しかも、それを恐れたことは、ラインハルトは一度もなかった。

スクリーンに、ヴァンフリート星系の太陽が映しだされている。第二惑星の影がそれにかさなり、恒星本体は完全な蝕《しょく》の状態となっていた。黒い巨大な球形の縁を、黄金色の金環《コロナ》が縁どって、光と影の極端なコントラストを宇宙の一隅に描きあげた。

「見ろ、キルヒアイス、あの太陽は銀河帝国と同じだ。表面だけは黄金色にかがやいて華麗に見えるが、芯は黒く腐蝕している」

口にだして反応はせず、キルヒアイスはラインハルトから一歩しりぞいた位置で、黒い太陽を見まもっている。ラインハルトが頭をふると、豪奢な金髪が、金環《コロナ》の一部をうつしたように、燃えあがるかがやきを発した。

「ルドルフ・フォン・ゴールデンバウムが在位していたころに生まれたかったな。そうすれば、敵に不自由しなかったのに。いま、おれの前にいるのは、無能な味方と、やはり無能な敵だけだ。このままだと、キルヒアイス、おれは一〇年かそこらで宇宙を手にいれてしまうかもしれんな」

「ラインハルトさま！」

「ああ、わかっているさ、キルヒアイス、慢心こそ最大の敵だ。おれはまだ一〇〇隻単位の艦艇を指揮する分際でしかないのに、言うことだけでかくても滑稽なだけだな」

低く、いささかやりきれなく笑って、ラインハルトは赤毛の友の肩をかるくたたいた。その肩の位置は、ラインハルトのそれより、五センチほど高くなっていた。

三月二四日にはいると、戦場はますます混沌とした様相をしめしはじめた。帝国軍と同盟軍の各部隊が、それぞれに分断しあい、孤立させあって、無秩序に混在し、前線は錯綜して、相対的な位置関係を把握するのが、いちじるしく困難になったのである。完全な戦況解析がおこなわれるまで、二〇年を必要としたほどであった。

帝国軍も同盟軍も、たがいの戦力から大きな部分を割《さ》いて、繞回進撃をこころみさせていた。つまり敵陣の周縁部を迂回して、その背後を撃ち、前後から挟撃しようという作戦である。成功すれば、非常にダイナミックな作戦案として、戦史に残るであろう。

「あくまでも、成功すれば、だがな」

ラインハルトは憎まれ口をたたいた。戦場にありながら戦闘に参加しえない状況が、とくに彼の圭角《けいかく》を刺激する。とくに、大軍の繞回運動など、じつはラインハルトがやってみたくてたまらない作戦なのである。彼はミュッケンベルガー元帥の力量を、さほど評価していなかったから、このエリート軍人が作戦を成功させていたら、さらに不快感をそそられていたにちがいない。

帝国軍も同盟軍も、たがいの兵力配置をわきまえぬまま、自分たちの作戦計画だけを強行している。これらの無秩序のなかで、ラインハルトは敵の行動線を想定して、背後から砲撃をくわえようとこころみたが、味方の連動が期待しえず、孤立する危険にさらされて、断念せざるをえなかった。

いったい何度めのことであろう、ラインハルトは強い舌打ちを禁じえなかった。彼自身は、戦理にかなった艦隊運動をおこなっているのに、僚軍がそれに呼応しないものだから、結果としてラインハルトは孤立することになり、それをさけようとすれば、僚軍のうごきに追随せざるをえない。駿馬《しゅんめ》が亀との同行をしいられている、その歯がゆさが、ラインハルトの蒼氷色《アイス・ブルー》の瞳にけわしさをくわえた。彼の前方を同盟軍の一隊が、無用心に通過していく。それをラインハルトは、手をつかねて見送るしかなかったのである。

「キルヒアイス、この会戦に、一方的な勝敗はないぞ」

黄金の絹糸のような髪を、白い指ですきあげつつ、ラインハルトは不機嫌そうに予言した。彼の予言の根拠が、キルヒアイスには理解できる。帝国軍も同盟軍も、主力を集中させれば敵を撃砕することが可能であるのに、奇をてらった繞回運動で兵力を無意味に分散させてしまった。これはたしかに壮大で、用兵家にとっては魅力的な作戦であるのだが、繞回運動をおこなう部隊と主力部隊とのあいだに、よほどの緊密な連係がたもたれていないと、敵によって各個撃破されてしまうであろう。

ラインハルトにとっては、きわめてばかばかしいことに、敵の作戦指揮および艦隊行動の水準が、帝国軍のそれと近似値にあるので、戦力の均衡とあいまって、戦闘の終結を、かえって遅らせる結果となるであろうことが予測しえるのであった。

「同盟軍などと称する叛乱軍の奴らも、泥沼につっこんだ手をどうやってひきぬこうか、と、さぞ思案にあまっているところだろうよ。勝算もたてず兵事をもてあそんだむくいだ」

ラインハルトの毒舌は、正確な状況把握にもとづくものであった。事実、このとき同盟軍総司令部においては、総司令官ロボス元帥は、不機嫌な沈黙の底にわだかまり、幕僚たちは、自分たちがたてた方程式を解きほぐすのに必死だった。たびかさなる計算ちがいで、つぎつぎと数字が落ちこぼれていくのである。

「第六艦隊は通信途絶、第一〇艦隊は行方不明」

というていたらくで、むしろ総司令部が、実戦部隊から離れて孤立するような状況にあった。総司令部では、あわてて兵力の再集中をはかったが、繞回運動中の味方と連絡をとるには、通信波によって帝国軍の布陣を貫通せねばならない。

ようやくシャトルによる通信文の配送が成功したのは、二六日にはいってからで、繞回運動中の第五艦隊司令官ビュコック中将は、反転帰投《きとう》の命令を無視することに決めた。

「ですが、総司令部からの命令に、知らぬ顔はできますまい。返答をどうします、中将」

「迷子になった」

「はあ?」

「第五艦隊は迷子になった、と、そう言っておいてくれ。いや、伝える必要はない。敵に知られてもこまる。シャトルの連中に酒を飲ませて、ゆっくり寝《やす》んでもらうといい」

同盟軍艦隊司令官中の最年長であるアレクサンドル・ビュコック中将は、不安げな通信オペレーターの肩をひとつたたくと、悪童めいた表情で片目を閉じてみせた。

こうして、同盟軍第五艦隊は、独自の繞回運動をつづけ、その結果として、後日の戦闘に、すくなからぬ役割をはたすことになる。もしこのとき、むりに反転帰投していれば、帝国軍の本隊に直面し、かつ側面を帝国軍繞回部隊の攻撃にさらすことになり、重大な損失をこうむっていたであろう。

ビュコックの老練な判断が、功を奏《そう》したのである。

Ⅳ

ラインハルトのささやかな麾下戦力をふくむグリンメルスハウゼン艦隊は、三〇時間にわたってヴァンフリート星域の外縁部を彷徨《ほうこう》したすえ、総司令部からの指示によって、一時第四惑星宙域に拠《よ》ることになった。将官会議の席上、彼は部下たちにこう言った。

「わしは五六年にわたって、叛乱軍と戦ってきた。で、その経験から言うのじゃが、このように混沌とした状況になってくると、最終的な結着は容易につかんものじゃ。一時、軍を退《ひ》いて、全体の秩序を再編し、あらためて戦闘を再開するしかないのじゃよ。再開の機会がなければ、それで終わりじゃ」

そのていどのことが、半世紀もたたないとわからないのか。どなりつけてやりたい衝動に、ラインハルトはかられる。軍隊は老人性痴呆患者の療養所ではない、と、言ってやりたくもなる。いますぐこの老人と地位を交替し、一個艦隊の指揮権をにぎれば、後世においてこの戦いを帝国軍の一方的な勝利とみなすようにしてやる。そう思うのだが、口にはだせるはずもなかった。頰を上気させ、呼吸をととのえて沈黙に耐えるしかない。

四名の少将と一四名の准将が、旗艦の会議場から退出したあと、ラインハルトがひとり残されたのは、彼の小艦隊が、当該《とうがい》宙域への航路設定を指令されたからであった。ひととおりの打ちあわせがすむと、七六歳の老提督は、しみじみと、金髪の若者を見やった。

「しかし、卿《けい》はほんとうに若いな。今年、幾歳《いくつ》じゃったかな」

「一八歳です、司令官閣下」

一度ならず問われ、一度ならず答えたことである。表面的な礼儀を完璧に順守してはいたが、老人の健忘症にたいして、ラインハルトが好意的でいられるはずもなかった。老人は、ラインハルトのひそかな悪意に感応したようすもなく、おだやかにうなずいた。

「わしにも一八歳のころがあったよ」

あたりまえだ、と、心のなかでラインハルトは返答した。老提督は、時と空間のヴェールをすかすような視線を、あらぬ方角へ放っていた。

「もう四八年も前のことじゃがな」

「……失礼ですが、五八年前のことではございませんか、閣下」

「ああ、ひょっとしたらそうかもしれん。そういうことにしておいてもかまわんよ。たいした問題ではないでな」

たしかにたいした問題ではない。ラインハルトは意地悪く同意した。無能な一老軍人の年齢が一〇歳まちがわれたとしても、歴史になんの影響があるだろうか。

「ミューゼル准将、お前さんは、わしが一八歳のころ、ほしいと思うとったものを、ぜんぶもっとるよ。うらやましいことだ」

「は……？」

「一八歳のころ、わしは士官学校の学生じゃったが、首席などじゃない凡庸《ぼんよう》な学生じゃった。むろん、美男子でもなかった。友人らしい友人もおらんかった。卿《けい》はそのすべてをもっとる。じつにうらやましい」

ラインハルトはとまどい、この無能な老人にとまどわされたことに、驚きといらだちを感じた。

「ですが、閣下は、名誉ある子爵家のご出身ではありませんか。私は貴族とは名ばかりの、帝国騎士《ライヒスリッター》」

「わしは三男坊でな、ふたりの兄が戦死したので、子爵家を継ぐことができたんじゃ。兄たちが生きておれば、わしなど、お情《なさ》けの男爵号でももらって、まあ飼い殺しというところじゃったろうな。卿を見ておると、ミューゼル准将、まことにかがやかしく、まぶしく思える」

「……おそれいります」

ラインハルトは、若く美しい。生命力と才気が、造形上の美を、内面からひときわ光らせている。ラインハルトが醜怪な容貌に生まれついていれば、彼の人格形成は、ことなる道をたどって完成されることになったかもしれない。だがラインハルトは、いつどのような集団にあっても、そのなかでもっとも美しい存在であった。比較を絶するほどの美貌であったゆえにか、かえってラインハルトは自身の美貌を無視することができたのである。ラインハルトの美貌は、彼が志望して努力と修練をかさねた結果ではなかった。遺伝子の微妙で気まぐれなはたらき、あるいは美をつかさどる何者かのえこひいきで、半神的なまでに秀麗な容姿をあたえられたのだ。どこまでも、あたえられたものであって、獲得したものではなかった。

一八歳を迎えたばかりのラインハルトに、老境を迎えた人の心はわからない。才知にあふれ、一身に天才と秀才とをかねたラインハルトには、無能な者の心境はわからない。かがやくような美貌を所有するラインハルトには、醜怪な容貌をもつ人物の思いはわからない。それらについて、これまで考えたこともなかった。ラインハルトは、自分の前方正面だけを見すえて、早足で歩いてきたのだ。それは、むしろ単純で直線的な生きかたであった。知能の高さやこころざしの大きさとは、これは次元のことなる問題である。ラインハルトにとって、ゴールデンバウムの帝室と、それをとりまく門閥貴族とは、すべて敵であり、社会に寄生する毒虫であった。その基本的な認識は、教条主義的な共和主義者と、さほどことなるものではない。ただ、ラインハルトの意図《いと》は、ゴールデンバウム王朝の打倒であって、帝政の廃止ではなかった。自分がルドルフ・フォン・ゴールデンバウムの地位と権力をえたとき、彼とおなじことはやらない。それがラインハルトの決意と価値判断であった。

門閥貴族の一員であるグリンメルスハウゼン中将の述懐《じゅつかい》は、じつはさほど深刻なものではなかったかもしれない。だが、ラインハルトの、やや硬直した門閥貴族観に、一定の刺激をあたえ、彼はややこの老人にたいする見解をやわらげることになった。

ヴァンフリート星系のような無人の恒星系においては、しばしば惑星や衛星には固有名詞があたえられない例がある。たとえば、ヴァンフリート4=2とは、ヴァンフリート星系第四惑星の第二衛星を指す。グリンメルスハウゼン艦隊が配置された宙域は、まさに、ヴァンフリート4=2の軌道上にあった。それは直径一二万キロのガス状惑星に付随する、固体地殻を有する天体で、直径二二六〇キロ、氷と硫黄酸化物と火山性岩石におおわれた不毛の無機物体である。重力は〇・二五Gで、離着陸する艦艇の耐重力負担もすくない。大気は微量で、窒素が主成分であった。

この生命とは無縁な岩のかたまりに、グリンメルスハウゼン老人を配して、同盟軍にたいする貴重な予備兵力とするのが、帝国軍総司令部の意向であったが、ミュッケンベルガー元帥の本音としては、じゃまなだけの老人とその艦隊を隔離するという以外にはありえない。それを洞察したキルヒアイスが、かるく眉をひそめた。

「よろしいのですか、ラインハルトさま」

「そうだな、まあ、言われたとおりにしてみよう。即応態勢をおこたらぬよう、指示しておいてくれ」

つねの毒舌を発揮することなく、ラインハルトが老提督の指示をうけいれたので、キルヒアイスは一瞬、興味の視線を、ラインハルトの白い横顔に送りこんだが、質問はしなかった。ラインハルトと老提督のあいだに、事態を好転させるなにごとかがあったのにちがいなかった。

こうして、ラインハルトはヴァンフリート4＝2の地表に降りたったのである。

第二章　三つの赤《ドライロット》

Ⅰ

三月二七日、ヴァンフリート4＝2の北半球は、銀河帝国軍グリンメルスハウゼン艦隊一万二二〇〇隻の艦艇によって占拠された。と記述するのは、誇大表記との非難をまぬがれないであろうが、北極の氷冠《ひょうかん》部分、半径八五キロの範囲にわたって、艦艇が地上配置され、周辺には対空迎撃システムが配備された。広大な氷冠の一部に油脂《ゆし》焼夷弾《しょういだん》を撃ちこんで氷を融《と》かし、八〇〇平方キロにおよぶ人造湖をつくって、一〇〇〇隻ほどの艦艇はそこに着水させた。水の急速な蒸発を防ぐため、特殊な液体金属の被膜が張られた。ユニット式の地上施設が設置され、通路と配電・通信・上下水道の各チューブをまとめた、これもユニット式のセラミック製トンネル網が、地上施設を地下で連結した。工兵隊の作業ぶりは、ラインハルトもけなす余地がないほど、上質のものであった。

一時的に構築された軍事施設が、長期にわたって使用され、半恒久的な存在となった例は、枚挙にいとまない。無計画に、数十キロものトンネル網を地下に張りめぐらしたあげく、地盤が陥没して四〇〇人もの将兵が生き埋めになった例すらある。帝国暦四六九年、惑星ジンスラーケンで生じた事件だが、このとき責任者であったメーレン少将が軍法会議で無罪となり、一年後、事故の生き残りである下士官に射殺され、当の下士官も自殺するという惨劇で幕がおりている。

そのような悪《あ》しき前例はさておき、ヴァンフリート4＝2の仮設基地も、将来の恒久的施設の基礎となるかもしれず、グリンメルスハウゼン艦隊の工兵部門では、大規模な工事を急速に展開したのであった。ところが、この工事は、完成の喜びにさきだって、ありがたくない試練をうけることになったのだ。

「立場のことなるふたつの真剣さのあいだには、滑稽という私生児が生まれる」

とは、この時代より一世紀半前に武勲かがやかしい名将であった自由惑星同盟軍《フリー・プラネッツ》のリン・パオ元帥が残した格言であるが、これが事実となってしまう。衛星ヴァンフリート4＝2には、先住権を主張すべき人々がすでに駐留していたのだ。ただし、赤道をこえた南半球に、である。自由惑星同盟軍の後方基地のひとつが、すでに一〇〇日ほど前、建設されていたのであった。

この会戦時、軍紀の弛緩《しかん》と通信の遅滞《ちたい》においても、帝国軍と同盟軍とは優劣をきそいあっていた。ヴァンフリート4＝2へ一万隻以上の艦隊が直行していたのに、その報が、同盟軍基地にとどけられたのは、帝国軍が完全に進駐をはたしたあとのことなのである。後日、その理由として、ヴァンフリート4＝2の自転と公転との関係から、通信波によって同盟軍の所在が帝国軍に知られる危険性があった点があげられたが、それを理由として敵の接近を知らされなかったのでは、現地の将兵としては、たまったものではないであろう。

「なんで帝国軍がこんなところへやってくるんだ。ここは前線から遠いからこそ、後方拠点にえらばれたのではないか」

基地司令官シンクレア・セレブレッゼ中将は、狼狽にちかい不安を口にしつつ、デスクの前を六回往復した。

シンクレア・セレブレッゼ中将は、四〇代後半の年齢で、実戦指揮より後方勤務の経験が長い。ヴァンフリート4＝2に配備されたのも、総司令部からの要求に応じて、必要なときに、必要な数量の兵士や軍需物資を、必要な宙域に送りだす。その制御および調整が、今次会戦における彼の任務であった。セレブレッゼの事務処理能力をもってすれば、とくに困難な任務ではない。ただ、彼は戦術即応能力にはさほど自信がなかったので、一〇〇〇キロ単位の近距離に敵軍の大艦隊が進駐してきたとあれば、事務的な冷静さをたもってはいられなかった。

まして、帝国軍の意図があきらかではない。計数や事務処理に長じた頭脳は、しばしば想像力の欠如をともなう。その指揮官が総司令部から忌避《きひ》されて辺地にまわされたなどという不合理な結論に到達する思考の門は、かたく閉ざされて錆びついているのだった。数理的な思考路をたどって導きだされた結論はこうであった。この後方基地は、帝国軍にとってよほど重要な存在とみなされたのだ。なにしろ一個艦隊を派遣してくるくらいだから。一大攻勢によってこの基地を占拠あるいは破壊し、帝国軍の恒久的な基地を建設するつもりであろう、と。この推論にはいくつもの穴があるのだが、中将はそう信じこんだ。

「ヴァーンシャッフェ大佐を呼べ」

中将のあわただしい命令に、副官サンバーグ少佐は反問した。

「薔薇の騎士《ローゼンリッター》連隊をうごかすのですか、閣下」

「そうだ。ほかに方法はない。よけいな質問をしているあいだに、ヴァーンシャッフェ大佐を呼んでこい。一秒をあらそうのだ」

サンバーグ少佐は、やや異論ありげな表情をたもちつつ、命令にしたがった。

正確に一〇分後、オットー・フランク・フォン・ヴァーンシャッフェ大佐は、司令官の前に姿をあらわした。

帝国からの亡命者、およびその子孫によって構成される〝薔薇の騎士〟連隊第一二代連隊長が彼である。年齢は四〇代前半だが、側頭部の毛と口ひげがなかば白くなっており、将官級の風格を、筋骨たくましいこの中年男にあたえていた。とくにめずらしいことではないが、銀河帝国において代々の武門であった家の出身であるという。

ヴァーンシャッフェ大佐の敬礼をうけたセレブレッゼ中将は、答礼もそこそこに、現在の状況を説明し、対応を命じた。帝国軍が最初からこの基地を目的に進攻してきた、という司令官の見解に、ヴァーンシャッフェ大佐は、かならずしも同意しなかった。しかし、司令官の命令は拒否しえない。二、三の事項をうちあわせると、ヴァーンシャッフェ大佐は〝薔薇の騎士《ローゼンリッター》〟連隊本部がおかれた低層ビルにもどり、士官クラブ《ガンルーム》にいる副連隊長を呼んだ。

「シェーンコップ中佐！」

　名を呼ばれた男は、広い肩ごしにふりむいた。年齢は三〇歳前後であろう。長身で、ややグレーがかったブラウンの頭髪をもっている。彫りの深い、洗練された容貌だが、たんに美男子と形容するには、眼もとにも口もとにも、不逞なほど強靭な表情が刻みこまれており、それはどうやら容貌と不可分のもののようであった。彼はソファーから立ちあがり、ストレートフラッシュになりそこねた五枚のカードをテーブルに抛《ほう》りだして連隊長に敬礼すると、ヴァーンシャッフェ大佐のあとにしたがって連隊長室にはいった。ヴァーンシャッフェ大佐は、六台の装甲地上車《ALC》と三五名の兵士を用意するよう、青年士官に命じた。

「帝国軍がこの衛星の北半球に、仮設基地をもうけたのは、どうやら事実らしい」

「ほう、で、一平方キロあたりいくらで売りつけたのですか、連隊長」

「誰も売ってはおらん。彼らが勝手に進攻してきたのだ」

　おもおもしく答えたヴァーンシャッフェは、若い部下の両眼にひらめいた表情に気づかなかった。冗談のわからない人だ、と、その表情は語っていた。だがそれは一瞬の半分にみたぬ時間で消えさり、きまじめな口調で彼は問いかけた。

「で、いつ出撃しますか」

「その前に、地上偵察をおこなう。おれ自身が行くから、貴官には留守をたのみたい」

「こころえました。ですが、私が思うに、よけいなことをしないほうがよいのでは？　空中攻撃がなかったのは、敵がわれわれの所在を知らなかったからでしょう。この藪《やぶ》には、どうも毒蛇の大家族が棲みついているように思えます」

連隊長の返答は簡明だった。

「そうかもしれん。だが、中佐、べつに貴官の意見を必要としているわけではないのだ」

連隊長室を出ると、シェーンコップ中佐は、三人のおもだった部下を呼んだ。カスパー・リンツ大尉、ライナー・ブルームハルト中尉、カール・フォン・デア・デッケン中尉が若々しい顔をそろえると、シェーンコップは簡潔に、しかも要点をはずさず、事情を説明した。もっとも、当人が意識しているか否かはべつとして、全体に皮肉な香辛料が薄くまぶされていたが。

「リンツ大尉の意見は？」

「うかつに手をだせば、帝国軍の触角にふれて、大規模な攻勢を呼びこむ危険があります。中佐から連隊長どのに注意なさらなかったんですか」

「言ったさ。だが、連隊長どのは、准将に昇進する機会を逃がしたくないようだ」

「だったら二階級特進で少将をねらうんですな」

リンツの声と、ほかのふたりの表情には、連隊長にたいする好意の量が、いちじるしくすくなかった。

「それにしても、帝国軍の奴ら、どういう意図があって進駐してきたんでしょう」

「さて、雲の上に鎮座《ちんざ》まします銀河帝国の貴族のお殿さま方が、なにを考えていらっしゃるのやら、おれのような名ばかりの貴族には、とうていわからんね」

シェーンコップは、薄すぎる謙遜の衣をまとった毒舌を宙に投げつけた。デア・デッケン中尉が、なんとはなし指先で鼻すじをつまんだ。

「で、おれたちはなにをすればいいんですか、中佐」

「そうだな、食って寝て、体力をつけておくといい。運命の女神は、体力のない男が嫌いだとさ」

三人の若い士官は、顔を見あわせて笑った。なぜか、やや意味ありげな笑いだった。

Ⅱ

標準時二〇時四五分。ヴァーンシャッフェ大佐が基地を出発してから八時間が経過した。同行した六台の装甲地上車《ALC》と三五名の兵士も帰還しない。午睡ののち、シャワーをあび、身だしなみをととのえ、夕食をすませ、デザートまでたいらげてから、はじめてシェーンコップ中佐は連隊当直士官のウインクラー中尉にたずねた。

「ヴァーンシャッフェ連隊長はどうした!?」

「まだ帰還なさいません」

「世話のやける……リンツ、ブルームハルト、デア・デッケン、ちょっとつきあえ、食後のかるい運動だ」

「まだ食べ終わってませんよ。私は育ちがいいもんで、中佐どののように食べるのが早くないんですからね」

　不平を鳴らしつつ、ブルームハルト中尉が左手でヘルメットを、右手でチキンサンドイッチをつかんで立ちあがった。リンツ大尉はさらに行儀わるく、紙コップの端をくわえてあごをあげ、手製のアイリッシュコーヒーを食道へ流しこんだ。空になった紙コップを、くずかごにむけて吐きだすと、それはきれいな抛物《ほうぶつ》線を描いて、くずかごに飛びこんでいった。

　士官食堂を出ていく四人に、畏敬をこめた視線がいくつもそそがれた。驍勇果敢《ぎょうゆうかかん》をもって鳴る〝薔薇の騎士《ローゼンリッター》〟連隊においても、おそらく最強のカルテットが彼らであった。

　三〇分後、隊員たちから〝気まぐれヨハン〟の名で呼ばれる一台の装甲地上車《ALC》が、基地を出発して、不毛と威嚇《いかく》にみちた夜の荒野を北上していった。迷彩と電波吸収処理をほどこされた車体は、九名乗りであったが、搭乗しているのはシェーンコップ以下の四名だけであった。デア・デッケン中尉が運転席に、ブルームハルト中尉が助手席にすわり、上位の二名は広い後部座席を占領している。

「それにしても、連隊長どのは、わざわざご自分で偵察なさる理由がなにかあったのかな」

リンツの声に、ブルームハルトが応じた。

「帝国軍から慫慂《しょうよう》をうけて、祖国復帰するつもりかもしれませんよ。おれだって、赤毛のグラマーが札束をもってきたら話にのるな」

これは、笑いとばしてすむ冗談とはいえなかったであろう。現在の連隊長であるヴァーンシャッフェ大佐以前に、〝薔薇の騎士《ローゼンリッター》〟連隊の指揮官をつとめた者は一一名いるが、三名が戦死し、二名が将官に昇進し、残る六名は帝国軍に走っているのだ。過半数が、裏切者との汚名をうけているわけで、ヴァーンシャッフェ大佐が多数派の列にくわわることは、まるっきり可能性がないことではなかった。

連隊長が逃亡するつど、同盟軍首脳部においては、〝薔薇の騎士〟連隊を廃止、解散すべきではないか、という論議が闘わされた。だが、いっぽうでは、不利な戦況にあって勇戦した死者もおり、将官に昇進した有能な指揮官もいて、彼らの功績を無視することはできなかった。さらには政治的な事情がある。もともと、この連隊が創立された理由は、帝国からの亡命者をいかに同盟が厚遇しているか、亡命者たちがいかに帝国を憎悪しているか、それを内外に宣伝するという目的が大きかったのだ。それを解散させるのは、帝国にたいする政治的敗北と思われるおそれがあるのだった。

連隊長が逃亡するのも、たしかに体裁《ていさい》が悪いが、残された兵士たちがその背信を非難し、より勇猛に戦うという例が多かったので、とかく批判や疑惑をうけつつも、〝薔薇の騎士〟は今日まで存続してきたのである。

　自分たちの存在を認めさせるために、これまで多くの血を流し、これからもより多くの流血をなさねばならない。あわれなものだ、と、シェーンコップは思うが、その境遇を、この不逞な青年士官は、けっこう楽しんでいた。

「しかし、連隊長は、いまごろ、どこでピクニックを楽しんでいるのかな……」

　デア・デッケンが、運転席でつぶやいた。

　装甲地上車《ALC》には慣性航法システムが内蔵されているし、超長波による基地からの誘導も可能なはずである。最悪の場合でも、とにかく南へと走れば、同盟軍の管制地域に達するのだ。漠然と迷子になることもあるまい。しかも一台きりの単独行でもないのである。本来、そう心配するにはおよばないはずであった。ヴァーンシャッフェ大佐が帝国軍に投降して、同盟軍の所在を告《つ》げる可能性さえなければ、である。

　シェーンコップは低声で歌をうたいだした。

「三つの赤《ドライロット》、三つの赤《ドライロット》、わが生と死を染めるは、呪われし色よ……」

〝三つの赤《ドライロット》〟。血と炎と真紅のバラとを意味し、〝薔薇の騎士〟にとっては、連隊それじたいを象徴する語であった。ただ、その語を広めた当の人物が、帝国軍に投降してしまったため、公然と口にするには、いささかはばかられる境遇にあったのである。

シェーンコップは、平然として〝三つの赤《ドライロット》〟と口にするが、これは彼がこの語を好んでいるというより、それを忌避する者たちにたいするいやがらせからであった。歌いおえたシェーンコップが、やや表情に真剣さをくわえて、部下たちにたずねた。そもそも、基地司令官や連隊長が危惧《きぐ》するような事態が、ちかい将来、生じうるか、という点についてである。

「貴官はどう思う、リンツ大尉？」

「いずれにしても、基本的には、こちらから手をださないほうがいいのでしょう？　どう考えても、兵力的に不利ですし、そもそも、帝国軍が吾々《われわれ》の所在に気がついているとは思えませんがね」

もしそうであるなら、とうに帝国軍からの全面攻勢が開始されているはずだ、というのが、リンツをはじめとする部下たちの意見であった。それに賛同しつつも、シェーンコップ中佐の体内には、疑念の発芽《はつが》がある。帝国軍の陣営に、そう無能者ばかりがそろっているはずもない。何者かが、衛星地表を全域にわたって索敵《さくてき》調査しようと発案したら、それで状況は激変するにちがいないのだった。

帝国軍駐留地と同盟軍仮設基地との距離は、直線にして二四二〇キロ。装甲地上車《ALC》で三〇時間ないし四〇時間の距離である。ワルキューレやスパルタニアンであれば、三〇分を要しないし、鈍重だとされる上陸用舟艇でも二時間ていどで到着可能である。

三月二八日二二時現在、帝国軍、同盟軍ともに、いまだその事実を知らない。同盟軍は敵軍までの正確な距離を知らないし、帝国軍は敵の存在それじたいを知らなかった。最初にその可能性に気づいたのは、ラインハルト・フォン・ミューゼル准将であった。彼は、グリンメルスハウゼン艦隊がこの衛星に降下するに際して航路設定をおこなったのだが、敵の通信波の方向を解析すると、この小さな衛星の裏側、つまり南半球に、同盟軍の活動根拠地が存在する可能性が大と出たのである。

直後の将官会議において、ラインハルトはそのむねを報告した。グリンメルスハウゼンは、たっぷり熟考の時間をとったのちに口を開いた。

「つまり、地上に敵がいるというのかね、ミューゼル准将」

「大いに可能性があるということです。司令官閣下、小官が考慮しますに、まず無人偵察機を動員して索敵調査をおこなってみては、いかがでしょうか」

ラインハルトの鋭利な眼光を、老提督は鈍重そうにうけながし、幕僚たちに問いかけた。

「ミューゼル准将の意見を、卿《けい》らはどう思うかね。わしとしては、なかなかに、採るべきものがあるような気がするのじゃが……」

列将は顔を見あわせたが、それによって非好意的な雰囲気が気流となってたちのぼった。二〇秒ほど経過し、気流は音声となった。

「仮にミューゼル准将の推測が正しいとすれば、軽率な偵察は、かえって敵にわが軍の所在を知らせる結果を生じるやもしれません。また、敵の兵力が、わが軍に比して劣弱《れつじゃく》であれば、攻撃をうけてからこれに反撃をくわえても遅くはありません。総司令部からの命令は、待機であります。いたずらに功を望み勇を誇って、無益な行動に出ては、全体の戦局に悪影響をおよぼし、ひいては敵軍を利する結果を生じるやもしれません。小官らはそれを危惧するものであります」

異口同音に彼らが主張したことは、右のようなものであった。ラインハルトに言わせれば、それは言語化された退嬰《たいえい》であり、怠惰の正当化であるにすぎなかった。

「もし架空の危険を理由に、偵察を敢行しえないというのであれば、小官がその任にあたりましょう。司令官閣下に、対空迎撃システム外に出て活動する許可をいただきたく存じます」

ラインハルトの表情、口調、視線、さらに肩をそびやかすその態度にいたるまで、挑戦的ならざるはなかった。彼にたいする反感の輪が、このとき、強い力で締めつけられたが、ラインハルトは、ほとんど傲然《ごうぜん》としてその精神的な攻撃に耐えた。彼は、凡人には見えない鋭気と烈気の甲冑をよろっており、それは、強力ではあっても低次元の悪意によってわずかな亀裂も生じるものではなかったのである。

幕僚たちが無言の連係によって、いっせいにラインハルトのでしゃばりを非難しようとしたとき、グリンメルスハウゼン老人が、しわだらけの声を発して、この場を収拾《しゅうしゅう》した。

「ミューゼル准将、あわてることはない。なにもあわてることはない。卿《けい》の先輩たちが、一致して言うのじゃから、まずここは敵のようすをみてからのことにしようではないか。ま、敵がいればの話じゃがな」

憤然として、ラインハルトは司令部を退出し、自分の執務所にもどると、一同の無能をキルヒアイスにむかって訴えた。

いまだ大尉でしかないキルヒアイスには、むろん将官会議に出席する資格がない。ラインハルトを待つあいだに、彼は部隊のさまざまな事務的課題を処理することにおわれていた。ささやかなものではあるが、ラインハルトにも幕僚集団が付随しており、作戦、航法・運用、情報・索敵、後方の四部門にわかれて、合計一〇名の士官が、若すぎる指揮官を補佐していた。当然ながら、全員がラインハルトより年長で、それぞれの部門においては知識もあり、処理のノウハウもこころえていた。将来、ラインハルトが巨大な集団をうごかすようになったとき、彼らはなお有為《ゆうい》であるだろうか。

だが、ラインハルトは、彼らになんら期待するところがなかった。彼は人材をもとめている。彼自身といまひとりの人物しか知らない目的を達成するために、ラインハルトを補佐する人材が必要だった。ラインハルトのために策をたて、それを実行する、さまざまな型《タイプ》の人材を、彼は欲していたのだ。だから、押しつけられた幕僚たちにたいしても、その才能や性格を正しく把握するように、これまで努めてきた。ラインハルトにとって、人材とは、宝石や黄金などよりはるかに貴重なものであった。努力は、だが、失望によってむくわれた。ラインハルトが見いだしたのは、虫に喰われて空洞化した朽木《くちき》ばかりであった。当分、キルヒアイス以外に、たよりうる人物など望むべくもないようであった。

「それで、そのままお引きさがりにはなりませんでしたでしょう、ラインハルトさま」

「うん、たったひとつ、司令官に承知させた。対空だけでなく対地迎撃システムも設置、稼動《かどう》させて、万一の事態にそなえるということをな。むろん、おれがやるという条件でだ」

七六歳の老将にたいするラインハルトの評価は、いまだ安定していなかった。個人としてのグリンメルスハウゼン老人と、艦隊司令官としての彼。人格と能力。それらをどう認識し鑑定すべきであるのか。ラインハルトの人物鑑定能力は、きわめて鋭敏ではあったが、いまだ完全な成熟に達してはいなかった。くわえて、ただひとりの信頼する補佐役であるジークフリード・キルヒアイスが、処理能力、識見、立案能力のいずれにおいても完璧にちかかったため、ほかの人材を見るラインハルトの目が、かなり辛いものになった、という事情もあるのだった。そもそも、これだけ傑出した才能が、きわめてちかい距離に並存して協力しあったということじたい、稀有なことなのである。ラインハルトはその点、けっして不幸であるとはいえないのだが、現在の彼にしてみれば、そうは思えなかった。

宇宙の覇権をめぐる争闘は、広大な星々の海でこそ展開されるべきものであるのに、自分は固有名詞すらもたないみじめな衛星の一隅で、無能な同僚どもを論破することすらできず、むなしく数十時間をすごしている。自分自身を腑甲斐《ふがい》なく思う心情が、熱く泡だって、ラインハルトの味覚に架空の苦みを沁《し》みこませた。なにをあわてるのか、と、グリンメルスハウゼン老人は問うた。一瞬でもむだにしたくないからだ。時を浪費したくないからだ。端的にいえば、グリンメルスハウゼン老人のようになりたくないからこそ、ラインハルトは、いそがずにいられないのである。

ラインハルトが子爵家に生まれ、グリンメルスハウゼンの半分の長さを生きていたら、すでに至尊《しそん》の冠を掌中《しょうちゅう》におさめ、老衰した銀河帝国と、新時代をつくりえなかった自由惑星同盟《フリー・プラネッツ》と、双方を過去の存在としていたであろう。そうラインハルトは思い、老人の覇気の不足に、にがにがしさを禁じえない。

グリンメルスハウゼン老人が、他人の思うほどにぬくぬくした人生を送ってきたのではないらしい、ということは、ラインハルトにもわかるが、同情する気にはなれなかった。

「まあ、とにかく無能な戦友どもにじゃまされぬうち、さっさと、おれの主導権を確立しよう。まず屋根と柱だ。床と壁は、あとからでいい」

ラインハルトは、しいて笑顔をつくったが、それも長くはつづかなかった。彼と同様の推測をたて、同様の提案をグリンメルスハウゼン提督にした者があらわれたのである。ラインハルトは、その人物、ヘルマン・フォン・リューネブルク准将に、主導権をゆずりわたすことになってしまうのだ。

Ⅲ

シェーンコップ中佐と三名の部下を乗せた装甲地上車《ALC》〝気まぐれヨハン〟は、三月二九日二時現在、帝国軍の哨戒《しょうかい》地域の円周をかすめる地点にいる。空も地上も、風景の変化がないので、位置の確認は容易ではない。

「白髪《しらが》の老人になるまでに、われらが連隊長どのに再会したいものだぜ。この際、死体でもかまいやしない。ねえ、中佐どの」

ブルームハルト中尉の冗談は、本心をかくす衣としては薄すぎたであろう。連隊長ヴァーンシャッフェ大佐が戦死すれば、ごく順当な人事として、副連隊長シェーンコップ中佐が昇格し、第一三代連隊長に就任するはずであった。後部座席で腕をくんで目をとじていたシェーンコップが、薄目をあけてするどい視線を送りこむと、ブルームハルト中尉は赤面して正面にむきなおった。

ワルター・フォン・シェーンコップは、一六歳のとき同盟軍士官学校の入学試験に合格したが、入学はしなかった。「べつに士官学校が嫌いだったわけじゃない。士官学校の校則のほうが、おれを嫌ったんだ」とは、後年にいたっての述懐である。かわって彼は、陸戦部門の〝軍専科学校〟なるものに入学した。これは二年制で、陸戦、工兵、航宙、飛行、通信、補給、衛生、整備などの各部門で第一線に立つ下士官を養成する学校である。学年中、九番の成績で卒業すると、シェーンコップは一八歳で伍長に任官し、すぐ戦場に出た。一九歳で曹長、二〇歳で准尉と、武勲をかさねて階級をすすめ、二一歳のとき士官の推薦をうけて第一六幹部候補生養成所にはいり、二二歳のとき、そこを終了して少尉に任官した。このとき、下士官から士官への狭い関門をクリアしたわけで、はじめて〝薔薇の騎士《ローゼンリッター》〟連隊に配属され、小隊長として三九名の部下をあずかることになったのである。以来、八年間に、中佐まで昇進し、二〇代で副連隊長となった事実は、彼が個人戦闘の勇者であると同時に、戦闘指揮能力においても卓越《たくえつ》していることを証明していたであろう。

「妙な気さえおこさなければ、彼はまちがいなく将官になれる男だ」

と、軍上層部《おえらがた》も認めていた。妙な気とは、主として、帝国軍に投降するということであるが、それ以外の成分も、多少はふくまれているであろう。シェーンコップは、従順な人物とは、一般的にみなされていなかった。熱烈な民主共和主義者をよそおうこともなく、皮肉で辛辣な観察者としての視線を、同盟政府や軍の組織にむけつづけていた。

シェーンコップは、自分の人生を、さほど特異な例だとは思っていなかった。幼少期に祖父母につれられて帝国から同盟へ亡命してきた者など、本来めずらしくもない。そして同盟でじゃま者あつかいされると、皮肉な観察者になるか、故国への幻想的な望郷の念を刺激されるか、ひたすら狭い範囲で上昇志向のみを育てるか、である。

シェーンコップは、女性関係の多彩にして華麗なる点においても、凡人のおよぶところではなかった。伍長に任官して、あらゆる意味で独立した生活をいとなみえるようになると、遠慮とか消極性とかいう種類の単語を手持ちの用語集から抹消し、夜ごとの恋に精をだしたのである。

「戦闘のない夜に、ひとりで寝たことがない」

という、彼にかんする噂がある。当人は否定も肯定もしないが、彼の服には、しばしば〝三つの赤《ドライロットト》〟に属さない種類の赤い色が付着するのだった。むろんというべきか、それは口紅の色である。実際、軍営にあってさえ、彼は女性兵士と情事の機会をもった。シェーンコップが色事にしか能がなかったとしたら、〝薔薇の騎士《ローゼンリッター》〟内において敬意を勝ちとることはなかったであろうが、そうではなかったので、彼の地位は、いくつもの艶聞や醜聞にもかかわらず、ゆらぐことはなかった。

運転席にすわりっぱなしのデア・デッケン中尉が、モニターをのぞきこんで、わずかに口もとをうごかした。

「敵影あり、一〇キロ先、一一時方向です」

ごく控えめに、デア・デッケン中尉は事実を報告した。シェーンコップに身長はひとしく、身体の幅と厚みは彼を凌駕《りょうが》する。大男だが、戦闘が開始されるまでの人格は、温和をつかさどる大天使の支配下にある。年齢は、リンツとブルームハルトの中間、二三歳で、五年間に五階級を昇進した。奇妙に律義な男で、一年ごとに一階級あがっている。画家志望であったリンツの人物画のモデルにされてヘルメットをぬいだ装甲服姿で、三時間も片ひざ立ちの姿勢をとりつづけたことがある。恐縮したリンツが、酒をおごってやると、黒ビールを大ジョッキで一ダース飲みほして、〝遠慮したように〟席を立ったという。

モニターの画面をのぞきこんだリンツが、〝地上もぐら〟と呼ばれる小型の先行偵察機械から送りこまれてくる映像に焦点をあわせ、小首をかしげた。帝国軍の装甲地上車《ALC》が、暗い空の下でうごめいている。それが移動して消えたのちも、リンツはなにか考えこんでおり、シェーンコップの問いかけにも、あいまいな反応をしめした。

「それが……見おぼえのある顔が、敵の地上車《ランド・カー》に乗っていたようなので。でも、たしかではありませんから」

「どう見おぼえがあったんだ?」

シェーンコップの口調は、さりげなさのなかに、ごくしぜんな強制力をこめており、リンツに、ためらいをふりきらせた。

「先代の連隊長です。リューネブルク大佐どのです」

一瞬、シェーンコップ中佐は眉をしかめた。彼はリンツ大尉が画家志望であったことをむろん知っており、その視覚的記憶力にたいして信頼をよせてもいた。リンツの証言には、他者のそれと比して、三五パーセントほど高い信頼度があると考えている。

それにしても、リューネブルク大佐とは。外見ほどの平静さを内心においても維持することは、シェーンコップにとってさえ容易ではなかった。リューネブルクという人物に、シェーンコップは部下として五年間つかえたのである。彼が少尉に任官したとき、中隊長リューネブルク大尉の指揮下にあったし、彼が大尉に昇進したとき、リューネブルクは大佐となって連隊の最高位をしめていた。五年にわたって生死をともにしてきたはずの男が、部下たちを棄てて帝国軍に投降したとき、シェーンコップは失望と不快感を禁じえなかった。つまり、リューネブルクは第二の道を——故国にたいする幻想に酔う道を選択したのであろうか、と。

「因縁ですね、こんなところで」

二二歳のブルームハルトがつぶやいた。

じつのところ、因縁と呼ぶほど、事情は複雑ではない。銀河帝国と自由惑星同盟《フリー・プラネッツ》との戦いは、イゼルローン要塞および回廊の周辺に限定されているので、軍務に従事しているかぎり、そこに配置されざるをえないのである。リューネブルクが帝国軍の第一線に配置されるのは、彼が同盟軍の内部事情につうじている以上、むろん当然のことであった。

「ちと、まずいことになるかもしれんな」

シェーンコップは、現在の連隊長ヴァーンシャッフェ大佐より、前任者のほうを、はるかに高く評価していた。指揮官としての才幹においては、である。シェーンコップは幼少から、自信という名の友人と仲よくしてきた。ゆえに、めったなことで他人に感心はしなかったが、地上戦の指揮能力において、にわかに優劣をつけがたいと感じる相手が、ひとりだけ存在した。それがヘルマン・フォン・リューネブルク大佐であったのだ。

「中佐、これからどうします？」

リンツの問いに、シェーンコップは無造作な返答を投げかえした。

「常識の線でいくさ。敵に見つからないように、味方を見つける。単純なことじゃないか」

「ははあ……」

リンツはなにか言いたそうであった。単純だから容易であるとは、かぎらないのだ。だが、この不敵な上官にたいする敬意と信頼感が、不安をうわまわり、彼は自分自身を納得させるためにうなずいた。

Ⅳ

ヘルマン・フォン・リューネブルク。銀河帝国軍准将。三年前まで自由惑星同盟軍大佐であった。第一一代の〝薔薇の騎士《ローゼンリッター》〟連隊長である。年齢はこの年三五歳。生まれながらの帝国貴族といった容姿をもつ長身の男で、銀灰色の髪と、不機嫌そうな青灰色の目が印象的であった。

亡命してからの三年間に、一階級しか昇進していないのは、彼の才幹からいえば、順調とはいえないであろう。この間、彼が帝国貴族の令嬢と結婚し、その令嬢が評判の佳人《かじん》であったことに反感がよせられた結果であるともいう。いずれにせよ、彼が不本意な境遇にあるということは、そもそもグリンメルスハウゼン中将の麾下にはいっている、という一点で、すでに証明されているようなものであった。

このリューネブルク准将が、ラインハルトが地上偵察をおこなうという計画に、異をとなえて、ラインハルトの眼前で、グリンメルスハウゼン中将に具申したのである。

「ミューゼル准将は、宇宙空間の戦闘指揮においては英才であられるそうですが、地上戦においては小官《しょうかん》のほうに一日《いちじつ》の長がありましょう。その件につきましては、小官におまかせいただきたく存じます」

功をあせるようすはなかった。ラインハルトにたいする誹謗も口にしなかった。冷静な自信が、鋼鉄の強靭さで、グリンメルスハウゼンをつつみこんだようであり、老提督は、たちまちその精神的な磁場に影響されたように、方針を変更したのである。

「そうじゃな、そのほうがよかろう、ミューゼル准将、ここはリューネブルクにまかせるほうがよいように思う。卿《けい》はそう思わんかな。なんというても、リューネブルクは地上戦の専門家じゃからな」

七六歳の老提督は、頭ごなしに命令するような語調を使わず、むしろ若者を説得するように話しかける。いたけだかな強制であれば、ラインハルトとしても反発のしようがあるのだが、上官にこう言われて拒絶するとすれば、ラインハルトがいかにも不遜《ふそん》かつ狭量《きょうりょう》に思われるであろう。

「ご随意《ずいい》に、閣下」

考えてみれば、上官にたいして、これはかなり無礼な応じようであったが、ラインハルトとしては、自分の発案を他人にゆずる無念さを、完全には隠しおおせなかった。一八歳の若さが、礼節の縫い目から覇気をこぼれさせたのであろうか。いずれにしても、こうして主導権はリューネブルクの手にうつったのである。

この件にかんして、グリンメルスハウゼン老人は、〝よきにはからえ〟という態度を一貫させた。地上部隊は、一括《いっかつ》して、リューネブルクの指揮下にはいることになった。彼にとっての上位者である少将たちから、不満の声もあがったが、

「まあ、まあ、やらせてみたらどうかな」

と老提督にさとされると、沈黙してしまった。納得したというより、反論するのが、ばかばかしくなったのであろう。その心理が、ラインハルトによくわかるのも、皮肉といえば皮肉であった。

もっとも、ラインハルトは傍観者としての立場を楽しむわけにいかなかった。一時的な処置として、リューネブルクの副将たる地位をあたえられたからである。ほかのさまざまな処置と

おなじく、これもまた、リューネブルクの上申《じょうしん》を、グリンメルスハウゼンが認めた結果であった。

「ミューゼル准将、卿《けい》の才幹に期待させてもらうが、よろしいかな」

「卿を失望させることがないよう、努力しよう、リューネブルク准将」

おなじ階級をもつ者の指揮下にはいることは、一八歳のラインハルトにとって、最初の経験であった。屈辱にちかい感情作用が、金髪の若者にはたらきかけていた。自分自身の現況にたいして、ラインハルトは寛容になりえなかったのだ。リューネブルクが彼より一七歳も年長であることを考えても、また自分が全能ではないという自覚があっても、同格者の下につくことは、快感をもたらすことではなかった。

「リューネブルクなどの下風《かふう》に立たされるようで、銀河帝国全体を掌中におさめることができるのだろうか。おれがいだいているものは、野心ではなく、妄想にすぎないのかもしれない」

いささか心理的安定を欠くラインハルトの白い顔を一瞥《いちべつ》して、リューネブルクは無表情であった。

この逆流してきた亡命者にたいして、ラインハルトは好意的になりえなかった。政治的、思想的な理由によって、帝国から同盟へ亡命する者が存在することは、ラインハルトには理解できる。民主共和主義思想にたいして共感するわけではないが、それを信奉し、それゆえに故郷を追われる人々にたいしては、敬意めいた感情を、彼はいだいていた。ゴールデンバウム王朝にたいする負《マイナス》の情念に、共通するものを感じたのか、価値観を守って身を捨てる行為に美を感じとったのか。おそらく両方であろう。

だが、同盟から帝国へ亡命するという理由は、いったいなんであろうか。リューネブルク自身には正当な理由があるのだろうが、ラインハルトには想像もつかない。すくなくとも、今上《きんじょう》皇帝フリードリヒ四世の、君主としての徳を慕《した》ったわけではないであろう。

ラインハルトは、この金髪の若者らしくもなく、どちらかといえば非建設的な思念にとらわれている。そのことを、当人以上に、赤毛の友が洞察《どうさつ》していた。

他人の下につく、ということが、すでにしてラインハルトにとっての難行であることをキルヒアイスは知っていた。幼年学校時代、下級生は上級生のために、靴をみがいたり服にブラシをかけたり個室の清掃をしたりしなくてはならなかったが、ラインハルトはそれを完璧に遂行し、上級生に、批判する隙をあたえなかった。それでもとやかくいう者は、最初からラインハルトに陰湿な悪意をいだいているのだから、ラインハルトは容赦なく反撃し、報復した。すべての人間に好かれよう、などと、ラインハルトは妄想をいだいていなかったから、学年首席の実績と、姉アンネローゼがえた不本意な地位とを盾とし、キルヒアイスの協力をえて、ラインハルトは自分の人間としての矜持《きょうじ》を守りぬいたのである。

「ラインハルトさまに追いぬかれた者たちがどういう思いをいだくか、今回のことでラインハルトさまもすこし理解してくださるかもしれない。だとしたら、今回の人事は、けっして理不尽ではない」

　そのような心理を、キルヒアイスが口にだして表現すると、ラインハルトは、意地悪いくせに華麗にひびく笑い声をたて、

「そら、キルヒアイスの苦労性が、またはじまった。あまりよけいな気苦労ばかりしていると、みごとな赤毛が白くなるぞ」

　そうからかうのである。キルヒアイスは、やや不本意である。苦労性は彼にとって後天的な属性であって、その発芽と生長のために水をまいたのは、豪奢な金髪とやはり豪奢な野心とをあわせもつ美貌の若者のほうである。しかもこの友人は、その責任にたいして、まるで自覚がないようなのだ。こまった方だ、と思いつつ、そういうラインハルトとの心理関係を、キルヒアイスは好意的に受容しているのだから、第三者から見れば、〝世話はない〟ということになるであろう。

「ジーク、ラインハルトのことをお願いしますね」

　現在グリューネワルト伯爵夫人となった女性の言葉は、キルヒアイスの魂に、黄金の文字で刻印されていた。ミューゼル家の姉弟に出会わず、この言葉をうけることがなかったら、キルヒアイスは軍服をまとう人生とおそらく無縁でありえただろう。彼が戦うのは、この姉弟のためであり、そのためだけであったから。

　リューネブルク准将がみずから陸戦部隊をひきいて出動していった直後、キルヒアイスは、

黄金の髪の友にたずねてみた。

「リューネブルク准将の指揮ぶりを、どうごらんになります？」

「理にかなっている。部隊も整然としているな」

簡潔にそう評価したものの、それだけではすませないラインハルトだった。

「だが、いやな奴だ！　言っておくがな、キルヒアイス、おれは個人としての奴を嫌っているのであって、指揮官としての奴を否定しているわけではないぞ」

「承知しております、ラインハルトさま」

キルヒアイスが微笑すると、ラインハルトは、しかつめらしい表情をつくってうなずいてみせた。自分に嫉妬心があると思われるのが、ラインハルトには不本意なのだった。そのことは、キルヒアイスには充分わかっている。これから将来《さき》、ラインハルトの嫉視に値する才能が、彼らの前途に立ちはだかることが、はたしてあるのだろうか。

リューネブルクに野心があるにしても、それはラインハルトの野心を凌駕するものではありえない。キルヒアイスは、ラインハルトの野心と才幹が高い水準で均衡していることを知っていた。ただ、とるにたりない小さな雲が、陽光をさえぎる例もありえる。リューネブルクがラインハルトの未来にとって不吉な要因となるのであれば、キルヒアイスは、彼を放置しておくわけにはいかなかった。公務だけでも充分、多忙であったが、その間隙《かんげき》を縫って、キルヒアイスは、リューネブルクの身辺を調べることにしたのだった。

「リューネブルク大佐は、帝国で将官の階級をえたうえ、門閥貴族の令嬢と結婚したそうだ」
という噂は、同盟軍にさえも流布されていた。同盟から帝国へ逆亡命した人間の存在は、帝国にとって貴重な政治宣伝の素材となりえる。〝長きにわたる叛逆の迷夢《めいむ》からさめ、正道にたちもどれば、このように厚く遇されるのだ〟というわけで、個人の人格より政治性を優先することは、いずれの国においても差はなかった。それにしても、逆亡命者が貴族の娘と結婚した例は、やはりめずらしいように思われる。

キルヒアイスは、公表された資料を調査しただけだが、それでもいくつかの情報を入手することができた。リューネブルクと結婚した女性は、ハルテンベルク伯爵の一門につらなるエリザベートという女性で、リューネブルクより九歳の年少である。かつてほかの帝国貴族と婚約していたが、その婚約者は同盟軍との戦いに出征したまま帰らず、戦死の公報だけが彼女の手もとにとどいた。その後、彼女はいくつかの求婚をしりぞけていたが、リューネブルクがかなり強引に彼女をもとめ、つい一年前に結婚にこぎつけたのである。それは彼女の人生が埋もれてしまうことを危惧した兄ハルテンベルク伯の勧めもあったが、リューネブルクがかなり非紳士的なやりかたで〝事実〟を先行させたことも、たしかなようであった。

「ラインハルトさまが、このことを知ったら、よけいリューネブルク准将を嫌いになるだろうな……」

こと男女の仲にかんするかぎり、ラインハルトの思想は、単純で潔癖である。キルヒアイスも、むろんラインハルトと本質的にはことならず、だいいち、彼の心の神殿に住むただひとりの女性をのぞいては、恋や愛やその同義語、あるいは類似語と、縁がなかった。ただ、愛情の形式というものが、人によってそれぞれの象《かたち》をとるということは、わきまえている。だが、それも、どちらかといえば観念のなかのことだけであるにはちがいなかった。

V

二九日八時四〇分、シェーンコップたち四人は、ようやく連隊長一行との再会をはたすことができた。地上車《ランド・カー》の轍《わだち》を発見し、追跡した結果である。

大佐の一行は、急傾斜の岩場に停止していた。故障車が出て、前進と撤退の選択に迷っていたのである。シェーンコップ一行の出現に胆をひやしたようすがあきらかで、大佐はともかく、部下たちはさほどこのささやかな冒険に積極的ではなかったようにみえた。

ヴァーンシャッフェ大佐は不機嫌であったが、それが真実であるのか演技であるのか、シェーンコップにはいまひとつ確信がもてなかった。

中佐であった当時、あるいはそれ以前、この中年の士官は、戦闘経験も豊かで、部下にたいして気前もよく、人望も充分にあった。だが、連隊長に就任して以来、その人格に油彩画のど、、、ぎつさがくわわったようにみえる。部下にたいしては尊大になり、軍上層部には腰をかがめ、政治家や財界人と交際を深めるようになった。将官の地位をめざすにしても、態度が単純で露骨《ろこつ》すぎ、部下たちの心情を漂白した。

地位の向上と権限の拡大とに耐えるだけの、精神的な骨格をもちあわせていなかったのだ。そうシェーンコップは判断している。大隊長以下の地位であれば、器《うつわ》に応じた有能さと人望とを維持しえたであろう。栄達も、富も、人間をかならず幸福にする架空の方程式の解答ではないようであった。

「シェーンコップ中佐、貴官には、留守部隊の指揮をゆだねてあったはずだぞ」

「私もそう記憶しておりますが、連隊長どの、実情はしばしば記憶を超越することがありまして」

お前さんがたよりないから助けにきてやったのだ、と、シェーンコップは副音声で言ってのけたのだが、それで非難されるいわれはないはずであった。見殺しにするより、はるかにりっぱではないか、と思う。

「敵らしき物体がいよいよ接近してきていますぜ、中佐」

リンツが口をはさんだのは、毒舌のやりとりが泥沼化することを心配したためらしかった。

索敵システムの発達は、それに対応する妨害システムの発達をもうながした。レーダーにたいする電波吸収塗料などがそうだが、動力部の完全無音化や、熱放射の完全遮断は、現在のところ不可能なのである。大佐の眉に電流がはしるのを見ながら、シェーンコップが問うた。

「数は？」

「正確にはわかりませんが、吾々より一桁《けた》は多いようですな。ついでに私見《しけん》を申しあげるなら、包囲される前に逃げだしたほうがよろしいかと思います」

兵力に大差がついている以上、退却すべきであり、しかも急ぐべきであった。こちらの存在を完全に捕捉されれば、逃げだしたところで、味方の所在地を敵に教えてやるようなものだ。ヴァーンシャッフェ大佐も、状況の不利は認めざるをえず、当初の目的を墨守《ぼくしゅ》して我《が》を張っているわけにはいかなかった。全責任がシェーンコップにあるかのような表情をして考えこんだが、それも五秒半ほどのことで、不快げに後退命令をだす。

一同はいそいで地上車《ランド・カー》に分乗した。故障した地上車は、遺棄《いき》せざるをえなかったが、リンツが手早くハッチに爆発物をしかける。開くと同時に、勇敢な帝国軍兵士は、補修必要な身体で天上《ヴァルハラ》へ直行することになるだろう。遺棄された地上車《ランド・カー》に目もくれず追いかけてくることもありえるが。

帝国軍の行動速度は、シェーンコップの予想すらこえかける迅速さであった。九時三〇分、一一時方向に、敵の装甲地上車《ALC》が姿をあらわす。数的優勢を利し、袋の口をしぼるように包囲を縮めてくるのだが、彼らにとってさらに有利な態勢を完成させるべく、同盟軍を特定の方向へ追いこんでくるのだ。

「可愛げのない用兵だ」

賞賛の念を、毒気のオブラートにつつんでシェーンコップは吐きすてた。その声は、ヘルメットの風防ガラスに衝突して、彼自身にはねかえってきた。〝気まぐれヨハン〟の通信機から、はげしい雑音につづいて、帝国語の威嚇が流れだしてきた。

「動力を停止し、武器をすてて降伏せよ。さもなくば攻撃する」

なにか言いかえしてやろう、と、運転席でブルームハルトが考えていると、デア・デッケンが声をあげた。濃藍《のうらん》色の空をひきさいて、一弾が落下してきたのである。

大気が存在しないにひとしいので、轟音も爆風もほとんど生じなかった。オレンジ色の火球が大地の一部をえぐりとり、強烈なエネルギーの残波と、噴きあがる土砂が、地上車《ランド・カー》をもちあげ、放りだした。

横転した地上車《ランド・カー》から、戦斧《トマホーク》や荷電《かでん》粒子ライフルをつかんだまま、兵士たちが転がりでる。そこへ、火線が数十本、集中して、兵士たちの身体に、緋色の触手をまとわりつかせた。鏡面《ミラー・》処理《コーティング》をほどこした装甲服にたいしては、ビームよりも高速の大口径弾がより有効なのである。数人が弾幕に捕捉され、地上に転倒した。そのなかに、右第二肋骨の下と左腿を撃ちぬかれたヴァーンシャッフェ大佐の姿があった。

被弾をまぬがれた〝気まぐれヨハン〟から運転席のブルームハルトを残して、三人がとびおりた。シェーンコップと、ほかの二名が走りだした方向はべつであった。ヴァーンシャッフェは、岩かげに這いずり、激痛に耐えつつ、装甲服の破損箇処にテープをまいた。気圧の激変から、身を守らねばならなかったのだ。ふと、人影がさしたのに気づいた彼は、視線をあげて、そこに帝国軍の装甲服をまとった長身の男を見いだした。

「……リューネブルク大佐」

驚愕のあえぎは、冷淡な無視によってむくわれた。先代の連隊長は、負傷した現在の連隊長に、注意をはらう価値を認めなかったのである。ヘルメットごしに放たれる彼の視線のさきには、ワルター・フォン・シェーンコップ中佐が、未発の殺気をたたえて、跳躍の機会をうかがっていた。シェーンコップもリューネブルクも、手に炭素クリスタル製の戦斧《トマホーク》をさげている。

三年ぶりの再会であったが、素直に久闊《きゅうかつ》を叙《じょ》するというわけにはいかなかった。リューネブルクは高く遠く飛翔したにしても、飛びさった跡はかなり濁っていたので、巣にとりのこされた鳥たちは、さんざん苦労するはめになったのである。

「シェーンコップ中佐！」

ヴァーンシャッフェの声を耳にすると、リューネブルクは低い、嘲弄《ちょうろう》の気配をこめた呼びかけをした。

「シェーンコップ、中佐になったか、出世したものだな」

「あんたも閣下と呼ばれる身分になったらしいな、けっこうなことだ」

「帝国軍にもあまり人材がいないらしくてな」

「そんな台詞《せりふ》は、せめて上級大将ぐらいになってから言うものだぜ」

毒舌が応酬されるあいだに、戦斧《トマホーク》はごく緩慢《かんまん》に、最初の位置から上昇しはじめている。両者が対峙《たいじ》したむこうの平坦地では、両軍の銃火と戦斧がひらめいていたが、それは遠い世界のできごとのようだった。よそおわれた平静さは、だが、急激に破れた。臨界に達した殺気が炸裂し、両者は同時に戦斧をきらめかせていた。

一閃は落下し、一閃は奔騰《ほんとう》する。

激突したふたつの戦斧は、たがいの手から離れ、噛みあいながら、宙を飛んだ。リューネブルク、シェーンコップ、両名とも素手になり、激突の余波で姿勢をくずして後方へもんどりうっている。

リューネブルクが体勢をととのえたとき、シェーンコップが躍りかかり、右の拳でヘルメットの側面を撃つと同時に、ひざげりを股間にたたきこんだ。反撃は、先制におとらぬ迅速さと強烈さをもっておこなわれた。鎖骨《さこつ》のあたりに肘《ひじ》撃ちがたたきこまれて、装甲服の上からであったにもかかわらず、シェーンコップをよろめかせた。さらに脚をはらわれ、地に倒れこんだところへ、脇腹にひざ頭《がしら》が撃ちこまれる。

それが一Gの重力下であれば、シェーンコップの戦闘力は、たいはんが奪われていたにちがいない。だが、〇・二五Gの低重力が、彼を救った。シェーンコップは、粒子のあらい砂の上で、長身を一転させてはね起きた。砂が舞いあがり、リューネブルクの連続する動作を、ほんの半秒ほど遅滞《ちたい》させる。シェーンコップには、それで充分であった。左の太腿におびていた戦闘用ナイフを抜きとり、強靭な手首をひらめかせる。白い閃光は、数ミクロンの微差で、相手の装甲服にとどかなかった。リューネブルクは身体ごとのけぞってそれをかわし、装甲服の破損による極低圧下の死を逃がれたのである。だが、同時に突きだされた蹴りをかわすことは不可能だった。左脇に衝撃をおぼえて、リューネブルクは数メートルも吹きとばされ、ようやく足を踏みしめて、転倒をまぬがれた。

「すこしは白兵戦技ができるようになったらしいな、青二才」

嘲弄のひびきは、だがわずかな劣勢を完全には隠しおおせなかった。あきらかに、リューネブルクはシェーンコップの実力を把握しそこねたのだ。彼の前にいるのは、最近の三年間で同盟軍最高級の白兵戦技の達人に成長した男だった。シェーンコップは三〇歳で、体力の絶頂期にあり、技術的にも円熟している。それにくらべて、リューネブルクは、ここ三年ほど実戦から遠ざかっており、こういった微量の格差は、死に直結しかねなかった。

突然、相対するリューネブルクの右半面と、シェーンコップの左半面とが、オレンジ色にかがやいた。帝国軍の地上車《ランド・カー》が、爆発炎上している。リンツとデア・デッケンが、対地ミサイルで攻撃したのだ。意外な方角からの敵襲が、帝国軍をおどろかせ、組織的な反撃をおこなう寸前に、手榴弾とライフルの連続攻撃が、彼らをなぎはらった。ブルームハルトの運転する〝気まぐれヨハン〟が突進して、ふたりのあいだに割りこんだ。

「ふん、シェーンコップの青二才が、なかなか辛辣なまねをしてくれるではないか。それにしても、〝薔薇の騎士《ローゼンリッター》〟の戦いぶりも、下品になったものだ」

〝気まぐれヨハン〟からの銃撃をかわして、リューネブルクは笑い、一時的な敗北をうけいれた。

〝気まぐれヨハン〟は、帝国軍の包囲網を突破した。装備された機関砲からウラン238弾を撃ちまくり、三台の帝国軍地上車《ランド・カー》につぎつぎと衝突し、あわてて跳びのく帝国軍兵士たちを横目に、シェーンコップは、まずヴァーンシャッフェの身体を車体にかかえあげてから自分も車体にとびのり、追いすがる敵兵を地上に蹴りおとした。リンツとデア・デッケンが〝気まぐれヨハン〟にとびつき、僚友の無謀運転をののしりやまぬうち、混乱のなかでまんまと脱出に成功してしまったものである。

シェーンコップの指揮をうけて、三台の地上車《ランド・カー》は、帝国軍の執拗な追撃をふりきった。リューネブルクが追跡を断念したのは、同盟軍基地からの来援を警戒したからであるが、威力偵察としての成果は充分すぎるほど、あげたからでもある。同盟軍の存在をつきとめ、その基地の位置もほぼ確認しえたし、ついでに連隊長級の高級士官に重傷をおわせ、〝薔薇の騎士〟が遺棄せざるをえなくなった装甲地上車《ALC》も捕獲した。たいした戦果というべきであろう。先代の連隊長のために、みじめな撤収を余儀なくされた〝薔薇の騎士〟こそ、いい面の皮というべきであった。

地上車《ランド・カー》の後部座席に横たわったヴァーンシャッフェ大佐は、応急手当の包帯とゼリーパームにつつまれて、安楽とはいえない旅を耐えぬいた。その間、解熱剤は服用したが、鎮痛剤は拒否し、4＝2基地に帰投すると、ただちに軍病院にはこびこまれた。だが、手術に耐える体力はすでに失われ、治療のほどこしようがなかった。

三月三一日六時四〇分、〝薔薇の騎士〟連隊第一二代連隊長ヴァーンシャッフェ大佐は、その職にあった者として四人めの戦死者となった。同日七時三〇分、同盟軍ヴァンフリート4＝2基地司令官セレブレッゼ中将は、職権により、ワルター・フォン・シェーンコップ中佐を、〝薔薇の騎士〟連隊長代理に任命した。

この人事は順当なものであるはずだったが、それを実現させるために、シェーンコップはまず司令官の注意を喚起せねばならなかった。彼の報告と、それにつづく意見を聞いて、セレブレッゼはうめいた。

「帝国軍が攻撃してくるというのか！」

「帝国軍が攻撃してくるというのですよ」

理の当然で、説明する意欲もおこらないほどであった。帰還したリューネブルクが、突然、言語障害でもおこさないかぎり、事情が報告され、報告はあらたな戦闘を呼びおこすであろう。

「で、貴官はなぜ、応戦の準備もせず、そんなところに立ったままでいるのだ」

「基地司令官閣下のご命令をお待ちしているのです。私はいまのところ、連隊においてたんなる先任士官であるにすぎません。正式に権限をあたえていただかないと……」

セレブレッゼは、睡眠と精神的余裕を不足させた赤い目で、不逞な青年士官をにらみ、罵声《ばせい》を口のなかに封じこめた。無言で卓上の小型コンピューターのキイをうち、任命書をシェーンコップに放りつけたのである。

シェーンコップは、べつに地位や階級を欲しているわけでなかったが、この際やはり権限は必要であったのだ。

「べつにヴァーンシャッフェ大佐の仇をうとうとは思わんが、リューネブルクにたいしては、結着をつけておく必要があるな。でないと、薔薇の騎士《ローゼンリッター》の精華《せいか》もしおれたまま、帝国軍の軍功表にはさまれて押し花にされてしまうだろうよ」

それほどの時間を待つ必要はないであろうと思われた。よほど重量級のハプニングが足首をつかまないかぎり、帝国軍の全面出動は、予定にして決定事項であるはずだった。

だが、それにしても、ろくでもない軍隊だと、シェーンコップは思わずにいられない。彼は戦死ないし退役するまでに、彼にふさわしい才幹と器量を有する上官にめぐりあえるであろうか。可能性ははなはだ低く、ネオンの巷《ちまた》で夜空の星を探すも同様に思われるのだった。

第三章　染血の四月

I

「あれほど無意味で、しかも徒労感をもたらす戦いの例は、そう多くない」

後日になって、ヴァンフリート星域の会戦は、そう両軍の戦史において総括されることになる。だが、それは両軍首脳部の不名誉であって、実際に血を流した兵士たちの不名誉ではない。生きて故郷に還ることができてこそ、意味や意義について語ることもできる。彼らは妻子や両親や恋人に再会するために、眼前の敵を殺して、自分自身が生き残らなくてはならなかった。勝利も敗北も、進攻も撤退も、ひとしく無名の兵士たちの生命を要求し、見えざる巨大なポンプによって彼らの血を吸いあげ、〝国家の威信〟や〝軍の栄光〟という名の汚物を排泄するのだった。

同盟軍の偵察部隊を退却させて、リューネブルク准将が帰還してくると、すぐに将官会議が開かれ、その席上、リューネブルクは立ってこう意見を述べた。

「ただちに陸戦部隊の総力をあげて、叛乱軍根拠地を攻撃すべきです。こちらが先制せねば、敵が攻撃してくるだけのこと。この区々《くく》たる小惑星の地表で、共存するわけにもいかない以上、生存と勝利とは、同意義語であります。司令官閣下のご裁断《さいだん》を願うものです」

グリンメルスハウゼン中将は、即決果断とは無縁の人と思われている。なかば眠ったような沈思《ちんし》ののち、老人は、最年少者に意見をもとめた。

「ミューゼル准将はどう思うかな」

ラインハルトが答えようとすると、ほとんど冷然としてリューネブルクがさえぎった。

「司令官閣下のご裁可をえて、ミューゼル准将は、小官の副将たるの席をあたえられております。副将の見解は、主将のそれと同様のはず、彼に意見をお求めになるのは、失礼ながら、不見識でいらっしゃいましょう」

「ああ、そうか、うむ、たしかに卿《けい》の言うとおりじゃな、面目ない」

グリンメルスハウゼン老人は、鈍感そうに笑ってすませたが、同席した幕僚たちは、あるいは憤然とし、あるいは慄然《りつぜん》として、新参の逆亡命者をにらみつけた。リューネブルクは鋼鉄の無情さでそれに相対しており、彼の態度は、皮肉なことに、ラインハルトにたいする列将《れつしょう》の悪意までひきうけてしまったかにみえた。彼にくらべれば、ラインハルトの生意気さも、若さの発露《はつろ》で、許容しえるものと思われたかもしれない。

ラインハルト自身も、それを察したが、だからといってリューネブルクに感謝する気にはなれなかった。彼はこれまで、悪い意味においても注目の的であったのに、リューネブルクの強烈な個性によって、その他おおぜいの一員になりさがってしまったように思えたのだ。

事情を聞いたキルヒアイスは、リューネブルクという人物に、危険性を感じざるをえなかった。迅速な威力偵察によって功績をたてただけにとどまらず、それを橋頭堡《きょうとうほ》として司令官にたいする発言権を確保し、つぎの作戦立案にかんする主導権を手中におさめ、さらには同格であるはずのラインハルトの発言権を封じこめてしまったのである。あるいはこの辛辣な巧妙さがリューネブルクの本領であって、逆亡命以来の三年間、軍務において鳴かず飛ばずであったのは、機会が到来するまで仮眠していたということなのだろうか。いずれにしても、キルヒアイスの心理において、リューネブルクは負《マイナス》の方向へ、存在をいちじるしく傾斜させることになった。

「なんという、いやな、油断のならない奴だ。おれは奴とおなじ場所の空気を吸うことさえ、いやになってきた」

そう吐きすてながらも、リューネブルクの副将という不本意な地位にともなう責務を、手抜きすることなく遂行《すいこう》しようと努めるのが、ラインハルトが有する本質的なきまじめさであっただろう。ラインハルトは、生意気だとかなりあがりだとか非難されることに、なんらの痛痒《つうよう》も感じなかったが、能力や責任感にたいして疑問をいだかれることには耐えられなかったのだ。

主将の立場にあるリューネブルクにたいしては、必要最小限度の礼節をたもちつつ、完璧なまでにととのった出動計画を立案し、輸送体系を整備し、武器弾薬の必要量を算出してそれを用意し、その精勤《せいきん》ぶりは、人々の目を見張らせた。べつに意図したわけではないが、リューネブルクへの反感に逆比例して、ラインハルトにたいする評価は上昇したのである。

だが、ラインハルトの外側で、戦局全体は劇的な変化もしめさず、くすぶりつづけている。戦略レベルにおける無責任と、戦術レベルにおける近視眼的な狂熱とが、混乱を加速させたのであろうか。

この時期、帝国軍と同盟軍と、いずれの司令部も、戦局全体の状況と、各部隊の動向とを把握することが不可能であった。そして、後日、公式記録を作成するにあたっては、作戦指揮全体の統一性、整合性をそこなうかにみえる要素を、かたはしから切りすてていったため、無視された事実の量は、膨大なものとなったのである。

四月三日、ラインハルトの気分の複雑さは、質的にかなり深刻なものとなっていた。どうやら自分が、リューネブルクの成功の原材料にされるであろうことは明白であったし、膨張する反感にもかかわらず、彼の性格として、サボタージュはなしえなかった。

「おれは自分がこんなに損な性分だとは思わなかった。キルヒアイス、おれはもしかして貧乏性というやつなのだろうか。全部リューネブルクの功績にされてしまうとわかりきっているのに、こんなに一所懸命、仕事をしてしまうんだものなあ」

ラインハルトがぼやくことがその生涯に存在したとすれば、このときがまさにそれであった。

彼の精勤ぶりは、むろん艦隊司令官グリンメルスハウゼン中将の知るところとなって、ラインハルトは一度ならず賞揚《しょうよう》されたが、あまり喜ぶ気にもなれないのだった。

この老人にかかると、ラインハルトの覇気・鋭気・烈気のすべてが空転してしまい、結晶化することなく霧消《むしょう》してしまうのである。これまでラインハルトは、敵意や憎悪や無理解の壁に幾度となく突きあたり、そのつど気力・知力・体力のすべてを駆使してそれを粉砕し、突破してきた。生命をおびやかされたことなど、一再《いっさい》でもなく、痛烈な反撃で、公然非公然の加害企《き》図《と》者たちを葬《ほうむ》りさってきたのである。それが今日までのラインハルトの人生航路であった。

だが、鋭利な剣は、綱を切断しえても、綿の塊を砕くことは困難なようであった。しかもこの綿は、相当に古びて、湿っているので、よけい斬撃は無力化してしまうのである。グリンメルスハウゼン中将にたいして、ラインハルトは幾度か、意見や苦情を申したてたし、かなり露骨な表現法を使ったこともあるが、彼の目的を達することも、老人を傷つけることもできなかった。川に石を投げこんでも、流れをとめることは不可能なもののようであって、剣の刃が磨《ま》滅《めつ》するだけかもしれない。

「なさけないな、キルヒアイス」

「どうなさいました、急に?」

「考えてもみろ。宇宙はこんなに広大で、歴史の流れは雄大なのに、おれはこんなつまらない衛星《ほし》で、つまらない任務にしたがっているんだぞ」

ラインハルトに同情しつつも、キルヒアイスは、ややおかしい。覇気に富みすぎるほどの金髪の若者が、わが身をかえりみて憮然とするなど、珍奇というべきであった。

「グリンメルスハウゼン提督がお嫌いですか?」

「好きとか嫌いとか、そういう問題ではない」

そう応じたものの、金髪の若者は、補足する必要を感じたようである。

「ただ、ちょっと苦手だ。なんといっても、年齢が離れすぎているからな」

苦手だ、などという表現を使用するのも、ラインハルトとしては異例のことであった。

その日、リューネブルクが彼に告げた。

「ミューゼル准将、四月七日零時を期して、叛乱軍基地に総攻撃をかける。むろん、私自身が指揮をとるが、卿《けい》も副将として私と同行してもらう。これまでの準備にしめされた卿の力量を、陣頭でもしめしてもらいたい」

「承知《ヤー》」

と、ラインハルトの返答は、極端に短い。

赤毛の若者は、その報にいちだんと気をひきしめた。

キルヒアイスにしてみれば、ラインハルトの功績がリューネブルクに吸収されてしまうことはやむをえぬにしても、リューネブルクの失敗の責任がラインハルトに押しつけられるようなことになっては、目もあてられない。この攻撃は成功させねばならず、しかも、可能であればラインハルト個人の功績を顕在化《けんざい》させねばならなかった。そして、そのためには、敵軍にたいするのと同等以上の比率で、リューネブルクに注意する必要があったのである。

Ⅱ

新任の〝薔薇の騎士《ローゼンリッター》〟連隊長代理のワルター・フォン・シェーンコップ中佐も、それほど幸福な境地ではなかった。

とうに明確となっていた事実ではあるが、基地司令官セレブレッゼ中将は、もともと後方勤務の人であって、最前線の砲火に身をさらす型《タイプ》ではない。まさか帝国軍の大兵力と、至近距離で相対するなどとは、考えてもいなかったであろう。その点、セレブレッゼ中将も気の毒であるが、その下で実戦指揮をゆだねられたシェーンコップも、単純に楽天主義を信奉してはいられなかったのである。

ささやかな幸運は、連隊長を失った〝薔薇の騎士〟の一同から、戦意が失われていないことであった。三分の一時間で連隊長ヴァーンシャッフェ大佐の仮葬儀をすませると、彼らは精神波のチャンネルを切りかえて、シェーンコップの指揮をうけいれたのである。

以前からシェーンコップのシンパであるリンツ大尉が、ごくしぜんに彼の補佐官をつとめた。

「どのていどの兵力でおしよせてきますかね、帝国軍の奴ら」

「さあ、フライング・ボールの一チームよりすくないということはないだろうな」

同盟軍は、基地とはいえ後方根拠地であって、実戦部隊の構成員は多くない。〝薔薇の騎士《ローゼンリッター》〟をふくめて、二万人ていどであろう。しかも、これが統一された組織体ではないのだ。総司令部からの要請に応じて、戦場の各処に投入される連隊・大隊規模の独立体が集合したものなのである。したがって、最高位が大佐で、将官といえば、工兵少将とか軍医少将とか輸送科准将とか、実戦と縁の薄い人たちばかりである。いっぽう、帝国軍はというと、一個艦隊の兵力から陸戦部隊を主軸《しゅじく》として、一〇万人以上はかるく動員できるとみておくべきであろう。

リンツ大尉が黒ベレーの角度をなおした。

「リューネブルク大佐も、そりゃあ颯爽《さっそう》とした人でしたがねえ。いったいなにが不満で、帝国に逆亡命なんぞしたんでしょう?」

「さあな。だが、ひとつだけ言えることがあるぜ。おれだって、同盟軍の現状にはうんざりしている」

女性兵士がいるから逃げださないだけのことさ、とは、シェーンコップは口にしなかったし、リンツもことさら確認をもとめなかった。

「そりゃおれだって、一度ならず頭にきたことがありますが、帝国軍の現状は、もっとひどいのとちがいますか」

「リューネブルクは、そう思わなかったのさ」

「はあ、そうでしょうね」

「奴《やっこ》さんは、たしか、帝国貴族の出身だったはずだしな」

「シェーンコップ中佐だって、貴族出身じゃありませんか」

「おれの家は名ばかりの貧乏貴族。リューネブルク家ってのは、たしか爵《しゃく》の字がついて、それもけっこう上のほうじゃなかったかな。にわかに家系にたいする愛情にめざめて、お家を再興したくなったのかもしれんぜ」

　シェーンコップは多忙である。あらためて基地周辺の地形を調査し、火線の集中角度を計測し、同格の他の指揮官とのあいだに非友好的な検討をおこない、火砲ごとの消費弾薬量を算出し、装甲地上車《ALC》を各処に配備し……要するに、帝国軍におけるラインハルト・フォン・ミューゼルと似た責務をこなしていたわけである。もっとも、ラインハルトにくらべて、シェーンコップの人生は、はるかに豊かな色彩にみちていた。

　夜ともなれば、複数の女性兵士のベッドを狭くする夜課をおこたらない。なにしろ、本来が後方基地であるから、前線基地にくらべれば、女性兵士が多いのだ。補給、通信、医療・看護、整備、各部門に、士官、下士官、兵士、金髪、黒髪、赤毛と、男の積極性および手腕しだいで、よりどりみどりである。むろん、男性より女性が多数というわけではないので、あぶれる男はいくらでもいる。まして、シェーンコップのようなごく少数派が、市場を寡占《かせん》しているのだから。

シェーンコップの情事は、長つづきすることはめったにない。現在のところ、彼ともっとも深い交情関係にあるのは、対空迎撃システムのオペレーターをつとめている、ヴァレリー・リン・フィッツシモンズという二七歳の中尉どのであった。背が高く、赤みをおびた褐色の髪、おなじ色の瞳、クールで端麗な顔だちで、離婚歴がある。むろん、シェーンコップは他人の履歴にたいして、清教徒的なご清潔さなどもとめたこともなかった。ヴァレリーは頭のよい、自立心のある女性で、だからといってそれを声高に売りものにすることもなく、また彼女の個室は、八割の整然と二割の雑然とがさりげなく調和されていて、居心地がよかった。さしあたり、彼は彼女が気にいっていたし、彼女のほうでもそうらしかった。

一夜、ベッドで、ヴァレリーが彼にむかって問いかけたことがある。

「ワルター、あんた、結婚して家庭をもつ気はないの」

「家庭に嫌われているんでね、おれは」

「心配しないでよ。わたしと結婚しろなんて言わないから。ただね、あんたを相手にその気になった女の子が幾人もいるんだろうな、と、そう思っただけ」

眉をしかめて、シェーンコップは高い鼻の左側面を指先でこすった。

「おれと結婚したりしたら、いっそう失望するだろうさ。その前に別離《わか》れるのが、せめてもの罪ほろぼしってものだ……」

そう語ったのは、シェーンコップではなく、ヴァレリーのほうであった。まばたきする彼の視線に、彼女のやや皮肉っぽい笑顔が薄闇をすかして映った。

「そう考えてるんでしょう、あんた？　代弁してあげたのよ、感謝なさい」

「……ちがうと言いきれないところが、なんとも癪《しゃく》だな」

シェーンコップは頭の下で両手の指をくみ、暗い天井を見あげた。ヴァレリーが、彼の視線をおいつつ、ふいに話題を転じた。

「あんたたちの以前の連隊長だったリューネブルク大佐について、奇妙な噂を聞いたことがあるわ」

「ほう？」

「彼、いま帝国貴族の娘と結婚したけど、その婚約者を殺したのは彼自身だって。で、その男がもっていた写真を見て、彼はその女に惚れこみ、彼女をもとめて逆亡命したんですってさ。信じる？」

「恋した経験のない文学少女が妄想するような話だな。それほど現実は甘ったるくもないし、リューネブルクがそんな精神的糖尿病患者だったら、とっくに戦死してるだろうさ」

翌朝、シェーンコップは、モーニング・コーヒーののち、ヴァレリーの個室から堂々と出勤した。司令官室では、朝のいやみが軍服を着て彼を迎えた。

「いい身分だな、シェーンコップ中佐、敵襲を前にして、まず女性相手に勝ちいくさか」

そのていどのいやみで恐縮するシェーンコップではない。余裕たっぷりに一礼してみせた。

「順序をまちがえんでいただきましょう。おれが女とベッドで寝ていたから、敵が攻めてくるわけじゃありません。もし仮にそうだとしたら、私はよほど帝国軍に高く評価されているのでしょうな」

セレブレッゼ中将の顔がゆがんだ。左半面と右半面とのあいだに断層が生じて、ふたつの表情が同居した。自分の無能さを皮肉られたと思ったのであろう。事実をいえば、シェーンコップは、セレブレッゼを無能だとは思わない。戦闘指揮にむいていないと判断しているだけである。ただ、曲解されたところでかまうものか、と思っているのも、たしかであるが。

不毛な対話を手早くきりあげて、シェーンコップは司令官室から〝薔薇の騎士《ローゼンリッター》〟連隊本部に移動した。戦術コンピューターのディスプレイ画面上に、いくつかのシミュレーションを展開して、検討をくわえる。

「さて、どのくらいの期間、もちこたえることができるかな」

シェーンコップは軍隊も戦闘も好きだが、妄想的軍国主義者ではなかった。劣悪な兵器と不充分な補給と少数の兵力と不正確な情報と過剰な闘志――それらをもって大敵に勝ちえるなどと思ってはいなかった。彼は戦術面でさまざまな技巧をこらしただけでなく、たかが一中佐としては、分《ぶん》にすぎるほどの作戦構想をもち、それを司令官に提案している。

それは、同盟軍の艦隊戦力をもって、ヴァンフリート4＝2の地表に駐留する帝国軍を宇宙空間から攻撃させる、というものであった。リューネブルク准将の陸戦部隊は、帝国軍の枝葉であるにすぎず、根幹が撃たれれば、撤退せざるをえないはずである。本来、宇宙艦隊が戦闘宙域において地上に駐留するということじたい、戦略上の大きな過誤であり、帝国軍の首脳部は、その過誤を、正当な敗北によってつぐなうべきであった。

「このていどの計算ができる奴が、同盟軍の参謀どもにも幾人かはいるだろう。純然たる功名心でかまわない、やる気になってほしいものさ」

　シェーンコップの構想を聞いたブルームハルト中尉が、小首をかしげてみせた。

「もし参謀どもがその気にならなかったら、どうなるんです？」

「気にいった場所を確保しておくさ、死体を埋めてもらうためのな」

「気がすすまないなあ」

「そうだな、どうせなら、死んで土を抱くより、生きて女を抱くことを考えるさ」

　シェーンコップは、ふいに人の悪い笑いを口もとにひらめかせると、若い部下の肩を左手の甲でかるくたたいた。

「聞くところによると、ブルームハルト、お前まだ女を知らないそうじゃないか」

「……はあ、じつはそうなんです」

「若い者がベッドの広さをもてあますなんてもったいないことだ。お前がその気なら、決戦前の景気づけに、いい娘《こ》を紹介してやるぞ」

若い部下の不器用さを思いやったのだが、ブルームハルトは頭《かぶり》をふって褐色の髪を揺らした。

「ありがとうございます。でも、中佐、おれはまだ給料も安くって、結婚にはまだ早すぎますし、まだ二二歳ですしね、ほんとうに好きな女もまだいませんし……」

「結婚⁉」

それはシェーンコップにとって不吉きわまる単語であったから、彼は絶句してしまったのだが、ブルームハルトは赤面しつつ、きまじめに説明した。

「おれの女性観は、中佐どのと、ちょっとちがうんです。あ、むろん、中佐どのの考えを非難するとか、そんなつもりはありません。ただ、おれがなんとなくそうしたいと思っているだけのことで……変ですかね、やっぱり」

「いやいや、りっぱなものさ」

やや苦笑の成分が混入してはいたが、シェーンコップは笑って、若者の真摯《しんし》さを認め、賞賛した。

「生きのびろよ、ブルームハルト、そしていい女にめぐりあえ。生きのびるべき、これほど重大な理由は、たぶんほかにないからな」

Ⅲ

ヴァンフリート4＝2の地表において、帝国軍と同盟軍とが、深刻で無意味な流血に突入しようとしていたとき、戦局全体においても、微妙な変動が生じかけていた。それは、ほんとうにわずかなもので、しかも有機的に結合されたものではなかったから、直接の当事者以外、まだ誰もそれに気づいていないようである。

アレクサンドル・ビュコック中将の指揮する同盟軍第五艦隊は、すでに一週間にわたる繞回運動をつづけ、戦域を半周していたが、ガス状惑星ヴァンフリート4の惑星軌道に接近したところで、味方の通信波をとらえたのであった。

「ヴァンフリート4＝2の後方基地からの緊急通信です」

それが最初であった。ヴァンフリート4＝2の奇怪な状況が、味方である同盟軍のもとに、通信となってもたらされたのは。それまで、用心しつつ幾度か発した通信波は、ヴァンフリート4の巨大なガス体やその影響によって、遮断されていたのである。

救援をもとめる通信内容を知ったビュコック中将は、白にちかい灰色の眉をうごかした。一兵士からたたきあげて提督の称号を手にした〝五〇年選手〟は、この報告に、無視しえぬものを感じとったが、第六感だけで行動するほど無責任ではなかった。

仮にこれが帝国軍の罠であるとすれば、ヴァンフリート4＝2の地表に進駐した一個艦隊は、甘い危険な囮《おとり》であるのだろうか。帝国軍に壮大な戦略構想家がいるとすれば、そのていどの罠は、しかけてくるかもしれない。それでも、あえて、艦隊をうごかすべきであろうか。

ビュコックは柔軟な思考力と広い視野にめぐまれていたが、本質的には戦略家ではなく戦術家であって、その気質が、罠の危険性を配慮しつつも、ヴァンフリート4＝2宙域へ艦隊を急行させることを、彼に決断させた。

幕僚たちにむかって、彼は自分の判断を伝え、ヴァンフリート4＝2上空への急速移動を指示した。そして、参謀長モンシャルマン少将に、いたずらっぽく片目をとじてみせたものである。

「少将、こいつは出発点こそ、たんなる遭遇戦にすぎないかもしれんが、あるいは低気圧の中心みたいに、嵐を呼び集めることになるかもしれんぞ。その結果どうなるか、生きて見とどけたいものだな」

四月五日、〝ヴァンフリート星域の会戦〟と呼ばれるものは、まだ終結していない。それどころか、ある意味では、はじまってさえいないようであって、爆発すべき導火線が、湿ってくすぶり、しかも熱を発散させきってはいないのである。

「生煮えのフリカッセを食べさせられているような気分だ。胃にもたれてしようがない」

赤毛の友にむかって、ラインハルトはそう表現した。これから、かなり大規模な地上戦が開始されることになるのだが、ただ破壊と殺戮が展開されてそれでよしとするラインハルトではなかった。理論における完成度、芸術における洗練度が、彼にとってはきわめて重要であって、ラインハルトには、気むずかしい完全主義者の一面が、たしかに存在したのである。その一面が満足されず、しかも事態の主導権が掌中にないとすれば、ラインハルトの不満は蓄積されるいっぽうであった。キルヒアイスはそれを正確に洞察し、唯一の解決法をもすでに発見している。それは、ラインハルト個人に帰せられる武勲をたてさせることであった。小さな功をむさぼるのが目的ではない。ラインハルトの覇気に、通風孔《こう》をあたえねばならないのだった。

このとき、ヴァンフリート星域の各処で、帝国軍と同盟軍とが、すこしずつ、すこしずつ、うごきはじめていた。敵の行動をさぐりつつも、ドラスティックなかたちでの結着をもとめるように、艦隊行動をおこしている。

同盟軍のビュコック提督は、予言を的中させることになった。本来、大局とは無関係であったはずの、小衛星上の遭遇戦が、ヴァンフリート星域全体にわたって、両軍をうごかすことになった。両軍とも、靴底全体に貼りついたガムの噛みかすを捨てさる、そのきっかけをもとめていえのだ。小さな一波が万波《ばんぱ》を呼びあつめつつあった。

地表にありながら、それらの動向を、正確に把握し、予測していた者こそ、ラインハルト・フォン・ミューゼルであった。彼の認識は、歯痛のように不快で危険な感覚をともなっていた。

彼が帝国軍の、すくなくとも艦隊司令官の地位にあれば、これらの一連の事態を、偶然ではなく必然の糸によってあやつり、両軍のすべての行動を解析し、彼がたてた方程式どおりに、ヴァンフリート4＝2の周辺宙域に両軍主力を展開させ、最終的な決戦を演出し、勝利によってすべてを決算したであろう。

だが、散文的な現実において、ラインハルトは、この小衛星上におけるささやかな地上戦の指揮権すら有していないのだった。彼はリューネブルク准将の副将として、指揮用装甲地上車《ALC》の一台に身を置かなければならなかった。

「開戦にあたって、ミューゼル准将の意見を聞こうか」

リューネブルクの言葉は、先日、艦隊将官会議の席上でラインハルトの発言を封じこめてしまったことと矛盾するものではない。むしろ逆に、組織内部においては副将の発言を聞く。副将が主将の従属物であるということを、一八歳の若者に教えこもうとするかのようであった。ラインハルトは、むろん不満であって、そのようなとき、凡庸をよそおって自説を述べないというかたちで抵抗することもあるのだが、今回はそうもいかないようであった。

「地上戦それじたいには、さほど不安をいだく必要はありますまい。彼我《ひが》の戦力差は大きく、それを生かす準備も、充分にととのえてあります。ただ、留意《りゅうい》すべきは、敵の宇宙戦力が、わが艦隊にたいし上空より攻撃をかけてくることです……」

せいぜい鄭重《ていちょう》な口ぶりで、そういったことをラインハルトが告げると、リューネブルクはうなずいた。

「私が将来、栄達するようなことがあれば、ぜひ卿《けい》を幕僚に迎えたいものだ。卿の才能と識見は、一八歳とは思えぬ。今後、私が帝国のために武人としての責務をはたすとき、卿に協力してもらいたいな」

沈黙の磁場を身辺に張りめぐらせて、ラインハルトは、リューネブルクの賞賛にこたえた。逆亡命者の発言は、たしかにラインハルトの意表をついたのだ。彼はこれまで、自分が他者の幕僚となることなど、希望したことも想像したこともなかった。幼年学校を卒業して以来、彼は幾人もの上官をもったが、それはすべて軍務省による機械的な人事の結果であって、有力な将帥《しょうすい》から招かれたわけではない。多くの上官は、ラインハルトの才幹を見ぬくことができず、彼らにたいして中立以上の態度を、ラインハルトは期待したことがなかった。

リューネブルクは、まさしく例外であった！　彼のほうからすすんでラインハルトを麾下にと望むのだ。たとえ形式だけにせよ、そう口にしたのは、この逆亡命者が最初であった。ラインハルトは、知己《ちき》をえたことを感謝すべきであったろうか。

そうはならなかった。ラインハルトの神経網が一時に灼熱し、彼の白い頬は、激発寸前の怒りで赤くなった。激発が現実化しなかったのは、ラインハルトがキルヒアイスの視線に気づいたためであった。

ラインハルトは、灼熱した氷であり、凍《い》てついた炎である。知的な猛将であり、剽悍《ひょうかん》きわまる智将である。その双面性を、この当時、姉のグリューネワルト伯爵夫人アンネローゼと、八年の歳月をともにしてきたジークフリード・キルヒアイスだけが知っていたであろう。地位が高まり、権限が強まるほどに、ラインハルトの真価が発揮されるはずであった。

その才幹だけでなく、気質においても、ラインハルトは他者の下に屈従すべきではなかった。「このリューネブルクという男は、凡人ではない。だが、竜にむかって蛇の部下になるよう勧めている。凡人にたいするより、ラインハルトさまの心証《しんしょう》は悪くなるだろう」

そうキルヒアイスは思わずにいられなかった。それにしても、この出会いは、ラインハルトと、リューネブルクと、どちらにとって、より不幸であるのだろうか。

こうして四月六日、ヴァンフリート4＝2は朝を迎えた。

朝といっても、二四時間制の時刻表において、のことである。ヴァンフリート4＝2の地表と空は、つねに暗い。同盟軍基地から東の地平線を見ると、巨大なガス状惑星が、濁《にご》ったオレンジ色に鈍くかがやき、純白から漆黒まで、数十段階にわたる無彩色の雲が、その表面を渦まき流れている。その雲のひとつひとつが、中世の地球における諸侯国をしのぐ面積をもっているのだった。それらの、宗教画めいた光景は、ヴァンフリート4＝2の地平線付近にわだかまり、その上方には暗い空がひろがっている。

さて、地平線といっても、ヴァンフリート4＝2においては、やや丸みをおびて見えるのだ

が、同盟軍基地の北方の地平線に、帝国軍地上部隊の姿が出現したのは、六時二二分のことで
あった。装甲地上車《ALC》、自走レール・キャノン、地上攻撃メカを主力とした、それは地獄の熔鉱《ようこう》炉《ろ》であり、敵軍に属する生物と無生物のすべてを、劫火《ごうか》のなかにたたきこもうとする意思の、殺伐とした具象化《ぐしょうか》であった。

シェーンコップ中佐以下の地上戦要員は、すでに装甲服《アーマー・スーツ》をまとい、他の将兵もすべて気密服を着用して、帝国軍を待ちうけている。

両軍の通信波の波長が同調《シンクロ》した。たがいに通告または勧告をおこなうために、これは必要な措置《そち》なのである。回線が両軍のあいだに開かれたとき、第一声は、同盟軍のワルター・フォン・シェーンコップ中佐によって放たれた。

「帝国軍に告ぐ。むだな攻撃はやめ、両手をあげてひきかえせ。そうしたら生命だけは助けてやる。いまならまだまにあう。お前たちの故郷では、恋人がベッドを整頓して、お前たちの帰りを待っているぞ」

帝国軍の反応は、一瞬、無であった。自分たちが降伏を勧告する前に、劣勢であるはずの敵軍から、これほど人を食ったあいさつをうけるとは、信じられないことであったろう。

カスパー・リンツが肩をすくめてみせた。

「奴ら、どうやら退却する気はなさそうですぜ、中佐」

「だろうな。おれが帝国軍の指揮官でも、さしあたって非戦平和思想と仲よくしようとは思わ

んよ。ま、これで奴らの恋人たちにたいする義務はすんださ」

語尾に、怒号がかさなった、基地司令官セレブレッゼ中将の声が、マイクを震わせた。

「シェーンコップ中佐！　いまの通信はなにごとだ。回線が開いたら、まず帝国軍の通信をうけてみるべきではないか。妄動にもほどがあるぞ！」

「紳士的に、かつ平和的に解決を提案してみただけのことですがね」

「どこが紳士的だ。どこが平和的だ。けんかを売っているにひとしいではないか」

「帝国軍《やつら》のほうが、わざわざ買いにきているんです。せいぜい良い商品《しな》を高く売りつけてやるのが、人の道というものでしょうぜ」

「そいつはいいや。商品が気にいらなかったら、返品に来るかもしれませんね」

愉快そうに笑ったのはリンツで、セレブレッゼの怒気は静まらなかった。

「とにかく、これ以後、基地司令官の職分を侵すような言動はいっさい、厳につつしんでもらおう。貴官は貴官の責務さえはたしていればよい。異存はないな」

べつに異存はなかった。答える声に毒がこもったのは、個人の趣味というものである。

「かしこまりました、司令官閣下」

Ⅳ

同盟軍からの呼びかけは、帝国軍の毒気を抜いて、さすがにリューネブルクともあろう男が、とっさに反応しえなかった。やがて酢を飲んだような表情を押し殺しながら、全隊に第一次臨戦体制の維持を命じる。この男には、あきらかに演出癖があって、もっとも劇的なかたちで戦闘開始の宣告をおこないたかったのだ。それが、みごとに間をはずされてしまったというわけであった。

ラインハルトもキルヒアイスも、装甲服《アーマー・スーツ》を着用して、白兵戦にそなえている。幾度も経験したことでありながら、白兵戦の開始へとむかう精神の走路《ベルトウェイ》は、つねに微妙な戦慄をもたらすのだった。

ラインハルトは不本意ではあるのだ。地に足をつけて戦うということが。彼にとって、戦いとは、まずなによりも宇宙空間における艦隊戦のことである。それも、大規模であればあるほどよい。艦艇数は万単位、距離は光速を基準とする。それこそが戦いというものだ。地面の上で、距離が一〇キロだの一〇〇キロだのといっているあれは、基本的に、石器時代の部族抗争とことならない。偏見と承知のうえで、ラインハルトはそう思う。

「敵にも、けっこう愉快な奴がいるな、キルヒアイス。見ろ、あのリューネブルクが、苦虫を二、三匹まとめて嚙みつぶしている」

ラインハルトの観察は、意地は悪いが正確であった。たしかに、リューネブルクの気分は、快適ではない。同盟軍の通信が、シェーンコップ中佐の挑戦的な声帯から発せられたものであることを、彼はうたがわず、よりいっそうの不快感にかられていた。

当のシェーンコップは、通信機の傍《かたわら》を追われて、自分の指揮すべき場所に足をはこんでいた。

途中、すれちがったヴァレリー・リン・フィッツシモンズ中尉が、彼にむけてややかたい微笑をひらめかせてから、気密服のヘルメットをかぶり、オペレーション・センターへと歩いていった。

フィッツシモンズ中尉の背中に、「安全な場所にいろよ」と言いかけて、苦笑とともにシェーンコップはやめた。血の臭気にみたされるであろう戦場で、これほどに無意味な勧めもないように思えたのである。

彼も装甲服のヘルメットをかぶり、電磁石のロック音を聞いてから司令部の外に出て、持場にむかった。いいかげんに〝第四地区〟と呼ばれる持場に着いて指示をだしはじめたとき、左方向に白い光の塊が見えた。

戦闘が、ついに始まったのだ。

世界は、あらゆる種類の有彩色と、あらゆる段階の無彩色にみちみちた。音こそないにひとしいが、大地は揺れうごき、舞いあがった土砂は、ゆるやかに降りそそいで装甲服の上につもる。銃口に土砂がはいりこみ、それをはらい落としては撃つ。無数の火線が、天と地のあいだに膜をはったように見えた。

　低空から、地上攻撃メカが突入してくる。乱射されるビームが、大地をうがち、灼熱した溝を縦横にはしらせ、それにそって車や火砲を爆発させる。地上からの砲火が反撃する。数千の光条が暗い空へ伸び、各処で光の華を炸裂させる。あるメカはビームの直撃をうけて四散し、あるメカは機体の一部を破損して、螺旋《らせん》状の軌跡を宙に残しながら地表に衝突する。破片はゆっくりと舞いあがり、ゆっくりと落下する。そのスローモーさが、殺しあうために全知全能をかたむける者たちを、あざ笑っているようでもある。耐えがたい気分になるのは、爆発によって引き裂かれた人体の一部が、兵士たちの凍《い》てついた視線のなかを、悠々と舞いおちてくるときだ。見たくないのに見てしまう。そこへ水平に高速弾が飛来し、不幸な見物客の頭部をもぎとって、どこかへはこびさってしまう。この段階で、新兵のなかには錯乱する者も出てくるが、それにかまわず、砲火はますます激烈さをくわえるのだった。

　同盟軍の火線が集中し、帝国軍の装甲地上車《ALC》が閃光と火炎のなかで爆砕される。その傍から、他の装甲地上車《ALC》が報復の閃光を吐きだす。今度は、同盟軍の装甲地上車《ALC》が爆発し、火だるまになった兵士の身体が宙を飛ぶ。応射。再応射。基地の建物の一部が、地上攻撃メカからのビームをうけて破損する。弾列が暗い空へむけて伸び、毒々しい極彩色のネオンを爆発させる。暴走ぎみに突進してきた装甲地上車《ALC》が、高圧電線にぶつかって青白い火花の滝を降らせた。

二連装の有線《ワイヤード》ミサイル砲車が前進する。多機能複合弾《マルチパーパス》を発射して、一撃で最重装の装甲地上車《ALC》を完全破壊してしまう、金属製の肉食獣である。

「撃《ファイエル》て！」

命令一下、砲口が赤熱し、黒い長い影が飛びだした。ワイヤーの細い尾をひきずり、敵にむかって超音速で肉迫する。

同盟軍の装甲地上車《ALC》は、むろん回避をこころみたが、着弾は異常なまでに正確であった。傷口から金属片が飛散したとみる間に、オレンジと赤の光が球形に膨張し、装甲地上車《ALC》の車体は影絵となってちぎれ飛んだ。帝国軍の通信回路を、歓声がかけぬけた。

同盟軍の被害は、一台にとどまらなかった。二台めの装甲地上車《ALC》が爆発し、三台めが吹きとぶと、他のＡＬＣは必死になって多機能複合弾《マルチパーパス》の射程外へ逃げだした。そのぶん、帝国軍は前進し、同盟軍の防御線は後退してしまう。

シェーンコップが舌打ちした。

「狙いが正確だな。あきれるくらいだ」

「電磁波遮断タイプでしょうね。攪乱《かくらん》電波もカーボンスモークも通用しない。本車体《おや》をつぶす以外、対抗手段がないでしょう」

その進言に、シェーンコップはうなずかず、若い大男の部下をかえりみた。

「レーザー・ビームで、誘導線《ワイヤー》を切断できるか、デア・デッケン!?」

「やってみましょう」

返答は簡潔だったが、長距離狙撃型レーザー・ライフルをかまえたデア・デッケンは慎重であった。至近にビームが炸裂し、土や石が飛んできても、微動だにしない。やがて彼の指が引金《トリガー》をしぼると、一瞬の空隙《くうげき》をおいて、ミサイル砲車のワイヤーが空中に躍るのが見えた。主武器を失った砲車に、同盟軍の砲火が集中し、たちまち光と熱の掌につつみこんでいく。

V

すでに三回にわたって、帝国軍は基地に突入し、三回にわたって撃退されている。地形的に、大兵力が横に展開するのは困難であり、縦線攻撃をくりかえして敵の消耗を待つ以外にないかもしれない。

「シェーンコップの青二才が、なかなかよくやるではないか。どうせ長くは保《も》つまいが」

ことさらに、軽侮《けいぶ》の語を発したのは、シェーンコップの存在を、リューネブルクが無視しえないでいる、その事実を逆に証明することであったろう。ところが、皮肉なことに、これはいささか買いかぶりに類した。シェーンコップは、ヴァンフリート4＝2における、防御指揮の総責任者というわけではなく、防御線の一部を担当しているにすぎない。

シェーンコップ以外の同盟軍の実戦指揮官たちも、善戦していたのである。ことに、セレブレッゼ中将が、指揮系統を放射線状に分散させてしまい、横の連絡がきわめて悪いという状況下にありながら、彼らはよく戦っていた。ひとつには、後方基地であるだけに、武器弾薬が充分であった、という事情もある。

同盟軍の陣容に弱点があるとすれば、基地司令官のセレブレッゼ中将自身が、まさにそれであった。もともと、後方の管理者としてこそ有能な人であって、最前線の猛将ではない。予定を遂行する名人だが、予定にないことには、まるで対処能力を欠くのだった。

帝国軍の地上攻撃メカの威力におびえたセレブレッゼは、シェーンコップのもとに電話をかけてやつあたりした。

「このままでは、完全に制空権をにぎられてしまう。どうする気だ、シェーンコップ中佐⁉」

「悔いあらためて制空権を返上しろと、通信で言ってやりましょうか」

痛烈すぎる反応であった。セレブレッゼは不快そうに鼻翼《びよく》をふくらませたが、実戦に自信がない者の弱みで、シェーンコップの増長（とセレブレッゼは思った）にたいし、どなりつけることもできなかった。彼はもともと〝薔薇の騎士《ローゼンリッター》〟に非好意的であったが、彼らの戦闘力をたよりにするしかない立場だった。つぎのような索敵士官からの報告をうけねばならぬ身とあっては。

「状況は、さらに悪化。好転のみこみなし」

虚勢をはらず、これだけ正直に報告してくる態度は、いっそあっぱれかもしれないが、味方の士気《モラール》を高めることはないであろう。セレブレッゼの手は、またしても電話に伸びた。

「どうなのだ、シェーンコップ中佐、今後の予測は？」

「さあね。おれは戦闘なら予測もつきますが、これは血を賭けた性質《たち》の悪いギャンブルなんでね」

いちいちセレブレッゼ中将に答えているのは、シェーンコップとしては、最大限のサービスのつもりである。彼は基地司令官を嫌っているが、だからといって見すてるわけにもいかないし、デスクワークの専門家が最前線に放りだされたことにたいして、多少の同情を感じてもいた。万人が、シェーンコップのように豪胆で不敵でありえるはずもないのである。おなじ医者でさえ、外科医と眼科医とでは、得意な分野がことなる。セレブレッゼのような人材がいなくては、軍隊は組織として機能しえない。

そう思いつつも、よりによってこのような場合に、セレブレッゼの下で戦わざるをえないのは、はなはだ不本意なことであった。

ヴァンフリート4＝2の地表の一隅に、火と光がきらめいている。二四〇〇キロの上空から、明確にそれが視認《しにん》された。

視認したのは、この宙域へ大挙、進入してきた同盟軍第五艦隊である。アレクサンドル・ビュコック中将の果断な指揮をうけて、快速機動の艦隊運動をみせた彼らは、衛星上空に偵察メカを先行させて、地上の状況をたしかめたのだ。そして、このときようやく、地上の帝国軍は、敵艦隊の接近に気づいた。

上空に、援護戦力を残していなかったのは、グリンメルスハウゼン中将および彼の幕僚たちにとって、失策であったにはちがいない。むろん、彼らには言分《いいぶん》がある。なまじ上空に少数の戦力を配置すれば、それが敵軍の注意をひき、かえって危険になる、というわけである。

だが、それもけっきょくは、弁明にすぎない。要するに、彼らは、配慮をおこたった。グリンメルスハウゼン艦隊の幕僚たちは、老司令官の耄碌《もうろく》ぶりを冷笑しながら、自分たちの思慮で、それをおぎなわなかった。怠惰というべきであったろう。ラインハルトが彼らの上位者であれば、激烈な弾劾ののちに、彼らを軍組織から永久に追放したにちがいない。ラインハルトの気質は、怠惰とは無縁であり、無能を憎む以上に怠惰を憎む傾向があった。まして、その双方を兼備しているとあっては、許容しえるはずもなかったのだ。

現実として、彼らはラインハルトの厳格な統御《とうぎょ》からいまだに無縁であったが、永遠に午睡《ごすい》の夢をむさぼってはいられなかった。危険は急激にせまり、それに比例して、ひびきわたるベルの音は大きくなった。

地上からの索敵によって、同盟軍第五艦隊の接近を知ってからも、しばらくのあいだ、彼らは根拠のない楽観論にすがりついていた。だが、ロープが切れてしまうと、あわててグリンメルスハウゼン中将に報告した。事実の核《コア》に悲鳴というドレスを着せて、である。

「たいへんです。同盟軍の一大戦力が、この宙域に殺到してきます！」

恐慌《パニック》寸前の叫び声を耳にして、七六歳の老将は、さして驚くようすもなかった。実績ゆたかな名将であれば、沈着にして大度《たいど》あり、などと評されるものであろうが、この老人の場合、鈍感としか思われない。

「攻撃中止命令をお出しください、閣下！　もはや地上基地などにかかわりあっている暇はありません。上空から攻撃されれば、わが艦隊は全滅です」

幕僚たちの意見は、当然のものであった。だが、出戦している地上部隊が、リューネブルク、ミューゼルという、いわば軍部非主流の士官に指揮されていたからこそ、幕僚たちは、作戦中止を主張しえたのである。のちの指弾《しだん》を恐れる必要がなければ、彼らとしては、地上部隊を置きざりにして自分たちのみ宇宙空間へ脱出することに、なんらの痛痒も感じなかったにちがいない。

だが、同盟軍第五艦隊も、けっして一方的に有利な態勢にあるわけではなかった。

一万隻をこす戦力が、外縁部から星系内部へ移動してきたのである。多少の時差はあっても、気づかれないはずがなかった。両軍ともに、敵の動向を探るための努力はしていたのである。ミュッケンベルガー元帥も、けっして無為無能な男ではなく、同盟軍の行動が、ヴァンフリート4＝2宙域を目標としてのものであることをみぬいた。

帝国軍首脳部、ことにミュッケンベルガー元帥にしてみれば、あえて危険を冒《おか》して、グリンメルスハウゼン艦隊を救出するだけの価値など認めてはいない。だが、叛乱軍こと同盟軍の動向が、かなりの確度で明白になった以上、それに対応せずにすむはずがなかったのである。

ミュッケンベルガーは、ヴァンフリート4＝2の宙域に、全軍の主力を集中移動するように命じた。この命令は、戦術上、ほぼ正しいものであったが、残念なことに、ややタイミングが遅かったであろう。彼が三時間ほど早くこの命令をだしていれば、まず同盟軍第五艦隊を正面から邀撃《ようげき》して潰滅させ、つぎつぎとやってくる同盟軍を各個撃破して、全面勝利を手にいれえたはずである。だが、そうはならず、帝国軍主力は、第五艦隊のうごきに追随するかたちで、ヴァンフリート4＝2宙域へと進撃していった。

ビュコック中将は、このような事態を予測していたが、それが現実化しないかぎり、味方の総司令部に全面的な作戦行動の変更を要求するわけにいかなかった。士官学校の学閥から疎外されている老提督は、しばしば、孤立しての戦いを余儀《よぎ》なくされていた。当人も、さほど僚軍に期待してはいない。だが、このとき、すでに第一二艦隊司令官のボロディン中将と連絡がとれていた。ビュコックがもっとも信頼する同僚は、第九艦隊司令官のウランフ中将だが、彼は今回の会戦に参加していない。ボロディンは、彼につぐ信頼を、ビュコックからよせられている指揮官だった。


いっぽう、地上においても、情勢は、濁った豆のスープのように混沌としている。ラインハルトは、銃火のなかに身を置きながら、リューネブルクをさしおいて指揮権をふるうわけにもいかず、彼らしくもないことだが、行動の決定にやや迷っていた。

「キルヒアイス、現在、全体の戦況はどうなっているのだ?」

「ごむりな質問です、ラインハルトさま」

銀河帝国軍全軍のうちで、副官の地位を有する者は、幾千名存在することであろうか。おそらくそのなかで、もっとも有能であろう赤毛の若者が、このときは、はっきりと不可能を口にした。

全体の戦況というしろものが、もし存在するとしても、それは一瞬ごとに変化し、把握したときには、すでに時代おくれとなっている。たとえ正確に把握したところで、主将たるリューネブルク准将にすべて知られることとなり、彼を利するばかりか、ラインハルトを不利に追いこみかねない。

キルヒアイスは、装甲服のヘルメットを、ラインハルトのそれに接触させた。通信を傍受されるのを避け、接触話法を使ったのだ。

「ラインハルトさま、あえて申しあげますが、この際は目前の戦場にご専念ください。そして個人的な武勲をおたてになったら、さっさと撤退なさるがよろしいと存じます。大局など、お気になさいますな」

ラインハルトは蒼氷色《アイス・ブルー》の瞳を大きくみはってキルヒアイスを見つめ、端麗な唇の線をほころばせた。

「キルヒアイス、お前が利己主義をすすめるとは思わなかった」

笑いは短時間で終わり、硬質の表情が、霜のように白皙の美貌をおおった。

「そうしよう。どうせ意義のない戦いだ。せめて、おれとお前の個人的な武勲をねらうしかないな」

ラインハルトがそう決意を声にするあいだにも、戦闘はとぎれることなくつづいている。リューネブルクの作戦指揮が功を奏し、帝国軍は基地内へ侵入をはたしていた。同盟軍の逆撃を、二波まで粉砕し、多くの犠牲をだしながら、ついに基地司令部とおぼしき建物に肉迫したのだ。ハンド・キャノンによって司令部の壁面が破砕《はさい》された瞬間、暴風が生じた。内外の気圧差によって、膨大な量の空気が流出し、屋内の備品が強風にのって外へ吸いだされる。人間も例外ではなく、気密服姿の兵士が数人、紙人形のようなたよりなさで、風にのって屋外へ飛び去っていった。

外壁を破壊したのは、司令部内へ突入するためであったはずだが、この人工的な嵐がおさまるまで、突入を中止せざるをえなかった。皮肉なことではあったが、けっきょく、わずかな時間が敵と味方とのあいだに立ちはだかったにすぎない。

強風の終熄《しゅうそく》は、銃撃戦の開始であった。突入者と防御者とのあいだに、双方を合計した数だけの銃火が交換された。荷電粒子ビームが人体をつらぬき、ウラン238弾が肉をえぐり、壁に人血のペンキが塗りたくられる。

殺戮の道が奥へ奥へと伸びて、オペレーション・ルームにいたったとき、帝国軍兵士の前に、ひとりの射撃手があらわれた。

それは、気密服に身をかためた女性兵士――ヴァレリー・リン・フィッツシモンズ中尉であった。

フィッツシモンズ中尉の手から、ビームがほとばしり、敵兵の装甲服の胸に炸裂した。だが、銃の出力が、装甲服の防御力を下まわったのであろう。虹色の光芒《こうぼう》が敵兵の上半身をつつんだが、それだけのことであった。敵兵はよろめいて、足を踏みしめ、大出力に調整した荷電粒子ライフルを撃ち放した。

第四章　混戦始末記

Ⅰ

ヴァンフリート4＝2およびその周辺宙域は、戦火と混乱によって煮えたぎり、沸騰した。星域内の会戦で、艦隊戦と地上戦とが並行しておこなわれることは、さしてめずらしいことではない。だが、これほど雑然たる無秩序のうちに、すべてが推移《すいい》する例は、けっして多くなかった。

ヴァンフリート4＝2の地表から上空を見あげると、宇宙の深淵《しんえん》へと直結する暗い空は、無数の人工の光点におおわれ、それらをつなぐ閃光の糸が、巨大な蜘蛛《くも》の巣を張りめぐらしたように見える。その細い糸の一本一本が、数百の生命を強奪する、死神の釣糸のようでもあった。

当初の意図をはばまれたまま、帝国軍主力との混戦にもつれこんでしまった第五艦隊では、幕僚が困惑していた。

「ビュコック中将、状況はいっこうに好転しませんが、いかがしましょう」

「なに、そう悲観したものでもないさ。わしが経験したこれまでの戦いで、不利な状況でないものは、それほど多くなかったはずだからな」

ビュコックは、帝国軍のグリンメルスハウゼンより八歳の年少だが、気質も身体も、はるかに若々しく、部下からの敬愛も篤《あつ》い。

「うちの司令官が宇宙艦隊司令長官になれば、もうすこし、ましな戦いができるってものさ」と、部下たちは言ってくれる。だが、士官学校出身者でないビュコックは、おそらく中将どまりであろう。よほど重大な変化が生じないかぎり、大将《たいしよう》や元帥の座は手がとどくものではなかった。

第一二艦隊到着の報がもたらされると、ビュコックは苦笑しつつ自分の耳朶《じだ》をつまんだ。

「やれやれ、ようやくボロディンが来てくれたか。だが、彼には迷惑なことじゃろうて」

ビュコック老人が苦笑したとおり、この宙域に殺到してきた第一二艦隊は、たちまち兵力の展開に苦労するはめになった。

「艦隊戦をおこなうには、ヴァンフリート4＝2宙域は狭すぎる」

警句にもなりはしない。その事実を、万人が認めざるをえなかった。ボロディン中将が、ようやく展開と配置を終えたところへ、ほかの同盟軍も駆けつけ、後方から第一二艦隊を押したので、せっかくのボロディンの戦術構想も未完に終わり、彼は、なしくずしに敵と交戦状態にはいってしまった。

動力部を破損し、推力を失った艦艇が、ガス状惑星ヴァンフリート4の巨大な重力にひかれて、落下していく。艦内に生存者がいれば、必死になって重力からの脱出をはかり、それが不可能となれば、シャトルに移乗して艦を捨てる。シャトルが破損し、絶対数が不足すると、それをめぐって味方どうしで生命がけのあらそいがおこるのだった。

ようやくシャトルに乗って重力からの脱出をはたしても、味方の艦が救助してくれるとはかぎらない。味方も敵も、自分自身のことで手いっぱいなのである。

「やたらに撃つな、味方にあたる！」

「すこしは交通整理をしてくれ！　おれたちはどちらの方角へ移動すればよいのだ⁉」

じつのところ、移動をこころみたところで、それを実行するのは、きわめて困難であった。狭い宙域に、敵と味方がひしめきあって、質量が飽和状態になるのではないか、と思われるほどだ。充分に円熟した用兵家であるボロディン中将も閉口し、幕僚にむかって肩をすくめてみせた。

「これはちょっと収拾がつかないな。帝国軍がどう事態を処理するか、うまい方法があれば見習いたいものだ」

敵から期待された帝国軍総司令部にも、名案があるわけではない。

肝腎《かんじん》のヴァンフリート4＝2において、戦況はどのように展開しているのか。その点に思いいたった帝国軍総司令官ミュッケンベルガー元帥は、グリンメルスハウゼン中将にたいして、くわしい状況報告をもとめ、同時に、余力あるときは離陸して、密集した敵軍の後背《こうはい》を衝《つ》くよう指示した。

ミュッケンベルガー元帥は、この無能な年長者を、いささかも評価してはいなかったが、戦況がこのようになれば、一個艦隊という巨大な戦力を、むなしく遊ばせておくわけにはいかない。じつのところ、このような指示をことさらにださねばならないということが、ミュッケンベルガー元帥にとっては、すでに充分に腹だたしいことなのである。グリンメルスハウゼン中将が、老練かつ有能な指揮官であれば、好機をみてすすんで戦いに参加し、なによりも自分自身のために武勲をたてるであろう。

「地上戦など中止して、さっさと宇宙空間に出てくるがいい。なんのための艦隊だ！」

自分が待機を命じたことはおぼえていても、そう言いたくなるのである。

地上でも殺しあいがつづいていた。

縮小する戦線は、殺しあいの密度を濃くした。エネルギーを費いはたした銃をすて、炭素クリスタル製の戦斧《トマホーク》をふるって敵兵を撃ち倒していたデア・デッケン中尉は、眼前にあらわれた装甲服姿の敵にたいし、二重の戦慄をおぼえた。

「リ、リューネブルク大佐……」

「……ふん、たしかデア・デッケンとかいったな。そのでかい図体《ずうたい》に見おぼえがあるぞ」

逆亡命者の表情は、薄い膜につつまれているようだったが、その膜が震えた。リューネブルクが笑ったのである。

「この三年で、すこしは戦いに慣れたか、以前の隊長たるおれが、ためしてやろう」

リューネブルクの先制攻撃は、つねにこの論法である。自分がかつて〝薔薇の騎士《ローゼンリッター》〟の指揮官であった事実を、この男は、むしろ武器として利用しているのだった。デア・デッケンは、のしかかる威圧感に耐えつつ、言いかえした。

「大佐、あんたは裏切り者だ。あんたがいなくなったあと、残されたおれたちが、どんな目で見られたか。士官は全員、査問にかけられたし、連隊そのものが解散させられるところだった。あんたのおかげで……」

「言いたいことは、それだけか！」

嘲罵《ちょうば》とともに、戦斧《トマホーク》が閃光となって撃ちこまれてきた。

「役たたずめが。いつから薔薇の騎士は、手より舌をうごかすようになった。おれがいなくなったら、こうまで柔弱《にゅうじやく》になりさがったか。なさけない堕落ぶりだな！」

傲然と吐きすてつつ、戦斧《トマホーク》は銀色の切断面を宙に残して、デア・デッケンに迫った。

そのありさまを遠望した〝薔薇の騎士〟の一兵士が、デア・デッケンに加勢しようとしてちかづけず、しかたなくシェーンコップの姿を探して、事情を報告した。

「ばかな！　リューネブルクに手をだすな、と言っておいただろうが。一対一で奴に勝てるのは、おれだけだ」

それも、紙一枚の差でしかない。〝薔薇の騎士〟連隊に入隊した八年前、隊内の白兵戦技トーナメントにおいて、準決勝まで勝ちすすんだシェーンコップは、当時のリューネブルク大尉によって、決勝進出をはばまれたのだ。当時のシェーンコップの若さと剽悍さを、最盛期にはいりかけたリューネブルクの力量がうわまわったのである。

先日の一騎打で、どうやら、シェーンコップの上昇線とリューネブルクの下降線とが交差したように思えた。だが、リューネブルクが、実戦の記憶を体細胞レベルで思いだしたとき、事態はさらに逆転するかもしれない。確実なことは、デア・デッケンは勇者だが、リューネブルクの熟練した技倆《ぎりょう》にはいまだおよばぬであろうということだ。五年、否《いな》、三年後には逆転するであろうが。正面の敵を、銃火で一時しりぞかせておいて、シェーンコップは指揮をリンツにゆだね、戦斧《トマホーク》をひっさげて、混戦のもやを横切った。

否、横切りかけたとき、防御線の一部を突破してきた帝国軍と、その動線が交錯した。

Ⅱ

ジークフリード・キルヒアイスは、混戦のもやのなかでラインハルトとはぐれたばかりか、意外な危険にさらされてしまった。

目の前にいるひとりの男が、自分の個人戦闘史において、おそらく最強の敵手であることを、キルヒアイスはさとった。彼の眼前で帝国軍の兵士が三名、たてつづけに戦斧《トマホーク》の血まつりにあげられ、しかもキルヒアイスにたいして一ミクロンの隙も見せようとしない。

熱波の乱流で、赤外線が影響されて、ヘルメットのなかの顔はほとんど見えない。相手も同様であろう。確実なのは、均整のとれた長身と、それが内蔵する驚異的な戦闘力とであった。

一瞬の対峙は、激闘に直結した。

激突した戦斧《トマホーク》は、無数の小さな火竜《サラマンドル》を周囲に降らせた。両者は申しあわせたように、片足のかかとを軸にして身体を回転させ、強烈な反動から身をかわした。

激闘は、さらにつづいた。撃ちこむ。はねかえす。うけとめる。ふりおろす。突きあげる。数十種の動作が、一瞬のとどこおりもなく連鎖し、そのせまい間隙を火花が飾って、死の寸前にのみ許される華麗さを展開した。

凡庸な兵士であれば、幾度、死の門をくぐったかわからない。技倆と経験においては、シェーンコップに一日の長があったはずだが、キルヒアイスはその剛柔自在《ごうじゅうじざい》の攻撃を、ついにふせぎとおした。

内心、シェーンコップは感歎を禁じえなかった。リューネブルク以外にも、これほど剛勇な男が帝国軍にはいるのか。どうしてどうして、軍じたいは腐敗しても、人材はつきぬものだ。

キルヒアイスも感歎したが、それは恐怖につながった。といっても、おじけついたのではない。このように危険な男がラインハルトの前にあらわれたら、という仮想の恐怖だった。自分のために感じた恐怖ではないだけに、それはいっそう深刻であった。ラインハルトがキルヒアイスより弱いとは思わないが、それでも、自分の力でラインハルトを守りたいとキルヒアイスは思うのだ。

ついに、猛撃の応酬にも、間隙が生じた。一歩しりぞき、シェーンコップは呼吸をととのえた。

「名を聞きたいな」

決闘者どうしのあいだにかわされた、それが最初の言葉だった。一瞬のためらいに返答がつづきかけたとき、彼らの傍で、なにかが炸裂した。すべての感覚が引き裂かれ、ゆさぶられて、彼らは無形のものに突きとばされた。

閃光につづく大量の土砂と煙が、ようやく静まったとき、キルヒアイスもシェーンコップも、相手の姿を見失っていた。たがいに、べつべつの方角へ跳んでしまったし、白兵戦と銃撃戦の渦が、濁流となって、両者を分けへだててしまったのである。

この中断が、どちらの生命をより永らえさせることになったか、さしあたりは判断がつかなかった。両者とも、本来の役割を思いだし、畏敬《いけい》すべき敵手との結着を、不確定の未来にゆだねたのである。

シェーンコップは、乱れさわぐ闇と光のなかを走った。無数の生者と死者のあいだを走りぬけて、彼は目的の場所にたどりついた。不安と焦躁《しょうそう》に左右の肺をゆさぶられながら、シェーンコップは、足もとに横たわる、装甲服の影を見おろした。

「おい、デア・デッケン……」

呼びかけは、重量級の沈黙によってむくわれた。戦斧《トマホーク》のものにまぎれもない、すさまじい斬撃が、若い大男の左肩から胸へ、死の痕跡を残していた。即死であったろう。苦痛の時間は、ごく短かったにちがいない。だからといって、まだ二三歳でしかない部下の死を、シェーンコップは許容することができなかった。彼はデア・デッケンの遺体にむけて敬礼をほどこすと、たちまち、追悼《ついとう》者から復讐者へと変身した。名を聞きえなかった帝国軍の勇者との闘いで、かなり消耗していたはずなのに、怒りと復讐心とが、彼の肉体を賦活《ふかつ》化し、疲労を忘れさせていた。彼の視線が、血と煙にみたされた周囲の光景を、するどく切り裂いてまわり、一点にとどまった。決闘の現場から遠ざかろうとする人影に、通信回路ごしの声がたたきつけられた。

「リューネブルク、待て」

昔日《せきじつ》の部下の呼びかけが、リューネブルクの眉と唇をゆがめさせた。

「お待ちください、と言ったらどうだ。おれは、きさまらの連隊長だったのだぞ」

「その座を自分で棄てたくせに、上官づらはやめてもらおう。いまのあんたは、帝国の門閥貴族に飼われる、二本足の犬だ。人間の言葉をしゃべるだけでも、いいかげん冒瀆《ぼうとく》ってものだぜ」

言いはなつと同時に、シェーンコップは後方に跳びのいた。リューネブルクの戦斧《トマホーク》が、生じるはずのない唸りを生じて襲いかかってきたのである。

宙を切った戦斧《トマホーク》は、慣性によってリューネブルクをよろめかせた。この男にあるまじきことだった。シェーンコップの罵声が、彼の平常心の甲冑を切り裂いたのか。それとも、デア・デッケンが自己の死とひきかえに、旧連隊長に疲労をあたえたのだろうか。とにかく、リューネブルクはよろめき、シェーンコップの一撃が、戦斧《トマホーク》をはね飛ばした。リューネブルクは、小さな叫び声とともに横転した。

「デア・デッケンが同行してくれるはずだ。安心して天上《ヴァルハラ》へでも地獄へでも行くんだな!」

シェーンコップの戦斧《トマホーク》は、リューネブルクめがけて落下した。

その落下は、だが、永遠に中断された。一閃の光芒が、シェーンコップの眼前を通過したとき、戦斧《トマホーク》の炭素クリスタルの刃は、棒状のエネルギーによって撃砕され、破片となって飛散していたのである。

怒りと失望の声をあげながら、シェーンコップは長身をのけぞらせた。地上で身体を一転させたリューネブルクが、戦闘用ナイフをシェーンコップめがけて突きあげたのだ。のけぞってそれをかわしたシェーンコップは、体勢をくずしかけた。そこへリューネブルクがつけこまなかったのは、銃を乱射しながらブルームハルトが駆けつけたからである。

身をひるがえしたリューネブルクの後ろ姿は、光と闇の乱舞するなかに消えさった。シェーンコップは立ちつくしたまま、安否を気づかうブルームハルトの声に、機械的なうなずきをかえしていた。

同盟軍基地は、破滅の淵へとなだれ落ちつつあった。すでにこのとき、帝国軍グリンメルスハウゼン艦隊司令部からは、陸戦部隊にたいして、攻撃中止および撤退の指示がだされていたのだが、リューネブルク自身が戦斧《トマホーク》をふるって血戦していたような状況なので、ひきあげるどころではなかったのである。

ラインハルト・フォン・ミューゼル准将は、乱戦のなかで副官ジークフリード・キルヒアイス大尉と離れてしまい、ひとり、同盟軍の基地司令部のなかにはいりこんでしまった。ふと心づいて、内部深く侵入するのをやめ、銃火から比較的はなれた通路で、逃亡者を待ちうける。ほどなく、士官らしい気密服の人影が、転がるように走ってきて、ラインハルトの姿に気づき、狼狽して立ちすくんだ。

その士官は、あきらかにデスクワークの専門家であって、暴力ざたには慣れていないようであった。酔っぱらった舞踏家のように、むだだらけの動作でブラスターをかまえ、ラインハルトの胸の中央をねらおうとする。

ラインハルトには、相手の狙点《そてん》が完全にさだまるまで、待ってやる義理はなかった。左手を伸ばし、撃ちつくされて放置されていた機関砲をつかんで、相手の銃にたたきつけた。

ラインハルトが怪力なのではない。〇・二五Gの軽重力が、それを可能にしたのである。とにかく、銃をたたきおとされたことで、相手の闘争心は一挙にしぼんでしまった。これまたむだの多い動作で、今度は逃げだそうと身体のむきを変えたが、べつの人物に行手をさえぎられてしまった。それがジークフリード・キルヒアイスであることを、ラインハルトは理性によらず悟っていた。彼は彼の捕虜に通信で伝えた。

「姓名と階級を名のっていただこう」

相手がふてくされたように沈黙しているので、ラインハルトは語調をわずかに強めて、要求をくりかえした。相手の反抗心は潰《つい》えた。ラインハルトとキルヒアイスとに、交互に視線をむけ、肩を落としたが、にわかに姿勢をただした。

「シンクレア・セレブレッゼ。自由惑星同盟《フリー・プラネッツ》中将だ。階級にふさわしい礼遇を、貴官らに要求する」

胸をそらせはしたものの、声の震えは隠しようもない。だからといって、ラインハルトは軽蔑しようとは思わなかった。

「よろしい、セレブレッゼ中将、卿《けい》は吾々《われわれ》の捕虜だ。無益な抵抗をせぬと誓約するなら、卿を礼遇しよう」

「わかった。誓約しよう。貴官に身柄をあずける。貴官の名は？」

「ラインハルト・フォン・ミューゼル。銀河帝国軍准将」
かなり形骸《けいがい》化した作法ではあるが、これによって、セレブレッゼは、逃亡の意思を自主的に放棄した。金髪の若者が准将と聞いて、セレブレッゼは目をむいたが、ラインハルトを権門《けんもん》の子弟と思ったのであろう、自分自身を納得させるように幾度もうなずいた。相手の誤解を、ラインハルトは察したが、べつにそれをとこうとはしなかった。

キルヒアイスが、ヘルメットの通信チャンネルを長距離オープン式に変換した。

「ラインハルト・フォン・ミューゼル准将は、叛乱軍の指揮官シンクレア・セレブレッゼなる者を捕虜となしたり。この者は、叛乱軍において中将の階級をえたる者にして、身柄をミューゼル准将にあずけるむね、明言せり。以上のことを艦隊司令部に報告するものなり……」

ラインハルトの個人名を、キルヒアイスは強調した。この点を明確にしておかないと、セレブレッゼ中将を捕虜にしたことは、陸戦部隊全体の功績とされ、指揮官たるリューネブルクによって独占されてしまうかもしれない。リューネブルクに、部下の功績を横どりするという傾向がとくにあるというより、帝国軍全体の、それは風潮であった。

やがて、帝国軍は大いそぎで撤退の準備にかかった。いちおう基地破壊の目的は達したし、艦隊司令部の命令にしたがわず、この不毛な衛星に置きざりにされてはたまらない。混雑のなかで、リューネブルクはラインハルトの武勲を知り、自分から艦隊司令官に報告してやろう、と言った。

「すでに報告いたしました。ミューゼル准将が、かがやかしい武勲を樹《た》てられたむね、艦隊司令官も、すでにご承知です」

キルヒアイスが答えた。

「……ほう？」

リューネブルクは、まじまじとキルヒアイスを見つめた。キルヒアイスの、完全には隠しおおせなかった感情に反応したように、毒のこもった微笑をつくる。

「キルヒアイス大尉、卿《けい》はなかなかどうして……いや、卿が上官にたいしてしめした忠誠心は、見あげたものだ」

キルヒアイスは表情を消して聞いている。

「だが、程度というものがある。卿は名誉ある銀河帝国の軍人であって、ミューゼル准将の私的な家臣でないことを、この際、再確認しておいたほうがよかろう——卿自身のためにもな」

キルヒアイスの心の水面に、とがった石を投げこんでおいて、リューネブルクは自分の装甲《A》地上車《LC》に歩いていった。その後ろ姿に一瞥をくれて、ラインハルトは友の右上腕を平手でかるくたたいた。

「なあ、キルヒアイス」

「はい、ラインハルトさま」

「お前には、なにかと迷惑をかけてしまうな。おれはなるべくお前に負担をかけたくないし、功績を分かちあいたいのに……」

「そのお言葉だけで充分です」

キルヒアイスは、腕の感触をこころよいものに感じた。

「だいいち、セレブレッゼ中将でしたか、彼の身体をふたつに裂くわけにもまいりません。ラインハルトさまが彼を捕虜になさったのも、まちがいない事実です。ラインハルトさまの武勲です。他人の口など、お気になさいませんよう」

本人にむかって、キルヒアイスは強調したが、うなずきつつもラインハルトは、リューネブルクにたいする敵意まじりの不安を禁じえなかった。

たしかに、リューネブルクは、ラインハルトの不安にふさわしい男であった。

「ふん、金髪の孺子《こぞう》に武勲を樹《た》てさせてやっただけか」

そもそもラインハルト・フォン・ミューゼルを、自分より突出させない目的で副将にすえたのだから、その意味で、リューネブルクのささやかな策謀は、みごとに失敗したわけである。彼の方程式は、ひとつの重大な要素を見落としていたらしかった。

「あの赤毛、たんなる副官に見えて、じつはそれにとどまらぬ。金髪の孺子の才華に目がくらんで、誰もがそれに気づいていないようだが……さて、金髪の孺子本人は、はたしてどうかな。奴自身が気づいていないとすれば、奴の器量もたいしたことはない。見ばえがよいだけで飛べもせぬ孔雀《くじゃく》でしかないが」

そう決めつけた直後に、自嘲が彼の頰をゆがませた。ラインハルト・フォン・ミューゼルが孔雀でしかないとしても、その孔雀に、功績をさらわれた立場の彼は、それほど華麗にも壮大にも思えないだろう。その事実を、認めざるをえなかったのである。

ヴァンフリート4＝2の同盟軍基地は、戦闘後の処理にいそがしかった。今後、宇宙空間ではなおも戦いがつづくのであろうが、地上での戦いは終了したようにみえる。地上の建造物は破壊され、司令官は敵につれさられた。さんざんな終末であるが、終末がないよりはるかにましであろう。

若いライナー・ブルームハルト中尉が、シェーンコップにむけて笑顔をつくった。かなりこわばった笑顔は、筋肉の緊張が完全にはとけていないことをしめしていた。

「どうやら助かったらしいですね、おたがいに」

「ああ、あまり死者が多いんで、死神ども、おれたちのところへ来るまでに、馬車が満杯になってしまったらしい」

自分で口にした冗談だが、それほど笑う気にもなれず、シェーンコップは、破壊と殺戮の手が丹念になでまわした、その痕跡を見わたした。司令部と周辺の建造物は、破損箇処に速乾性の特殊な樹脂を噴きつけ、内部では呼吸が可能になっている。各処に、ヘルメットをぬいだ兵士たちの、たちはたらく姿や、呆然とすわりこむ姿が見えた。

シェーンコップの胃壁を、氷塊がすべりおりた。戦死者の遺体が白布でおおわれ、旧式のロボット・カーにのせられてはこびだされていく。白布からはみ出た髪の色に、記憶があるような気がして、彼は、眼前を通過しようとするロボット・カーの担当下士官に声をかけた。

「その戦死者は誰だ？」

下士官はメモに視線をはしらせて答えた。

「ヴァレリー・リン・フィッツシモンズ中尉どのです。敵兵の射撃をうけて戦死なさいました」

「…………」

「顔をごらんになりますか、中佐どの」

「……いや、いい」

シェーンコップの声は、低く乾いて、口腔粘膜にからみついた。下士官は、やや機械的にうなずき、ふと思いついたようにつけくわえた。

「あ、それから、当然のことですが、フィッツシモンズ中尉どのは二階級特進で少佐になられます。死後のことで、まことに残念ですが、遺族にはせめてもの慰めでしょう」

なにがせめてもの慰めだ。相手のようごく口もとをなぐりつけてやりたい気分が、シェーンコップの心の草地で鎌首《かまくび》をもたげたが、実行はしなかった。無言で、彼は、人生のごく短い時間を共有した女性の遺体を見送った。やはり無言のまま、死者に敬礼したのは、その姿が見えなくなってからである。

「結婚するにはな、ブルームハルト、おれにとっては、もったいない女性が多すぎるということさ」

若い部下にむかって、シェーンコップはそう自分の生きかたを韜晦《とうかい》してみせたことがある。まるきり嘘というわけではなかった。現在のブルームハルトの年齢において、シェーンコップはすでに〝その方面〟でも歴戦の勇者だった。さらに八年が経過して、シェーンコップの人生は、多くの女性と軌跡をまじえた。その軌跡の一本が、シェーンコップの眼前で消え去ったのである。

「……それでも春になれば鳥たちは帰ってくる……」

低声で歌って、シェーンコップは、その歌の出自を記憶していない自分に気づいた。多くの軌跡のひとつからもたらされたにはちがいないのだが。彼は自嘲をこめて、自分の頬をひとつたたくと、彼を待つあらたな職務に思いの一部をむけた。

「薔薇の騎士《ローゼンリッター》第一三代連隊長か。それほど悪い地位でもないな」

だが、それまでに処理しておかねばならない問題が、いくつもシェーンコップの前にたちはだかっていた。ヘルマン・フォン・リューネブルクとの結着もつかず、基地司令官セレブレッゼ中将も敵手にとらわれた。さしあたり、決算は赤字になっている。なるべく早く、これを黒字に転化させることがかなわなければ、連隊長の席も、針を埋めこんだクッションになりそうであった。

……シェーンコップたちとはべつの場所で、戦いの終わりにむけて精勤している人々がいた。同盟軍総司令部のオペレーション・ルームで、戦死者の正確な人数をめぐって、統計担当の若い下士官が、年長の下士官の投げやりな態度に抗議している。

「そんな端数を気にするなよ、お若いの」

疲労の表情に、辛辣な薬味を混入させて、年長の下士官が応じた。

「……とにかく、大勢死んだのさ。ざっと一〇〇万人死んだってわけだ。これが正確には一〇〇万人と一人だとしても、そんなことなんの意味がある？」

「じゃあ、死者は数字でしかないのか。それも、端数を問題にしなくていいていどの数字だってのか⁉」

「軍首脳部《おえらがた》にとってはそうさ。なにを熱くなってるんだ。死んだ奴らは使いすての道具にすぎんし、おれたちだって、いずれそうなるだろうよ」

「それじゃ、おれたちはなんのために戦っているんだ。専制主義者どもの侵略から、民主主義を守るために戦っているんじゃないのか」

年長の下士官は、うんざりしたように首をふってみせた。

「ああ、むろん、そのためさ。おれたちは悪魔から神を守る正義の騎士さ。だけど、帝国軍の兵士だって、似たようなことを考えているだろうし、たとえ奴らが悪魔だって、親兄弟や恋人がいるだろう。いちいちそんなこと考えちゃいられないから、数字として処理するしかないんだよ。そのうちお前さんにもわかるさ……」

こうして、ヴァンフリート4＝2宙域は、後代にいたるまで、かつて両軍の艦艇であった金属塊と非金属塊の浮遊する、廃棄物の集積所になってしまった。その後、恒星風によって流された両軍兵士の遺体が、星域外縁にまでただよい出たのを発見されたこともある。〝ヴァンフリート星域の会戦〟は、愚行であるにすぎなかったが、その愚行によって殺された一〇〇万単位の死者は、愚行の責任者にたいして、無言の糾弾をつづけているのだ。

Ⅳ

ラインハルト・フォン・ミューゼルとジークフリード・キルヒアイスが、イゼルローン要塞を経て銀河帝国の首都オーディンに帰還したのは、五月一九日のことであった。むろん、〝ヴアンフリート星域の会戦〟なるものは、4＝2の地上戦が終結したのちも、だらだらとつづき、両軍の戦力がこの星域から撤収するにいたって、ようやく、それ以上の戦死者生産をとぎらせることになったのである。この間、ラインハルトは一貫して戦場にあったが、武勲をたてる機会は、ついになかった。

〝叛乱軍〟の将官であるシンクレア・セレブレッゼ中将を捕虜にしたものの、ラインハルトにとっては、爽快さと無縁のままに終わった不毛の戦いであった。彼の卓絶した天才をもってしても、艦隊戦においては無力かつ非力であって、なんらの影響力も行使しえなかったのである。

セレブレッゼという捕虜をラインハルトがえたことにたいして、門閥貴族出身の士官たちが、「金髪の孺子《こぞう》の運がいいことよ。偶然はいりこんだ鼻先に、のこのこ叛乱軍の将官があらわれるとは」などと評するのは、むしろ当然であろう。ところが、ラインハルト自身に、今回はそういう気分があった。武勲が、戦術的洗練とはほど遠いところで、彼の前にころがってくるのを、偶然つかみとったような思いであった。

キルヒアイスにすれば、それはラインハルト自身の勘ちがいである。同盟軍基地での戦闘にはいるまでに、ラインハルトがどれほど戦略的な勝利の条件を確立するため努力したか。セレブレッゼ中将をとらえたのは、その努力にたいする当然の報酬であった。

「たとえセレブレッゼという人が、偶然ころげ出てきたのだとしても、それをつかんだのは、まちがいなくラインハルトさまの手です。あのときラインハルトさまがいらっしゃらなければ、彼はまんまと逃げおおせていたはず。ご昇進は当然のことです」

友人の言葉に、ラインハルトはうなずいて、ようやく気を晴らした。

銀河帝国ゴールデンバウム王朝の軍隊は、この当時〝秩序の堅牢《けんろう》にして緻密なること鋼鉄のごとし〟という状態にはなかったが、会戦が終了するつど、総括と賞罰は、いちおうのかたちをつけられることになっていた。〝ヴァンフリート星域の会戦〟のあと、ラインハルト・フォン・ミューゼルは一八歳にして少将に叙せられた。むろん、帝国軍史上、最年少の少将である。同盟軍中将シンクレア・セレブレッゼを捕虜とした功績が評価されたのであった。

ヘルマン・フォン・リューネブルクも昇進して少将となった。とにかくも、〝叛乱軍〟の基地のひとつを破壊したのであるし、准将の階級にあること三年で、そろそろ昇進の時期になってもいた。くわえて、〝金髪の孺子〟を昇進させた以上、作戦指揮の主将であったリューネブルクを昇進させないのも、奇妙なものであったろう。

彼ら両名の上官であるグリンメルスハウゼン老人も、大将となった。この人事にかんしては、軍務省内から異論も出たが、皇帝フリードリヒ四世が、

「あの老人を大将にしてやれ」

と命じたのだという。

「余生《さき》が長くないのだから、大将にしておいてやってもよかろう。それに、もう前線には出ることもあるまい」

皇帝はそう発言し、それによって、宮廷と軍部のあいだに、いわば妥協が成立した。前線で同僚の将帥たちに迷惑（！）をかけず、閑職につくのなら、昇進に反対する理由もなかったのだ。できれば、すぐにでも退役して、悠々たる老後を送ってほしいものだが、まあ、ものには順序があるから、これで満足するべきだった。

こうして人事が一段落したところで、ラインハルトの怒りが噴出するような事態がもちあがったのである。ことさら彼を怒らせるためのことではなかったが。

ジークフリード・キルヒアイスは昇進しなかった。赤毛の若者は大尉のままであったのだ。ラインハルトにしてみれば、許容しえることではなく、責任者に詰問せずにいられなかった。ラインハルトの怒りと不満を、直接、ひきうけるはめになったのは、軍務省人事局長ハウプト中将であった。これは彼にとって迷惑な話で、たかだか大尉から少佐への昇進問題など、彼の部下である人事第三課長の処理権限に属するのである。ハウプト中将は、きわだった個性と無縁の、〝灰色の軍官僚〟であったが、逆にいえば、ことさらラインハルトに悪意をいだいてはいなかった。ラインハルトに面談をもとめられ、つめよられて、彼は閉口した。

「卿《けい》がそれほど言うなら、キルヒアイス大尉を少佐に昇任させてやってもよい」

ついにハウプト中将はそう答えたが、ラインハルトが喜ぶのは早かった。この返答は、逆接の接続詞からさきが重要であったのだ。

「……だが、そうなれば、キルヒアイス新少佐を、卿の副官につけておくわけにはいかぬな。

少将の副官を佐官がつとめた前例は、これまで帝国軍の歴史にない」

もっともらしく人事局長は断言した。真偽のほどがラインハルトにはわからない。いかに彼が戦略戦術の天才であり、幼年学校で秀才の名をほしいままにしたとしても、五世紀にとどこうとする帝国軍の全史を記憶しているはずもなかった。人事局長の話法を、ラインハルトは狡猾と感じたが、ハウプト中将にしてみれば、〝いいかげんにしろ〟という気分が濃厚にある。本来、幼年学校を卒業したあとのラインハルトとキルヒアイスが、つねに同一の部署に配属されるということじたい、異例の待遇なのだ。それを指摘されると、ラインハルトは一言もなかった。

自分は自分のエゴイズムのために、キルヒアイスの昇進をはばんでいるのだろうか。その認識は、ラインハルトにとって、あまりに苦みと酸味とが強すぎたので、胃のあたりに刺激的な不快感を実感したほどであった。

ラインハルトのもとを離れたらキルヒアイスは少佐になれる。だとしたら、ラインハルトはキルヒアイスを彼から解放し、昇進できるようにしてやるべきではないのだろうか。それを、自分とともにいられるよう固執するのは、ラインハルトの誤りではないのか。

だが、キルヒアイスの補佐を失ったとき、自分はどうなるのか。ラインハルトには想像もしえなかった。彼は、リューネブルクのいう〝孔雀〟ではなかったから、赤毛の友人がいかに自分にとって不可欠な存在であるか、熟知していた。彼にかわる人材など、いるはずがないのだから。

ふたりの青年士官が、軍務省の広いホールで、このときラインハルトの姿を見ている。黒にちかいダークブラウンの髪をした長身の男と、おさまりの悪い蜂蜜色の髪をしたやや小柄な男とのとりあわせが、査閲《さえつ》局長の部屋から出てきたところだったのだ。

帝国軍の数多い青年士官たちのなかでも、傑出した勇略の所有者として知られる一対であった。オスカー・フォン・ロイエンタールが二七歳、ウォルフガング・ミッターマイヤーが二六歳、階級はともに大佐であった。ロイエンタールが、わずかに首をかしげて僚友に問いかけた。

「あの若い金髪の士官は誰だったかな、見おぼえがあるような気がするが、思いだせぬ」

「ああ、ラインハルト・フォン・ミューゼル准将だ。少将になったのかな？　いずれにせよ、一八歳でだからたいしたものさ」

ふたりは、なぜとはなく沈黙して、ラインハルトの姿を見まもった。金髪の若者は、自分ひとりの思案に没頭していて、ふたりに気づかなかった。豪奢な黄金の髪が、きらめくような微粒子を、彼らの網膜にふりかけてくる。

注意して観察すれば、ロイエンタール大佐の右目が黒いのにたいして、左目は青く、それが端整な顔だちに異彩をあたえていた。

彼らは、ホールの一隅に置かれた長椅子に腰をおろし、査閲局長からあずかった二〇枚ほどの書類を、手ばやく整理した。整理しつつ、いま目《ま》のあたりにした若者の肖像について、ミッターマイヤーが話題を提出した。

「どう思う？　貴族どもは、彼を、金髪の孺子《こぞう》と呼んでかろんじているが、その評価は正しいかな」

ロイエンタールが書類に視線をあてたまま応じた。

「古くから言うだろう。猫と虎の児《こ》はよく似ているが、それを混同してはならない、気をつけることだ、と」

「ラインハルト・フォン・ミューゼルは、卿《けい》の見るところ、虎か猫か？」

「たぶん、虎だろうよ。彼が姉君の七光《ななひかり》で出世したとしても、敵の奴らに、そんな事情を斟酌《しんしゃく》する義務はないからな」

ラインハルトは、現実として、武勲をかさね、その結果として昇進している。敵軍が、ラインハルトにわざと負けてやる理由など、どこにもないのだ。ラインハルトの異数の昇進を、姉グリューネワルト伯爵夫人の七光、また偶発的な幸運の結果と見ている人々は、真実から目をそらしているのである。たしかに、機会があたえられるという段階までは、ラインハルトは他者よりめぐまれた環境にあるのだが、その点、門閥貴族の子弟たちも、彼より劣悪な境遇に立たされているわけではない。あたえられた機会を十全《じゅうぜん》に生かし、出征と武勲と昇進とをくりかえしてきたのは、ラインハルト自身の能力であるはずだった。

そもそも、宮内省や典礼省で書記官でもしていれば、戦場の労苦とは無縁でいられるはずだ。

軍人になっても、ただ一度の経験で逃げ帰る貴族の若君が、いくらでもいる。それに比較すれば、ラインハルト・フォン・ミューゼルという若者の価値がいかに高いものであるか。それを認めないのは、認めないほうが狭量なのであろう。

「あの若者は、いずれ元帥にでもなるのかもしれない。そうなれば、銀河帝国の歴史上、もっとも美貌の元帥になるかもしれんな」

そのとき、ラインハルトにかんする彼らの話題は、そこまでで終わった。彼らには彼らの用件があったし、あの豪奢な金髪の若者が、さしあたり彼らの人生に関係してくるということもなさそうであった。

帰宅したリューネブルクは、サロンにはいると、軍服姿のまま、ソファーに腰をおろした。不機嫌な、というより、猜疑に泡だった視線のさきに、彼の妻がいる。あわい褐色の髪が長く豊かな彼女は、エリザベートといった。

「お帰りなさいまし、ご無事のお帰りにお祝いを申しあげます」

「心にもない台詞を口にするのが、ますますうまくなったな」

冷酷に応じ、ソファーで脚をくみかえた。

「酒だ。四六九年もののノイエ・ヘッセンの白があっただろう」

妻が銀色の盆《トレイ》に、白ワインの瓶とグラスをのせてはこんできた。かつてメイドにそれをさせたとき、夫は激怒し、妻が自分でやるよう命令したのである。

グラスを幾度かかたむけたあと、彼は告げた。

「今度、少将になった」

「おめでとうございます」

「ふん、なにがめでたい。ミューゼルの孺子《こぞう》は一八歳でおれとおなじ少将だ。おれはもう三五歳だぞ。奴は三五歳のときには、とうに元帥になっているかもしれん」

急速に酔いがまわった目で、リューネブルクは妻の硬い表情をすかし見た。

「お前の婚約者も、たしか二〇代なかばで准将だったな。いや、少将閣下か。それも戦死したおかげで、叛乱軍に礼を言わねばなるまいな」

「そのことはお話しにならないでくださいまし」

妻の声が、風をうけた花茎のように揺れるのを聴いて、夫は口もとをわずかにゆがめた。

「心を開かない、つめたい女だ」

「……そうあなたには見えるのでしょうか。だとしたら、わたしはあらためます。あなたにそう思われないよう努めます」

「どうかな、お前がおれにたいして心を開くとは信じられぬ」

リューネブルクは低く笑った。妻よりも、自分自身を傷つけるような笑いかたであった。彼は右手を伸ばすと、妻の白いあごをもちあげ、褐色の珠《たま》のような瞳をのぞきこんだ。

「お前はいつまでも死んだ婚約者のことを想いつづけていればいい。奴がまだ生きていて、いつか帰ってくると信じるのも、お前の勝手だ。現実を憎んで幻想にとりすがっているお前を見ているのは、おれにとって、けっこうおもしろい。ふふ……」

エリザベートの瞳に映った、リューネブルクの影が、彼自身にむかって嘲弄の息吹《いぶき》を吐きつけてくる。かつて自由惑星同盟軍《フリー・プラネッツ》〝薔薇の騎士《ローゼンリッター》〟連隊長であった男は、笑いをおさめると妻の顔から手を離した。乱暴に、白ワインの瓶をつかみとり、グラスにそそぐことなく、直接、口をつけてあおった。わざとらしく、アルコール臭のかたまりを宙に吐きだす。

「明日、オフレッサー上級大将のお宅にうかがう」

勇猛と粗野で知られる、装甲擲弾兵総監の名を、リューネブルクは口にした。現実の地位においても、私的な影響力においても、オフレッサーは、帝国軍の陸戦部門における第一人者であって、少将の地位をえたリューネブルクとしては、彼にたいする礼を欠くわけにはいかなかった。

「何時ごろお出かけになりますの？」

「他人《ひと》ごとのように言うな。お前も同行するんだ」

「え……」

わずかな動揺は、オフレッサーが、貴族の令夫人や令嬢たちに人望がないことを証明するものであった。

「どうした。いかにオフレッサー総監が獰猛《どうもう》でも、お前をとって食いはすまい。あの御仁《ごじん》は、装甲服につつまれた堅い肉でないと、料理の意欲をそそられないそうな」

悪趣味な揶揄《やゆ》の語をとばして、リューネブルクは、妻の白い手首をつかんだ。

「では、奥方、夫婦なら夫婦らしいやりかたで、親和を深めようではないか……」

第五章　初夏、風強し

Ⅰ

戦いから帰ったとき、ラインハルトとキルヒアイスは、最初にアンネローゼに会いにいく。というより、皇帝の後宮の女《ひと》となったアンネローゼには、肉親であるラインハルトさえ、面会するのが容易ではない。出征から帰ると、いわば武勲のごほうびとして、面会の理由が認められるのであった。そのために、アンネローゼに会える日のために、それにさきだつ戦いを受容するという一面が、キルヒアイスの心理には、たしかに存在する。

この年五月二四日の対面は、シャフハウゼン子爵の邸宅でおこなわれ、アンネローゼの友人である子爵夫人は、三人のためにサンルームを貸してくれた。観葉植物の鉢植えが置かれた、オーク床の部屋で、ラインハルトはキルヒアイスが昇進しなかった事情を姉に訴え、アンネローゼはそれにたいして、力になってもよいむねを答えたのである。

お願いします、とは、キルヒアイスは言えなかった。最終的な人事権を所有しているのはアンネローゼではなく、皇帝フリードリヒ四世である。キルヒアイスを昇進させるために、アンネローゼが皇帝に懇願する光景を想像するのは、彼にとってつらかった。

「ありがとうございます、アンネローゼさま、ですが、私はべつに昇進をあせる気はありません。いまでも早すぎるほどです」

アンネローゼが皇帝に頼めば、キルヒアイスを少佐に昇進させることは容易であろう。兵士からみれば、雲の上の地位であっても、皇帝や門閥貴族からみれば、たかだか少佐でしかない。軍部にいちおう各階級の定員はあるものの、つねにその枠は実数より多くなっており、なんら問題はないはずであった。

だが、その人事が、アンネローゼ・フォン・グリューネワルト伯爵夫人の干渉によるものであると判明すれば、軍首脳部すなわち門閥貴族たちの心証は、いちじるしく悪化するであろう。アンネローゼ、ラインハルト、キルヒアイス、三人それぞれが立場を悪くする。皇帝の寵妃であるアンネローゼであっても、宮廷と貴族社会の隅には、皇帝の目がとどかない場所がいくらでもあるのだ。

自分のために、アンネローゼの立場を悪化させることなど、キルヒアイスにできるはずがなかった。それは彼自身の心を寒くし、幸福から遠ざけることであったのだ。

アンネローゼのもとを辞するとき、彼女は視線を弟からその友人の顔にうつして唇を開いた。

「ジーク、あなたは……」

それだけしかアンネローゼは言葉を発しなかったが、彼女が自分の真意を諒解してくれたことを、キルヒアイスはさとり、幸福感が春の潮のようにあたたかく胸郭《きょうかく》をみたしてくるのを感じた。この幸福感にくらべれば、昇進の喜びなど、ささいなものであって、あくせくする価値などない。それに、実際、一八歳で大尉というのはたいしたものだった。士官学校を卒業して二〇歳で少尉に任官するのが、標準的な士官人生の出発点なのである。名ばかりの貴族ですらない平民出身のキルヒアイスが、一〇代で大尉というのは、たしかに充分、異例であった。

……ところが、キルヒアイスは、ラインハルトの昇進より一週間遅れて、少佐に任官された。ラインハルトは喜び、かつ驚いたが、何者の干渉《かんしょう》があってのことか、事情を知って、ふたたび驚いた。新任の大将グリンメルスハウゼン老人が、とくにキルヒアイスを推薦したというのである。

「あの老人、いよいよ死期をさとって、ひとつぐらい善行をほどこしておこうと思ったらしいな」

ラインハルトの毒舌も、やや精彩を欠いたのは、基本として、キルヒアイスの昇進を喜び、グリンメルスハウゼン老人の推薦に感謝する心情《きもち》があったからであろう。

いずれにしても、キルヒアイスは、推薦者に謝辞を述べねばならず、一日、グリンメルスハウゼン〝大将〟の邸宅を訪問した。ラインハルトは同行したい心情をおさえて、赤毛の友人を送りだしたのだ。広いが薄暗い書斎に若い客を迎えた老人は、キルヒアイスに椅子をすすめ、彼の謝辞にこう答えた。

「ミューゼル准将、いや少将はともかく、わしまで昇進したのじゃ。卿《けい》が昇進せぬのでは、道理にかなうまい。卿はじつによくミューゼル少将を補佐していたからな」

「おそれいります。なんと御礼を申しあげればよいかわかりません」

「ただな、今年こうやってひとつ昇進したからには、今年のうちにもう一度昇進することはないと思うてくれ」

「そんなことは、意に介《かい》するにたりません。少佐でも分にすぎると思っております。ほんとうにありがとうございました」

じつのところ、いささか皮肉ながら、キルヒアイスはラインハルトほどに、彼自身の昇進を喜んではいないのである。ラインハルトが中将になるほうが、彼はうれしいのだった。

「それと、お祝いを申しあげるのが遅れましたが、グリンメルスハウゼン閣下も、大将に昇進なさったよし。おめでとうございます」

礼をつくしてそう述べたが、老人は、意外に無感動であった。

「いや、わしが大将なんぞになれたのは、自分の能力のゆえでも功績のゆえでもないからな。わしが子爵家の当主で、皇帝陛下の個人的なご好意をいただいておるからじゃ」

返答にこまって沈黙するキルヒアイスの耳に、さりげなさそうな一言が吹きこまれた。

「そういう世のありようを、ミューゼル少将などは、おもしろからず感じているのではないかな」

一瞬、冷気の指が、キルヒアイスの脊椎《せきつい》をかけおりていった。この老人は、いったいなにを語ろうとしているのか。

「ミューゼル少将に不満などございません。一〇代にして少将たるの身を、皇帝陛下に感謝しております」

「卿《けい》としては、そう主張するしかなかろうな。じゃが、卿の配慮や、あるいは誠意をもってしても、ミューゼル少将の眼光を消すことはできんて」

「…………」

「あれほど覇気にみちた美しい目を、わしは見たことがない。わしは一生、あんな目をもつことはできなかった」

うかつに応じることもできず、キルヒアイスは表情を消して、老提督の顔をながめやった。高い評価が、好感と同意語であるとは、かならずしも断定できない。まして、ラインハルトの野心と覇気は、彼を一八歳にして少将とした、その国家機構それじたいをたたきつぶすことにあるのだから。

キルヒアイスは話題を転換する必要を感じた。

「ですが、一八歳のときには、閣下も、覇気にみちておいでだったでしょう？」

「いやいや、わしは一八歳のときには、もう自分の才能や将来性に、見切りをつけておったよ」

こもったような声ながら、老人の発言は、キルヒアイスの質問を明確に否定していた。赤毛の若者は、老人の真意を把握する行為に困難を感じた。この老人は、なにを洞察しているのか、あるいは、なにを妄想しているのか。これまでの交渉で、この老人がラインハルトにたいして、敵意・悪意・害意をいだいていないと、キルヒアイスは考えていた。今後も、そう考えつづけてよいものだろうか。

キルヒアイスがいかに賢明で思慮深く、視野が広く、洞察力に富んでいるとしても、一八歳の年齢から完全に自由であることはできなかった。グリンメルスハウゼン老人とキルヒアイスとのあいだには、六〇年ちかい人生経験の差があり、その差は知性と理性だけで埋めえるものではなかったのだ。また、キルヒアイスの価値観には、公正さや高潔さという要素のほかに、いささか特殊な素子《そし》がふくまれていた。他人の価値を判断するとき、キルヒアイスはつい考えてしまうのである。この人はラインハルトさまにとって有益な人材だろうか、アンネローゼさまにたいして好意的であるだろうか、と。

沈黙は、やや長くつづいた。キルヒアイスの思案は、円を描いて出発点に回帰してしまう。この老人を、ラインハルトのだいそれた覇業のなかにあって、いかに位置づければよいのだろう、と。

ただ、ラインハルト自身にはラインハルトの後ろ姿が見えないが、キルヒアイスにはそれが見える。そのような意味で、キルヒアイスの視野が、ラインハルトのそれより広くなる場合があり、いまこの場合でも、キルヒアイス個人はグリンメルスハウゼン個人にたいして、負《マイナス》の感情はおぼえない。現象のレベルにおいては、むしろ恩義がある。もしこの老人が、ラインハルトの未来において障害物となるとすれば、キルヒアイスはこの老人を排除しなくてはならない。自分にそれができるだろうか。

キルヒアイスの内心に関係ない表情と口調で、老人は悠然と口をひらいた。

「年長者として、わしがただひとつ、えらそうなことが言えるとしたら、ミューゼル少将があせる必要は、まったくないということさ」

「あせるとは、なににかんしてでしょう、閣下？」

危険を感じないでもなかったが、あえてキルヒアイスは問うてみた。老人の返答は簡潔だった。あるいは巧妙だった。するどさをもたないかに聴こえる声がゆっくりとかえってきた。

「人生にかんしてじゃよ、むろん」

その返答をえたところで、キルヒアイスは立ちあがり、老人のもとを辞した。むしろ彼のほうこそ、正体をさらけだしそうな気がしたからであった。帝国全体の簒奪をたくらむ不逞な野心家の腹心である、という正体を。

Ⅱ

いくつかの公的な用件をすませて、ラインハルトとキルヒアイスは、リンベルク・シュトラーゼの下宿に帰った。ふたりの姉妹――ともに六〇歳をこえたクーリヒ、フーバーの両未亡人が、亡夫の想い出とともに生活している家で、ラインハルトたちはその二階を借りているのだが、一年のうち半分は戦場にあって、部屋を空《あ》けている。

ラインハルトとキルヒアイスを迎えたふたりの老未亡人は、両手をひろげて、彼らの生還を祝福した。

「まあまあ、金髪さんも赤毛さんも、無事でよかったこと。意地悪な上官にいじめられてないか、心配してたんだよ」

〝金髪さん〟ことラインハルトは少将である。少将にたいしては奇態すぎる呼びかただが、ラインハルトたちは彼女らの孫のような年代であるから、〝閣下〟などと呼ぶ気にならないのは、むりもない。

「頭がよくて気が強くて顔だちの綺麗な子は、学校でだってよく虐《いじ》められるもんだからね。金髪さんは、どう見たって、無能な上官に憎まれるタイプだし」

完全な事実だから、ラインハルトも反論はしなかった。翌日も軍務省に出頭しなければならないと聞いて、ふたりの老未亡人は、おどろいたようである。

「それにしても、軍人さんというのは、そんなにいそがしいものかしらねえ。うちの人なんぞ、戦いがないときは、釣にばかり行っていたけど。まあうちの人は大尉どまりだったから……」

ふたりの未亡人は不思議がるのだが、実戦がないからといって、軍人はそう余暇をもてあましているわけではない。とくに、少将ともなれば、儀礼だけでもけっこう時間をとられる。

とはいえ、正式な配置転換が決定しないあいだは、無役ということになるから、時間をもてあますことは、たしかにある。軍務省の本省に籍をおいて、軍官僚としてのコースを歩めば、山積みした書類を整理するだけでいくらでも時間をつぶすことができるが、いざ実戦となったとき、デスクから最前戦へ直行するわけにはいかない。実戦部隊に身をおいた以上、戦いがないときの無為《むい》には耐えるしかないのだ。

その夜、夕食には二種類のワインがついた。ヴァンフリート星域に出征するまでは、〝未成年だから〟というもっともな理由で、酒類をつけてくれなかったのだ。赤と白を、それぞれ丹念に舌の上でころがして、

「悪くない」

とラインハルトは笑った。

もっとも、ラインハルトは、酒を飲む楽しみを充分に理解したり感得したりしていたわけで

はない。もともと、それほど幅の広い人格や人生を所有してきたわけでもなかった。帝国軍少将という地位や、それを彼自身にもたらした軍事的才能をはずしてみれば、彼はまだ一八歳の、世なれない若者であるにすぎなかった。

ラインハルトにとって最大の趣味はといえば、戦略や戦術を研究することで、それに関連して読書、三次元チェスなどもたしなんだが、芸術ないしその類似物には、ほとんど興味がなかった。せいぜい、音楽を人なみに好んだていどである。幼年学校時代、じつにわざとらしく、〝幅広い人格と教養をはぐくむために〟美術の授業などがあったものだが、ラインハルトの絵は、〝技術的にはすぐれているが、個性のきらめきも感受性の深みもない〟と評されていた。ラインハルトは全霊を絵にうちこんだことなどなく、そのような評価、彼自身の本質をまるで把握していない評価を、意に介さなかったが。

たしかに、ラインハルトさまには、貧乏性めいたところがあるな、と、キルヒアイスは思う。この人の存在は、それじたいが、一篇の華麗な詩であるのだが、私生活に限定していえば、ごく平凡で、風雅だの多彩だのといった表現からは遠いのである。

「ラインハルトさまなら、ほかの者にはむずかしい暇つぶしの方法もとれるでしょうに」

「たとえば？」

「恋をなさるとか」

むろん冗談とはいえ、あまりに意外な勧めように、ラインハルトが怒りだすかもしれない、と、キルヒアイスは思ったのだが、そうはならなかった。蒼氷色《アイス・ブルー》の瞳に真剣な光をたたえて、議題を検討してみたようである。

「……やってみてもいいが、どうやって相手をさがす？」

キルヒアイスは、あやうくワイングラスをとりおとすところであった。正直なところ、ここまで、反応の角度がずれるとは思わなかったのだ。

「ラインハルトさま、まず恋をすることを決めてから相手をさがすというのは、順序が逆でしょう」

「順序などというものは、人それぞれのはずだ」

一般論としては、たしかにそのとおりであるかもしれないが、このような場合にこのような理屈をこねるのが、ラインハルトの奇妙な点であったかもしれない。

「その意思があって、つねにそなえていれば、おれにふさわしい女性を見いだす機会もひろがるだろう。そう思わないか、キルヒアイスは？」

「ではうかがいますが、どういう女性がお好みですか？　参考までに、教えていただきたいものです」

「べつに条件なんかない。そうだな、頭がよくて気だてがよければ充分だ」

ごく抽象的で、しかも贅沢なことをラインハルトは言ってのけた。つまるところ、まだ本気で恋愛する気などないのだろう、と、キルヒアイスは看取《かんしゅ》した。

かつて、ラインハルトがその地位と美貌にもかかわらず、身持ちがかたいことを、一部の人人が賞賛したことがある。それを耳にしても、ラインハルトは、ことさら感銘をうけたようでもなかった。

実績をあげること。実績を正当に評価されること。それこそラインハルトの矜持が望むところであって、無意味におだてられても、なんら喜びを感じることはない。ラインハルトが身持ちがかたいことは事実だが、それ以上に、おそらく、恋愛や性愛に興味がうすいのであろう。それも極端に。

「妙なことを猿にほめられても迷惑だ。おれの真価を理解する能力のない奴が、どうしておれをほめることができるのだ?」

さすがに相手に正面きってそうは言えないので、キルヒアイスにむかってそう質問し、満足する返答があたえられないと不機嫌になる。赤毛の友人にたいしては、どこまでもわがままなラインハルトだった。

「理解できぬままに悪口をならべたてる輩《やから》より、すこしはましなのではありませんか」

このとき、キルヒアイスがそう答えると、ラインハルトは小首をかしげてみせた。

「ふうん、キルヒアイスは、下水道のなかを覗いても、そこに美を発見するタイプだな。言ったのがお前でなければ、偽善者だと、おれは思うだろう」

感銘の表現とも、にくまれ口ともとれる台詞を、ラインハルトは口にする。

「お前が学校の教師になったら、心を傷つけられる生徒はその学校にいなくなるだろうな、きっと」

これは意外に、正鵠《せいこく》を射た評価であったかもしれない。キルヒアイスの両親も、息子をそう評したことがあるのだ。

実際、キルヒアイスにしてみれば、本来、軍人志望であったわけでもない。ラインハルトと人生を共有するためには、軍人となる以外に、選択肢がなかったのであった。キルヒアイスの資質は、軍人として傑出しており、戦略家としての識見と、戦術家としての巧緻さと、軍政家としての処理能力と、戦士としての勇敢さとを、最高度の水準でそなえているであろう。だが、ラインハルトが存在しなければ、これらの資質が発芽することはなく、軍人としてのキルヒアイスは存在しなかったにちがいないのだ。父と同様に官吏《かんり》になるか、ラインハルトの想像どおり教師になるか、いずれにしても、強制される兵役をのぞいては、平凡で平穏な人生を航行《セーリング》することになっていたかもしれない。そうキルヒアイス自身も想像しないではないが、想像と現実とを交換する意思は、一ミリグラムもなかった。どのような困難があれ、現実にこそ、彼の至福はあった。

「キルヒアイス、お前、ご両親には会いに行かないのか？」

突然の問いかけに、キルヒアイスは、最初、ややとまどった。

両親と、月に一度は手紙《ビデオメール》を交換しているが、直接に会うことは年に一度もない。ラインハルトにたいして、家庭や家族の存在を強調するようなことをしたくなかったのだ。だが、いま、ラインハルトが、両親との対面を勧めてくれる。

どうせ年内にもう一度くらいは大きな戦いがあるだろう。出征するとなれば、またその準備に忙殺される。その前に、一度、会いに行ってきたらどうか。ラインハルトはそう勧め、キルヒアイスは、金髪の親友の好意を拒否する理由をもたなかった。

ひとつのことに、キルヒアイスは思いあたった。彼の両親は、八年前とおなじ家に住んでいる。そしてその隣には、かつてのミューゼル家がまだ存在しているのだった。アンネローゼとラインハルトの姉弟が、父親とともに住んでいた小さな家。八年前、そこの住人が変わったとき、キルヒアイスの人生も針路を変えたのである。

これまで数度の面会は、すべて、両親の側が息子のもとに面会におとずれるというかたちでおこなわれた。したがって、キルヒアイスは、幼年学校に入学して以来、生家に帰ったことがない。赤毛の若者は胸郭の奥で、回想の巣から懐旧《かいきゅう》の雛鳥《ひなどり》が飛びたつのを確認した。彼はラインハルトの好意に応じるとともに、親友にも、このささやかな帰省を勧めてみた。

「いや、おれは行かない」

ラインハルトは豪奢な黄金の髪を揺らして否定した。

「おれとお前はちがう。あの家には、もう誰もいないから……」

その一語の意味を正確に理解し、キルヒアイスは、それ以上勧めることを断念した。

Ⅲ

ヴァンフリートの戦場から帰還したのちも、ラインハルトとキルヒアイスにとって、ヘルマン・フォン・リューネブルクは無視しえぬ存在となっていた。むろん、リューネブルクのほうが、戦場においてラインハルトたちの視野に立ちはだかってきたのであり、現在も、長い影の一部が、ラインハルトの足もとに落ちかかってきているのである。彼はラインハルトの二倍ちかい人生を送ってきており、にもかかわらず、ラインハルトと、軍人としての階級を並行させていることに、平静でいられるであろうか。

ラインハルトに比較するのが、本来はむりなので、三五歳にして少将の階級をえたのは、リューネブルクの軍人としての非凡さをしめしているはずである。そして、おそらく彼はラインハルトにたいし、門閥貴族の大多数とことなる認識をいだいているはずであった。いっぽう、ヴァンフリート4＝2における経緯から、ラインハルトもリューネブルクの存在を無視しえずにいる。この逆亡命者は、才気があるだけでなく人格に危険な成分があり、ラインハルトは彼にたいし、好意的でありえなかった。それでも、必要とあれば反感や悪意を抑制して、リューネブルクを将来、彼の陣営に迎えるだけの度量はそなえている。その必要性にかんして、彼は親友の意見をもとめたことがあった。

「キルヒアイス、あらためて問うのも奇妙だが、リューネブルクという男をどう思う?」

「敵にまわせば厄介ですが……」

「うむ?」

「味方にすれば、もっと始末が悪いでしょう」

その返答は、ラインハルトの意表をついたらしく、彼は長い睫毛《まつげ》をあわただしく上下させた。

「キルヒアイス、お前、存外、口が悪いな」

「八年もラインハルトさまといっしょにいると、病気が感染します」

「それでは、おれは病原菌か」

ラインハルトは声を高めたが、むろん本心から怒気を発したわけではない。

閉ざした唇を苦笑するかたちにゆがめて、ラインハルトはキルヒアイスの見解をうけいれた。

キルヒアイスとしては、偏見にもとづいてリューネブルクという人間の信頼性に疑義《ぎぎ》を申したてたわけではない。ラインハルトが他人に屈する意思がない以上、相手にラインハルトの優越を認めさせるしか、両者の関係は成立しえないわけである。だが、リューネブルクにそれをもとめるのは不可能であろう、とキルヒアイスは思っていた。

「こういうことにご関心はないかもしれませんが……」

そう前おきして、キルヒアイスはラインハルトに、リューネブルクについて収集した情報のいくつかを語った。そのなかに、リューネブルク夫妻の仲が蜜月《みつげつ》という表現からほどとおいというものがあった。リューネブルクの妻エリザベートが、婚約者の死後、心ならずも現在の夫と結婚したという話を、ラインハルトはこのときはじめて耳にしたのである。

こと男女の仲にかんするかぎり、ラインハルトの価値観は単純で潔癖である。自分自身にかかわってさえそうであり、他人の色事については、ろくに関心がなかった。このときも、キルヒアイスの報告を、むしろわずらわしそうに聞いていたが、しだいに興味をおぼえたようで、豪奢な黄金の前髪をいじっていた指のうごきが緩慢さをくわえた。やがて指がうごきをとめると、はじめて感想がもれた。

「すると、リューネブルクの夫人は、愛してもいない男と結婚したのか」

「けっきょく、そういうことになるかもしれません。ただ、あくまでも噂です」

キルヒアイスは慎重だった。リューネブルクの結婚にかんしては、かんばしからぬ噂のほうが圧倒的で、暴力がふるわれたのだ、とか、夫人の実家とのあいだに有力な閨閥《けいばつ》が成立するのをもくろんだのだ、とか、採《と》りあげれば際限がなかった。いずれにしても、それらに通底しているのは、夫人が夫たるリューネブルクを愛していない、という、かなり根強い人々の推測であった。

「それでは夫になった男が気の毒ではないか」

ラインハルトは真剣に言い、キルヒアイスはややおどろいた。これまで彼が集めた情報は、程度の差こそあれ、夫人を被害者として同情をよせるものばかりであったので、キルヒアイスもややそれに感化されていたのであろう。ラインハルトの見解は、新鮮な意外さをもっていた。

「愛してもいないのなら、結婚すべきではない。強制されたのならともかく」

と言ったのは、彼自身の姉アンネローゼが権力者の強制によって後宮に納められたという事情が、ラインハルトにとっては重すぎるからであったろう。強制をはねのけろ、と言ってのけるには、八年前、ミューゼル家がおかれていた事情は深刻すぎたのである。

沈黙の一小曲が流れたのち、ラインハルトが低くつぶやいた。

「リューネブルクも、あんまり幸福な男ではなさそうだな」

その感想にうなずきつつ、キルヒアイスは、リューネブルクの心境を思いやった。ラインハルトのこの感想を耳にしたとき、リューネブルクが知己をえたといって喜ぶとは思えなかったのだ。

そしてそれこそ、リューネブルクがラインハルトと手を結びえない最大の理由であろう、と、キルヒアイスは感じたのであった。

装甲擲弾兵総監オフレッサー上級大将の邸宅を、リューネブルク夫妻は訪問したわけだが、首尾は上々とはいえなかった。オフレッサー邸は、所有者の巨軀にあわせてか、すべての規格や調度が壮大をきわめ、リューネブルク夫妻はサロンのソファーになかば身を埋めてしまった。

そして一〇分も経過しないうちに、エリザベート・フォン・リューネブルクは気分を悪くして、隣室のソファーに横たわり、看護をうけるはめになったのである。

「どうもお見苦しいところをお目にかけました、総監閣下……」

「卿《けい》の奥さんは、あまりわが家を好んでおられぬようだな。卿がむりにつれてきたのではないか」

オフレッサーの指摘は、的を射ていたがゆえに、リューネブルクとしては不快であり、話題を逸らさざるをえなかった。本来、儀礼的な訪問であり、妻の気分の悪化を理由として、早々に辞去《じきょ》してもよかったのだが、リューネブルクはこの訪問でわずかでも実利をえたかった。彼はラインハルト・フォン・ミューゼルの名を舌の端に載せ、オフレッサーの見解を問うた。

「ふん、金髪の孺子《こぞう》めか」

オフレッサーの声は、悪意というより破壊力にみちていた。その声を聴いただけで、気の弱い人間であれば気死《きし》してしまいそうである。

「姉の色香が、陛下をまどわせている、その余波が弟めにおよんでいるだけのことだ。それがリューネブルク少将には気になるのかな」

「ですが、当人は、自分の軍事的才能に自信をもっております。そして、公平に見たところ、その自信はまるきり空中楼閣というわけではありません」

その事実が、オフレッサーのような、時代認識の欠落した保守派に、どうわけとめられるか。

リューネブルクには、意地の悪い興味がある。現在のところラインハルト・フォン・ミューゼルは、〝たかが少将〟であり、生意気な金髪の孺子でしかないとしても、少将のつぎは中将、そのつぎは大将というわけで、頭《ず》ばかり高い貴族諸公が彼の前に礼節上の譲歩をしいられる日が、いつかはくるであろう。

それを阻止するために、リューネブルクの力を必要とする。貴族どもがそう思ってくれれば、リューネブルクとしては、門閥貴族どもにたいして自分の商品価値を知らしめ、売りこんだうえに恩を着せることもできようというものであった。だが、オフレッサーの反応は、彼の想像の範囲内にはなかった。

「戦場から帰って以来、やることがないとみえるな、リューネブルク少将、わざわざ他人の家を訪ねて、孺子について触れまわっているのか」

ヘルマン・フォン・リューネブルクの心の地平で、遠雷がかすかにとどろいた。自由惑星同盟《フリー・プラネッツ》にあって、彼は異端者だった。そして現在、帝国にあっても、彼は異端者だった。才能がなければ侮蔑され、才能があれば忌避される。過去の逆亡命者たちがおかれてきた、それはみじめな指定席であった。

ある意味で、疎外される者としての立場が、リューネブルクとラインハルトとでは共通するのだが、金髪の若者にたいしてリューネブルクがいだいたのは、共感ではなく、その反対側に進行する感情だった。自分より一七歳も年少の若者が、自分と肩をならべることの不条理が、彼の精神作用に正《プラス》をもたらさなかったのであろうか。幾種類かの思惑は、だが、オフレッサーにたいしては通用しなかったようで、反応は甘くも温かくもなかったのだ。

「卿《けい》は地上戦の専門家だ。逆に言えば、提督としての栄達は望めん。卿がねらっているのは、おれの座か。さしずめ、そうだろう」

獲物を前にした肉食性恐竜のような笑いが、オフレッサーの前歯の付近にちらついていた。礼儀正しいリューネブルクの拒否を、一瞬で撃砕してしまうだけの迫力が、その笑いにはふくまれていた。その笑いが拡大された。オフレッサーが顔をちかづけたのだ。

「おれは金髪の孺子《こぞう》も嫌いだが、卿も嫌いだ」

この男としては、可能なかぎり声を低めたのであろうが、サロンの壁に音声増幅システムでも埋めこまれているかのように、リューネブルクの聴覚全体にとどろきわたった。リューネブルクは余裕ある笑顔で応じようとして失敗した。オフレッサーは単純であっても馭《ぎょ》しやすい男では、けっしてなかったのだ。

「だから、はっきり言っておくとな、リューネブルク少将、卿とあの金髪の孺子とが嚙みあって共倒れにでもなれば、重畳《ちょうじょう》このうえないというわけだ。せいぜい奴の白い咽喉首を嚙み裂くために牙をといでおけばよかろう」

オフレッサーは、手中のグラスを無造作にくつがえし、巨大な口のなかに、ウイスキーと氷の滝を放りこんだ。氷を嚙みくだく音を盛大にたてながら、彼は、リューネブルクに強い息をはきかけた。

「勝ち残れば卿にも今後の機会があたえられるだろう。だが、卿が金髪の孺子を蹴落とすために、吾々《われわれ》の助力を期待するのは、それこそ幻想というものだろうて」

リューネブルクは無言のまま、自分の不手ぎわをかみしめていた。それは古くなった薬草のように、むなしいにがさにみちていた。

Ⅳ

六月七日、あたらしい人事が正式に決定する。ラインハルト・フォン・ミューゼル少将は、帝国宇宙艦隊総司令部付《つき》という地位をあたえられた。これは役職とはいえない。所属を明確にしただけのことだが、ラインハルトがむしろ喜んだのは、つぎの征戦にいたるまでの臨時の席であることが確実であったからだ。キルヒアイスも総司令部所属将官付、というあいまいな称号で、ラインハルトの傍《かたわら》に身を置くことが許された。

六月上旬、〝聖霊降臨祭《プフィングステン》〟の日がちかづくと、オーディンの市街はお祭り気分に浮かれたつ。もともと古い宗教的な行事がおこなわれた日だというが、現在では、初夏のもっともよい時候に、飲んで歌って踊るというだけの陽気なお祭りになっている。

この日は、皇帝から帝都の市民に、ワインやビールが樽ごと何千も下賜《かし》される。むろん全市民にいきわたるはずもないが、民衆にたいする皇帝陛下のご慈愛とやらが、端的なかたちでしめされるわけだ。なんらの政治的な権利や経済上の平等をあたえるわけではなく、お祭りさわぎとアルコールとで発散をはかるのは、露骨な民衆蔑視であるのだが、二〇世代にわたる無権利状態は、一般民衆の権利意識を鈍磨《どんま》させ、人々はすなおにお祭りを楽しんでいた。ラインハルトに言わせれば、〝家畜的な従順さで、批判能力のかけらもない〟ということになるのだが。あるいは、平民たちはもっとしたたかに、専制政治下における〝老婦人の夏《こはるびより》〟の一瞬を楽しんでいるのかもしれなかった。

ジークフリード・キルヒアイスが、八年ぶりに生家への帰宅をはたしたのは、六月九日、〝聖霊降臨祭《プフィングステン》〟の前夜だった。この夜、ラインハルトは将官とその夫人だけが出席を許される軍務省のパーティーに顔をだすことになっており、キルヒアイスにむかって、前日の勧めを実行するようにと言ったのだった。

ラインハルトがパーティーから帰るのをただ待っているのも無芸のきわみであるから、キルヒアイスは金髪の友人の好意をうけて、生まれ育った街に帰ってきたのだ。

すでに夕刻だった。私服姿のキルヒアイスがまず足をむけた酒場のなかは、にぎわいにみちていた。

キルヒアイスがミューゼル家の姉弟と知りあう以前、ときとして、この店で黒ビールを飲んでいる父親を迎えにきたものだ。店のなかは、時の侵蝕をまぬがれて、暖色の永遠を保存しているように見えた。

混雑をぬってカウンターに両肘をついたキルヒアイスに、頭のはげあがった小肥りの主人が声をかけた。

「なんにするかね、お若いの」

「黒ビールを大ジョッキで。ソーセージとポテトは適当でいい。それとザワークラウト」

注文をすませてから、電話を借りて、両親にはじめて帰宅を告げた。あまり大仰《おおぎょう》にむかえられては気恥ずかしいし、突然すぎれば、留守ということもある。留守であれば、家を外から見ただけで帰ってもよいと思ったのだが、両親は在宅していた。三〇分後の帰宅を約して電話を切ると、ジョッキを彼の前のカウンターに置いた酒場の主人が、しげしげと、のっぽの若者を見つめた。

「そうか、お前さん、キルヒアイスさんの家にいた赤毛の坊やか」

「ひさしぶりだね、親父《おやじ》さん」

主人は、差しだされたキルヒアイスの手をつかんで勢いよく上下に揺さぶった。

「よくまあ、こうも伸びたもんだ。天井にとどきそうじゃないか」

素朴な修辞に笑いで応《こた》えながら、キルヒアイスはジョッキを手にした。帰宅にそなえた心の準備を、彼はこの店でするつもりだったのだ。一杯のビールと一皿の小料理、そしてわずかな時間とで。

酒場で三〇分ほどの時間をすごして、キルヒアイスは生家へ足をむけた。なつかしさと同行していた一種の気恥ずかしさが、黒ビールの威力で眠りこんでしまい、一歩ごとに彼は時の歩廊を逆進して、過去と直結する光景のなかに身をおくことができた。青灰色に沈んだ黄昏《たそがれ》の一角が、オレンジ色に切りとられて、玄関からの灯火のなかに、両親の影がたたずんでいた。

「お帰り、ジークフリード」

「ただいま、父さん《ファーター》、母さん《ムッター》」

両親よりはるかに背の高くなった赤毛の息子は、母親からの接吻をうけるために、かなりの角度で腰を折らねばならなかった。父親が差しだした掌は、記憶にあるものより、小さくて肉が薄かった。

「悪い子ね、ほんとに。昨日までに言っておいてくれたら、うんとごちそうをつくっておいたのに、準備もさせてくれないんだから」

「で、どうかね、ミューゼル家の坊っちゃんは、お前によくしてくれるかね」

会うつど、かならず尋かれることだった。キルヒアイスの返答も一定している。とてもよくしてくれるよ、心配いらない、と。

居間兼食堂にうつり、食卓につく。すぐに夕食ができるということだった。白い清潔なテーブルクロスには、八年前とおなじ、三色すみれの刺繡《ししゅう》がほどこされていた。

「でも、お前が軍人になるなんてねえ。お前みたいに気のやさしい子が。いまだに信じられない気分だよ」

これも毎回、おなじ台詞である。息子は笑っただけで、母親の慨歎《がいたん》に、言葉では応えなかった。誰かにたいして気のやさしい人間でも、べつの誰かにたいしては冷淡にも残酷にもなれるのである。そのような悪しき事実や認識を、母親に知られたいとは、キルヒアイスは思わなかった。

「そんなことより、父さん、蘭《らん》の具合《ぐあい》はどうなんだい？」

息子に水をむけられて、園芸だけが道楽の父親は、顔をほころばせ、椅子にすわりなおした。しようのない人だ、と言いたげな瞳を、母親がむける。

「うん、ほら、お前が去年送ってくれたお金銭《かね》のおかげで、温室を建てなおすことができてな。見てみるかね？」

「わたしは老後のために貯金しておこうといったのよ。それなのに、父さんときたら、蘭以外になにも考えていないんだものね」

「老後には恩給が出るんだし、いいじゃないか、いざとなれば蘭だって買い手がいるんだ」

「でもね、ジークフリードだって、あと一〇年もすれば、結婚して、孫の顔を見せてくれるでしょうよ。そのとき、両親がなにひとつしてあげられないんじゃ、申しわけないでしょう。家の頭金くらいは……」

両親の善良な論争を、息子の一言が中断させた。

「ぼくは結婚しないよ」

断言してからすぐに後悔し、前言の効果をやわらげるように、つけくわえる。

「当分、する気はないということだよ。考えてみたこともない。父さんが結婚したのだって、三〇歳をすぎてからだろう？」

「そりゃそうだが、お前、現に相手がいるのなら、三〇すぎまで待つ必要はないさ。誰か心あたりはないのかね？」

「その相手がいないのさ。だから、ね……」

キルヒアイスはほっとした。母親が食卓に皿をならべはじめ、温かいフリカッセの匂いがワルツの拍子で食堂じゅうを飛びはねはじめたからである。

食事がすみ、コーヒーがだされたとき、キルヒアイスは尋ねてみた。

「ところで、いま、お隣の家はどうなっているの？」

じつはこれこそ、もっともキルヒアイスが知りたいことであった。父と母は、なんとなく諒解したような視線をかわしあい、無言のうちに役割を決めたらしい。口を開いたのは母のほうだった。あまり現況に感心しないといった表情であった。

「現在《いま》じゃベックマンという退役軍人のご一家が住んでいるけど、やっぱりねえ、昔ほど手入れがいきとどかないらしくて荒れてるよ。といって、わたしたちが口をだす筋でもないしねえ……」

　コーヒーのあとさらにとりとめのない歓談がつづき、キルヒアイスが寝室にはいったとき、日付は変わっていた。息子のためにベッドをととのえてくれた母親が、部屋を出ていきしな、ためらいがちに呼びかけた。

「……ねえ、ジークフリード」

「なんだい、母さん」

「あんた、軍人になったことを、ほんとに後悔していないかい？」

　母親の心情が、キルヒアイスの胸郭に、春の水のように温かく沁みこんできた。だが、彼の返答は、とうにさだまってうごかない。

「後悔していないよ、母さん」

「そうかい、それならいいけど……」

「やりがいのある仕事だと思ってるし、他人にも自分にも恥じるようなことはしていないつもりだしね。それに、ぼくははっきりと予言するけど、母さんたちが孫の顔を見るようになるまでには、叛乱軍との戦いも終わっているよ」

　ささやかな嘘をまじえて、キルヒアイスは母に就寝のあいさつをし、服をぬいでベッドにもぐりこんだ。その直前に、彼が窓から外を見ると、正面の闇のなかに灯火が見えた。かつてのミューゼル家に人が住み、生活がいとなまれていることを、それは証明していた。

明日は午前中に、もとのミューゼル家や周囲のなつかしい場所をたずね、昼食までにはリンベルク・シュトラーゼの家へもどろう。そう心に予定をたてて、キルヒアイスは伸びをしようとしたが、ベッドの枠に手足がぶつかって、思うようにならなかった。八年前には、このベッドは、全世界の半分を占領しているほど広く思えたのに、今夜は彼の身体ひとつすら収容しえなくなっている。歳月の作用の奇妙さを感じつつ、彼は眠りの庭園の門をくぐった。

V

朝食をすませると、キルヒアイスは両親にあいさつして家を出た。元気でな、風邪をひかないように、風邪は万病の因《もと》だからね。父さんと母さんも元気で――こういうときのあいさつは平凡でいいのである。

そして塀をすこしまわると、キルヒアイスは、もうこの日最初の目的地に到着していた。アンネローゼとラインハルトの姉弟が、キルヒアイス家の隣人であった期間は、長くはなかった。八年前の初春から初秋にかけて、半年にみたない。その短い期間が、キルヒアイスの過去を占拠し、現在を導き、そして未来を支配しようとしているのだ。

昨夜、灯火を見たときは八割がたの安堵をおぼえたのだが、こうして朝の光で見なおすと、かつてのミューゼル家には、たしかに荒廃の気配が濃かった。この家は、キルヒアイスの両親が結婚して新居を構えたころには、すでに二代めの住人が住んでいたという。ミューゼル家は四代めの住人であったとか。

現在の住人ベックマン家は、はたして何代めなのだろう。キルヒアイス家も、隣人と長い交際をなしえない運命なのだろうか。

キルヒアイスのあいさつに応じて玄関に姿をあらわしたのは、六〇代の婦人だった。灰色のと形容したくなるほど、生気にとぼしく、両眼にも動作にも力が欠けていた。

自分の家の内部を他人に見せることは、彼女にとって気分のよいことではなかったようだ。キルヒアイスは身分を明かし、一〇〇帝国マルク紙幣を謝礼として差しだした。軍隊の権威と金銭とで要求をとおすことは、キルヒアイスの本意ではなかったが、ベックマン夫人は納得し、夫が出かけているあいだにどこでも見てよいむねを彼に伝えて、庭へ出ていった。

八年間の歳月が、かたい掌で家の内外をなでまわした、その痕跡が、キルヒアイスの視界のいたるところに残っていた。

「荒れてるな……」

アンネローゼがいたころも、この家は古く、疲労した印象はあったが、清潔で整理されていた。その後の住人たちが、とくにこの家を虐待し冷遇したとも思えず、また、キルヒアイス自身が、アンネローゼの整理能力を過大評価している一面もたしかにあるであろうが、それにしても荒廃の印象が強く、キルヒアイスを憮然とさせた。

小さなホールの壁に、三枚の写真がかかっていた。いずれも青年の肖像写真で、その下に短い標記がつけられていた。それを覗きこんで、キルヒアイスは呼吸を停止させた。

長男カール、四八〇年戦死、二四歳。次男イザーク、四八四年戦死、二五歳。三男ヨハン、四八四年戦死、二二歳——最後の息子。

キルヒアイスは、ためていた息を吐きだし、おそらく両親の血涙《けつるい》で塗りかためられているであろう、埃だらけの床から足をひきはがした。数歩あるいてようやく呼吸と歩調をととのえた彼の前に、二階へいたる階段があらわれた。光沢のある胡桃《くるみ》材の手摺《てすり》がついている。

この手摺を、ラインハルトとふたり、前後にならんですべりおりたことがあった。みがかれた手摺は、まことにすべりごこちがよく、幾度もくりかえすうち、階下からアンネローゼが目をみはって見あげているのに気づき、あわてて途中で降りようとしたのだった。むろん、うまくいくはずもなく、ふたりで均衡をくずし、盛大な音をたてて階下に落っこちてしまった。ちょうど下に、大きな洗濯籠が置かれていて、シーツや毛布が積みかさねてあったので、銀河帝国軍は卓越したふたりの青年士官を、幼少期において失わずにすんだのである。

落ちたとき、キルヒアイスがもろに下になったので、アンネローゼは、弟にたいして、赤毛の友人に謝罪と謝礼のことばを述べるよう命じた。「ジークにあやまりなさい。そしてお礼をおっしゃい。あなたをかばって下になってくれたのだから!」と。アンネローゼに薬を塗ってもらったひざの打ち身が、とても誇らしいものに思えた。

……あの日々から四季はめぐり、いくつもの冬が銀色の羽を波うたせて、時の大河をおおう暗黒の空を飛びさっていった。その間に、ラインハルトとキルヒアイスは、幼年学校を卒業し、軍隊に身をおいた。いくつもの戦いがあり、何百万もの死を身近に見た。そして、自分たち自身が生き残ることとひきかえに、いくつかの死を周囲に蓄積してきたのである。

ベックマン家が、家の手入れをおこたっていることを責める気分が、キルヒアイスの胸郭の一隅にあったが、それをキルヒアイスは恥じた。三人の息子を戦場で死なせたうえに、見も知らぬ他人から家の手入れについて非難されねばならないほど、ベックマン夫妻は、悪いことをしてきたのだろうか。むろん、そんなはずはなかった。キルヒアイスは、玄関を出るとき、ドアの前で深々と一礼した。

ゆっくり歩いて、リンベルク・シュトラーゼへとむかう。途中で、幼年学校の寄宿舎を見はるかす街路に出た。

幼年学校でも、休日にはそれ相応の楽しみがあった。冬には、小雪のちらつく街へ出て、ビール灼けの赤い顔をした主人のいるスタンドで、鱒《ます》をバター焼きにしてもらう。

「レモンのしぼり汁をたっぷりかけて！　たっぷりね」

銀紙につつまれた鱒は、唇を火傷《やけど》させるほど熱かったし、掌もあたためてくれた。立体映画《ソリシネマ》を見て外へ出ると、小雪は本格的な雪にかわって、街の各処で子供たちの雪合戦がはじまる。

あることに気づき、いそいで幼年学校へ駆けもどると、やはりすでに、上級生・下級生対抗の雪合戦が開始されていた。意地悪な上級生の顔面に雪玉をたたきこんだときの爽快さ。吐きだす息のひとつひとつに、陽気な音符が踊っていたように思う……。

「ジークフリード・キルヒアイスじゃないか？」

横あいから投げかけられたその声が、キルヒアイスを現実に呼びもどした。赤毛の若者は、長身をなかばひるがえしてその声に正対し、やがてなつかしさに表情をほころばせた。

「マルティンか。マルティン・ブーフホルツか！」

瘦《や》せて血色の悪かった同級生の少年を、キルヒアイスは想いだしていた。身長が伸びた以外には、それほど変わってもいなかった。いつも脇に厚い本をかかえていることも、変わりなかった。国立オーディン文理科大学にすすみ、古典文学の研究をやっているということであった。

「きみらしい生きかただと思うな。きっとあの子はえらい学者さんになるよ、と、うちの母が言ってた」

「ありがとう。それにしても、ジークフリード、きみが軍人になるとはな、あのころは想像もしなかった」

平凡な述懐に深い思いをこめて、マルティン・ブーフホルツは旧友の長身を見あげたが、ふいに苦い、歯痛をこらえるような表情になった。

「もっとも、ぼくも再来年は軍隊入りだ。二〇歳になるから、二年間の兵役さ。きみとちがって、底辺の二等兵からの出発だ。一年間生きのびれば一等兵に昇進できるそうだけど、それまでにたぶん戦死しているだろうよ」

「マルティン……」

「すまない、ジークフリード、きみの気を悪くするつもりはなかったんだ」

「わかってるよ、気にしなくていい」

それよりもキルヒアイスが不思議なのは、国立大学にすすんでなんらかの学問研究に従事する者には、徴兵免除の特権があたえられるはずなのに、マルティンはそれを申請しなかったのだろうかということであった。

「申請したさ。だけど却下された。医学や工学ならともかく、文学みたいな役立たずの学問にたいして徴兵免除の特権はないんだそうだ」

「文学って、役立たずの学問なのかい」

「ぼくはそうは思わないけど、決めるのはぼくじゃない。軍務省の徴兵・訓練局の軍官僚どもさ。奴らはデスクの前にふんぞりかえって、ぼくたちを前線に送りだすだけでなく、学問や芸術にランクづけまでしてくれるんだ。まったくごりっぱな連中だよ」

「そういう奴らが、大きな顔でのさばるような世の中は、いつまでもつづかないさ」

ラインハルトがいずれ断行するであろう軍部や官僚社会の粛正と改革に思いをはせつつ、キルヒアイスはおだやかに断言した。うなずいたマルティンが、なにか思いついたようにたずねた。

「ところで、きみはまだあのラインハルト・フォン・ミューゼルとくっついているのか？　あのえらく気の強かった転校生と？」

表現が気にいらなかったが、キルヒアイスは黙然とうなずいた。それから、ラインハルトが一八歳で少将になったことをつけくわえた。

「そうか。あいつは高級軍人が似あっているよ。誰が死んだって冷然としていられるだろう。まったく、自分をなにさまかと思ってるみたいに気位が高かったものな。ぼくもミューゼル閣下のもとで、殺しあいの場所につれていかれるかもしれない……」

キルヒアイスは表情をあらためた。

「マルティン、ラインハルト・フォン・ミューゼルという人は、ぼくの上官で、とてもたいせつな人だ。ぼくにはよくしてくれる。だから、彼の悪口は、ぼくの前では言わないでくれないか」

「すまない、悪気はなかったんだ。なにもきみと口論する気はなかった。赦してくれ」

謝罪してから、マルティン・ブーフホルツはキルヒアイスに別れの握手をもとめた。徴兵の日がくるまでに論文を完成させて、生きていたあいだになにかをなしとげた証にしたい。そう言って、片手をあげて去る旧友の後ろ姿を、キルヒアイスは敬意をこめて見送ったのだ。……だが、半年が経過し学生たちの地下反戦組織が憲兵隊によって襲撃されたとき、検挙者リストのなかに、マルティン・ブーフホルツの名が見いだされた。キルヒアイスは、痛覚をともなった納得をおぼえた。マルティンらしいと思ったのだ。さらに二年後、彼の地位と権限が飛躍的に強化されたとき、彼は旧友の所在をもとめたが、そのときすでにマルティン・ブーフホルツは政治犯収容所で死去しており、死因は栄養失調であると告げられたのである。

ささやかな感傷旅行《センチメンタル・ジャーニー》をすませて、キルヒアイスはリンベルク・シュトラーゼの下宿にもどってきた。ここには過去ではなく、現在が息づいていて、それが生気と活力の風を、赤毛の若者に吹きつけてきた。

階下のホールで、フーバー夫人《フラウ・フーバー》にあいさつし、二、三の会話をかわしてから、キルヒアイスは階段をのぼり、ラインハルトの私室の扉をたたいた。

「なんだ、キルヒアイス、もう帰ってきたのか。もっとゆっくりしてていいのに」

「ラインハルトさま、午前中はなにをしておすごしでした？」

「すこし音楽を聴いてから、戦略論を比較研究していた。ボーデンとエックハルトのな」

「そうですか」

「じゃまする奴がいないから、とてもはかどった。たまにはいいな」

朝にはキルヒアイスが帰ってくると思っていたのに、昼すぎになったものだから、ラインハルトは機嫌をそこねているのである。

「ラム酒入り《フランクフルター・クランツ》スポンジケーキを買ってきたんですよ。召しあがりませんか？」

「いやだ」

「……お嫌いでしたか？」

「食べ物で釣ることができると思いこんでるキルヒアイスのその根性が気にいらない」

こみあげてくる笑いを、咽喉もとで抑制して、赤毛の若者は呼びかけた。

「私の根性をおぎなうくらい、このケーキはおいしいはずですよ。フーバー夫人にコーヒーをいれてもらいます。私を赦してくださる気がおありなら、おりていらしてください」

階段をおりながら、キルヒアイスは、背後に律動的な足音がついてくるのを聴いた。将来はともかく、いまこの瞬間に、けっこう彼らは幸福であるようだった。

第六章　伯爵家後継候補

I

軍務省高等参事官にして宮廷顧問官となったグリンメルスハウゼン大将は、御礼言上のため、皇帝の居城である〝新無憂宮《ノイエ・サンスーシー》〟に参上した。六月一一日のことである。

謁見《えっけん》のための控室では、ほんの二〇分ほど待ったつもりで、じつは二時間ほど、老提督は待ったのだった。大部分を眠っていたのである。侍従に起こされて、控室から謁見室へ、緩慢に歩む後ろ姿にむけて、低い失笑のさざ波が揺らぎかかった。〝居眠り子爵〟とか〝ひなたぼっこ提督〟とかいうたぐいの評価は、いまさらのことでもないし、皇帝も大目《おおめ》に見ているといわれている。控室につらなる者たちも、グリンメルスハウゼン老人の居眠り姿を見て、苦笑する者もおれば、不謹慎な賭けの対象にする者もいて、もはや誰ひとり真剣にその非礼をとがめる廷臣《ていしん》はいなかった。ただ、この日、グリンメルスハウゼン老人のつぎに座することになった財務省の次官が、不快そうな表情になったのは、びろうどが張られた椅子の上に、大きなよだれの染みを発見したからである。

謁見室では、合計して一三四歳になるふたりの男が、形式的な礼儀ととりとめなさとをあわせもつ会話を五〇〇秒間ほどつづけ、侍従たちに、あくびをこらえる忍耐心を強《し》いることになった。だが、話の惰性が停止したあと、皇帝が話題を転じた。

「ところで、そなたの下で働いたラインハルト・フォン・ミューゼルという者のことだが、あの者をどう思う……」

「ああ、ええと、グリューネワルト伯爵夫人の弟御《おとうとご》でしたな。いや、彼を見ておりますと、姉君たる伯爵夫人の美しさが、さぞやと想像されますわい」

老提督は笑ったが、好色という表現にはほど遠い、枯れた笑いであったので、皇帝も、とがめる意欲にかられなかったようである。

「若さというものは、すばらしゅうございますな、陛下、あの若者を見ておりますと、心からそう思います。この世に不可能などないように見えますな」

皇帝は銀のスプーンでコーヒーをかきまわし、白い縞《しま》模様が渦をまくありさまを、さほど熱もなくながめていた。

「そうだな、グリンメルスハウゼン、人間にかなう業《わざ》であの者にかなわぬことはなかろう。特殊な学問や技芸をべつにしてな」

老子爵がうなずくと、皇帝はスプーンをとりあげ、仔細《しさい》ありげにその柄を指先で回転させた。

「じつはグリンメルスハウゼン、あの者は位階からいえば帝国騎士《ライヒスリッター》にすぎぬ。まだ一八歳ゆえ、現在《いま》はそれでよいが、成年に達する前に、どこぞ歴《れっき》とした貴族の家名をあたえてやろうかと思うのじゃが」

「箔《はく》をつけてやろうとのお考えで？」

「さてな、箔がつくのはあの者ではなく、家名のほうかもしれんて。それはそれとして、予の考えを、そなたはどう思う？」

「けっこうなことでございますな」

「けっこうか。なるほど、予もそう思う」

皇帝は、咽喉を痛めたような笑い声をあげ、退出するよう、老いた貴族に合図した。

宮廷は、噂や流言にとって、理想的な繁殖地である。皇帝の意向が、人々の舌と耳を滑走してラインハルト自身の知覚にすべりこむまで、日めくりカレンダーの交換を必要としなかった。

「おれが二〇歳になったら、どこかの伯爵家を継がせるという意向を、皇帝が宮内省に指示したそうな」

子が生まれなかったり、娘が嫁いだりして、名跡を絶やした貴族の家が、皇帝の指示によって家系を復活させた例は、いくつもある。なんらめずらしいことではない。ラインハルトはわざわざ爵位号リストまでもちだして、キルヒアイスに説明した。

「いくつか候補もあるんだそうだ。ええと、たしか、ブレンターノ家にエッシェンバッハ家に、ローエングラム家……まだいくつかあったな」

めずらしいといえば、この皇帝の好意を、ラインハルトが率直に喜んでいるらしく、キルヒアイスには見える。つねであれば、皇帝の恩寵にたいして、曲線的な感受性の表現でむくいるのだが。

「ミューゼルという姓を棄てるのですか?」

それほど深い意図もなく訊ねたのだが、一瞬で、キルヒアイスは、蒼氷色《アイス・ブルー》にきらめく雷光に直面することになった。

「ミューゼルというのはな、キルヒアイス、自分の娘を権門に売った恥知らずな男の家名だ。こんな家名、下水に流したっておしくはない!」

ラインハルトの感性の熾烈さに、キルヒアイスは目をみはらずにいられない。自分はまだまだこの方の気質をすべて把握することができずにいる。そのことを、キルヒアイスは、自省《じせい》せざるをえなかった。

昨年、ラインハルトの父が急死したとき、金髪の若者は涙腺を化石化させたように涙と無縁でいた。彼にとって忌むべき不名誉な家名を、遺伝学上の父親とともに柩《ひつぎ》におさめ、地下に葬ってしまいたいかのようにみえるのであった。

ところで、宮中において、ラインハルトの耳にさえはいった噂が、門閥貴族たちの聴覚をさけて遠まわりをする理由はない。ラインハルトがいずれ名流の家門をつぐ、という報は、彼らの一部を盛大に噴火させた。

「ローエングラム伯爵家は、ルドルフ大帝以来の名門閥族ではないか。その名跡を、なりあがりの孺子《こぞう》に下賜なさるとはなにごとだ！　名誉ある帝国貴族の家門は、いつから寒門《かんもん》どもの出世ゲームの安っぽい賞品になりさがったのか！」

ラインハルトを罵倒し、時勢をなげいたあと、剰余《じょうよ》のエネルギーは、事態の決定者たる皇帝フリードリヒ四世にむかっても飛沫《しぶき》をあげた。

「もともと大公時代には、帝王教育もお受けになったことはなく、遊蕩《ゆうとう》児としてのみ名の高かった御方よ。にしても、帝室と貴族の長きにわたる交誼《こうぎ》にも、ご配慮いただけぬとはなさけない」

怒りのいっぽうでは、嘲弄とも諦念ともつかぬ見解も存在する。

「まあ考えてみれば、あのグリンメルスハウゼン子爵が侍従をつとめていたのだ。よほど、ご自身のご気性がお勁《つよ》くなければ、朱に染まって赤くなるのも当然だろうて」

このような意見を平民が述べれば、たちどころに憲兵隊や社会秩序維持局によって拘禁《こうきん》され、不敬の大罪をかせられて、死刑なり流刑なりに処せられるであろう。だが、門閥貴族のあいだにおいては、公式の場で発せられないかぎり、不問にふされるのが通例であった。それは、たんに言論において、門閥貴族が特権を有しているというにとどまらない。皇帝、ひいてはゴールデンバウム王朝が、門閥貴族たちの精神的な所有物であるという、奇怪で隠微《いんび》な心理作用のあらわれでもあったろう。

それらの隠微な空気を縫うように、奇怪な流言がただよいはじめた。それはヘルマン・フォン・リューネブルクの身のうえにかんするものであった。リューネブルクとは母親の姓であり、実父はゴールデンバウム帝室につらなる者で、彼の逆亡命は、自分の出生の秘密を知ったリューネブルクが帝位継承の野心をいだいたためだというのである。話としてはおもしろいが、すくなくともなんらの物的証拠も、人々の前には提示されなかった。

ただ、このような噂は、つねに両刃《もろは》の剣である。リューネブルクの実父が、仮にゴールデンバウム家につらなる帝室の一門であるとすれば、屈曲した宮廷陰謀の迷路にあっては、かえって彼の身命を危うくする要素となるかもしれないのだった。

いずれにしても、リューネブルク本人は、その噂を否定もせず、冷然として無視しているようであった。

さまざまな噂も流言も、現在の皇帝フリードリヒ四世に直系男子がいないという危険な事実によって増幅される。専制帝国においては、憲法もなく、議会もなく、君主の意思がすべてを決するのであるから。

皇太子の不在。それじたいは、権力構造の二重性を防ぐという意味で、ときに積極的な意義を有することもある。過去、人類の地球時代、皇太子制度を廃し、皇帝の遺言によって後継者をさだめるような制度を採用した王朝もあるほどだ。だが、現実の、かつ現在のゴールデンバウム王朝にとって、それは分裂と争闘の危険をはらんだ、巨大な不安要因であるのだった。

リューネブルグにかんする奇怪な噂は、ラインハルトの耳にも侵入してきた。彼はそれを信じなかった。暇をもてあます貴族どものなかには、無責任な伝奇作家の資質を有する者も多いのであるから。

ただ、もしその噂を流したのが、リューネブルク当人であるとすれば、なんといういやな奴だろう、と、ラインハルトは思う。自分自身の実力や才幹によって地位を手にするのではなく、帝室の一門という血統を武器にするとは。もっとも、ラインハルトがそう思ったとしても、噂を流した張本人がリューネブルクだという証拠もない。ラインハルトは自分自身の想像にたいして怒っているだけのことかもしれなかった。

ラインハルト自身、伯爵家の後継者となることを欲してはいる。しかし、それは至高の座へといたる階梯の途中に、踊り場を設《もう》けるという意味においてである。一歩ごとに彼自身が経験を積み、能力を高めるとともに、周辺勢力を養わなくてはならない。そのために伯爵家の家名が利用しえるものであれば、利用したいのである。ついでに、ミューゼルという姓から別離することがかなえば、充分というものであった。

Ⅱ

「なあ、キルヒアイス、気がくさってしようがない。腐敗した土に根づけば、樹木もくさる。いっそさっさとつぎの大きな戦闘がおこってくれないものかな。そうなれば、こんな腐臭のただよう場所にいなくてすむし、また階級だってあがる」

ラインハルトの発言は、超保守派の門閥貴族と、絶対平和主義者と、双方から忌避されるものであったろう。というより、キルヒアイス以外の者が聞けば、その不遜さを笑ったにちがいない。逆にいえば、まだ笑われるていどの夢でしか、客観的にはなかったであろう。

一日、宇宙艦隊総司令部への形式的な出勤を終えたラインハルトは、ひとりで下宿への道を歩いていた。キルヒアイスは佐官級の士官だけの戦術研究会に出席するため、遅くなるはずだった。後方から走ってきた地上車《ランド・カー》が、彼の傍で速度を落とし、運転席にすわっていた貴婦人が、彼に手をあげてあいさつした。あわてて、ラインハルトは会釈をかえした。

それは姉アンネローゼの友人であるマグダレーナ・フォン・ヴェストパーレ男爵夫人であった。アンネローゼより二歳年長の二五歳で、男爵を夫にしているわけではなく、自身が男爵家の当主であった。才色兼備という旧式の表現がふさわしい女性で、精神的な骨格もたくましく、彼女が男性であったら、貴族社会の俊秀《しゅんしゅう》として名をなしたにちがいない。

アンネローゼは貴族社会において孤立している。貴族とは名ばかりの貧しい帝国騎士《ライヒスリッター》という、その出自からして、血統や家門を妄信する貴族たちの忌避をかうのは当然であった。さほど積極的な悪意をアンネローゼにたいしていだかぬ者でも、あえて彼女に接近してみずからが孤立するはめになるのは、ごめんこうむりたいところであろう。ところが、マグダレーナ・フォン・ヴェストパーレだけは敢然として、あるいは平然として、アンネローゼとのあいだに友情を成立させ、門閥貴族どもの反感を意に介しなかった。ある貴族は、彼女を指して「女のくせに横紙《よこがみ》やぶりな」と非難したところ、「男のくせに、女の悪口をいう以外になんの能もないの!?」と反撃され、それが広まって、しばらくは社交界に顔がだせなかったそうである。

さまざまな意味で、ラインハルトにとっては、頭のあがらないごく少数の女性のひとりであった。

地上車《ランド・カー》の窓ごしに、貴族らしからぬ開放的な手ぶりのあいさつを投げかけると、ヴェストパーレ男爵夫人は、そのままラインハルトの傍を通過して、街路の角へ消えた。ラインハルトは、じつは安堵したのだった。彼にとってはまるで興をそそられない音楽会にでも誘われるのではないか、と思っていたからである。二街区ほど地上車《ランド・カー》を走らせたヴェストパーレ男爵夫人は、今度は歩行者のひとりからあいさつされて車をよせた。

「おや、マリーンドルフ伯爵家のヒルダ嬢ちゃんじゃないの」

「おひさしぶりです、ヴェストパーレ男爵夫人」

「まだ学校にかよってたんだっけね」

マリーンドルフ家の亡くなった夫人は、結婚前、ヴェストパーレ男爵夫人の学校で古典音楽の講師をつとめていたことがある。娘のヒルダことヒルデガルドは一七歳で、ヴェストパーレ夫人も舌をまくほど怜悧《れいり》だが、芸術より政治や軍事といった散文的なものに興味があるらしかった。

「ヒルダ、あなたが男なら、いずれ国務尚書ぐらい簡単に務まるのにねえ。それとも軍隊にはいって軍務尚書かしら」

ヒルダは笑い、すると美貌の少年っぽい容姿に、少女らしい香気がひらめいた。

「ヴェストパーレ夫人なら、大元帥の軍服がきっとお似合いですわ、わたし、参謀長になってさしあげます」

「それも悪くないわね。どう、乗っていかない？　図書館でも学校でも送りとどけてあげてよ」

「それじゃ遠慮なくお願いします」

「ヒルダ、まだ恋人はできないの？」

「誰か紹介していただけますか」

「……そうね、心あたりがないでもないわ。低能の男は、あなたはだめだろうしね」

数歩の距離を埋めるために、人は数年の歳月を必要とする場合があるようだ。このとき、わずか二街区をへだてて路傍《ろぼう》にたたずんでいた若い男女が、面識をえるには、約一〇〇〇日の期間をおかねばならなかった。ヴェストパーレ男爵夫人も、その後、自分自身の多彩な恋と、芸術保護者としての活動におわれて、他人の恋に干渉するどころではなくなったからであった。ラインハルトにしても、現在の余暇は一瞬のことでしかなく、年内にふたたび征戦に出ることは既定の事実とさえいえた。それにさきだって、ささやかな事件が生じたのである。

高級士官にとっては、パーティーも、出席すべき重要な職務のひとつである。なにしろこの巨大で旧弊《きゅうへい》な帝国には、議会というものが存在しないので、しばしば公的な決定や提案がパーティーの席上においておこなわれる例がみられる。あきらかに、不公正な政治権力の寡占状態が存在するのだった。六月一六日に、グリンメルスハウゼン子爵がとりおこなった、大将昇進の私的な祝賀会でも、その傾向がみられ、広い会場の各処や、いくつかの別室で、談合や討議がアルコールまじりにおこなわれた。ラインハルトも出席していたが、彼はさしあたりそのようなたぐいのできごとと縁がなさそうに思われた。

キルヒアイスが心配したように、ラインハルトにはほかに友人が存在しなかったので、このようなパーティーに出席しても、談笑する相手がいるはずもなかった。ゆえに、ラインハルトは広間の一隅で、一八歳の若者にふさわしい健啖《けんたん》ぶりをしめして、豪華で多彩な料理の征服に集中していたのである。

「すこしキルヒアイスにもって帰ってやりたいな」

と、ラインハルトは、それこそ貧乏性なことを考えた。彼は容姿・才能・野心の三点において、その時代、比類なく華麗であるので、それにのみ目を奪われる人も多いが、ごく質素な幼少年期を送り、ごく狭い世界で成長しておとなとなったという事実も、けっして見落とすべきではないであろう。

最初、彼は視界の隅に、〝いけすかない〟リューネブルク少将の姿を認めたが、無視してワインと肉と果実に関心をむけてしまい、ふたたび気づいたときはその姿は消えていた。ラインハルトが知るはずもなかったが、リューネブルクは客のひとりに呼ばれて、別室にうつっていたのである。

「や、これは、伯爵……」

このとき、リューネブルクは、この男らしくもなく恐縮の気配を相手にしめした。男は、四〇歳前後に見えた。眉がやや太すぎることをのぞけば、まず端整といってよい容貌の所有者で、たんなる貴族とは見えない実務能力のするどさが、サーベルめいた細身の長身にあふれているようにも思える。

それはリューネブルクの義兄にあたる人物であった。エーリッヒ・フォン・ハルテンベルク伯爵である。リューネブルクの妻エリザベートの兄であった。かつて〝薔薇の騎士《ローゼンリッター》〟第一代連隊長であったこの逆亡命者にとって、おそらく全帝国でただひとり、畏怖《いふ》するにたる相手であろう。対面したその表情に、緊張の影が落ちかかっていた。

　本来、ハルテンベルク伯爵は、同盟から逆亡命してきた男に好意的であった。だからこそ、リューネブルクの強引な求婚を承諾し、妹を彼に嫁がせたのである。ひとつには、エリザベートが戦死した婚約者のことを忘れていない、と社交界では評判であって、その退行的な姿勢を案じた兄が、積極的に縁談をすすめた、ともいわれている。

「リューネブルク少将、卿《けい》らの家庭のことで、いささかならず気になる話を聞いている」

　ソファーにむかいあって、それが伯爵の第一声であった。

「妻が、エリザベートがなにか申しましたか」

「べつになにも言わぬ」

　義兄の声は、そっけない。

「妹《あれ》はとかく内にこもりすぎる。もうすこし自分の考えや周囲におこったことを口にしたほうが、よほどよいのだがな」

　ハルテンベルク伯爵は、官僚として内務省警察総局次長の要職にあり、次期警視総監の最有力候補として知られていた。そしてつぎは内務尚書として閣僚に列するであろう、と、噂されている。まだ三八歳の少壮であり、ひとたび内務尚書となれば、長期にわたってその座を独占するであろう、とも。

「ただ、口にださぬにしても、妹《あれ》がなにかと思い屈していることはわかる。妹にたいする卿の態度も、完全無欠というわけにはいかぬようだしな」

「…………」

「出処の知れぬ奇怪な噂が流れているおりでもある。諸事、自重を願いたいものだ」

伯爵の両眼が金属的な光をたたえた。

「少将、ハルテンベルク伯爵家の政治的な影響力だけを目的として、卿《けい》が妹に求婚したとは思いたくない。この縁談を勧めた私自身の、人を鑑《み》る能力にもかかわってくることだしな」

伯爵はリューネブルクの心臓に無形の錐《きり》をもみこんでくる。

「だが、妹の家庭の幸福と、私の面子《メンツ》とをひきかえにするわけにもいかぬ。夫婦としての関係が修復不可能であるということであれば、最善と思われる途《みち》を採るしかない」

それまでまとっていた沈黙の甲冑を、リューネブルクが投げすてたのは、このときだった。

「ひとつうかがいたいのですが、伯爵」

「なにか?」

「エリザベートのもとの婚約者についてです」

リューネブルクの表情にも声にも、危険な火がちらついていたが、義兄の伯爵には動じる色もなかった。

「妹に求婚するとき、卿は言ったはずではなかったのか。妹の過去にまったく興味はないと、あれは食言《しょくげん》か。同盟とやらいう叛徒どもの集団では、食言も許されるかもしれぬが……」

「皮肉は痛みいりますが、伯爵、過去を気にしているのは私ではなく、エリザベートのほうです」

「…………」

「妻《あれ》はことあるごとに、私の背後に以前の婚約者の影を見ております。そして私と比較しているのです。妻は否定するが、私にはわかる」

ハルテンベルク伯爵の口が、小さく、ため息をつくかたちに開かれた。

「なるほど、妻は過去を気にし、夫は現在を気にする。リューネブルク家の夫婦は、それぞれに悩みをもっているようだが、で、いったい未来は誰が気にするのかな」

「すくなくとも、私は気にしております」

「それはそれは、重畳なことだ」

揶揄するというより疲労したように、ハルテンベルグ伯爵はつぶやき、無言のまま、かるく片手をあげた。むろんそれは、会話の終了とリューネブルクの退出とをもとめたものであったが、それを承知しながら、伯爵の義弟は、その場をうごこうとしなかった。ふたたび口を開こうとしたとき、伯爵が機先を制した。

「少将、これ以上、私を失望させんでくれんかね」

リューネブルクの頬が青白み、彼はあらあらしく一礼して踵《きびす》をかえした。

Ⅲ

談笑や会話ぬきのパーティーでは、ラインハルトもいつまでも間がもたない。形式的、儀礼的な会話のいくつかを消化すると、あとは退出の時機だけを見はからっていた。

二一時をすぎると、会場から姿を消す高官たちの姿も目だちはじめた。ラインハルトも帰ろうとして、サロンからクロークへの廊下に出た。否、そのつもりだったのだが、グリンメルスハウゼン邸は増築と改築をくりかえした古い建物で、どうやらドアひとつをまちがえたらしく、サンルームの方角へ出てしまった。多少、酔ってもいたらしい。大きな静物画がかけられた壁の前に、とき色のソファーが置かれ、絹サテンのドレスをまとった貴婦人が苦しそうにすわっているのに、ラインハルトは気づいた。

「どうかなさいましたか、夫人《フラウ》……?」

容姿に記憶があるような気もするが、確信にはいたらない。もともとラインハルトは、女性の容姿を記憶するのに熱心ではなかった。その場に他人がいれば、そもそも、その婦人に声をかけることさえなかったにちがいないが、婦人の傍にいるのは彼ひとりであった。ラインハルトは、宇宙空間で大軍を指揮する能力の万分の一も、女性のあしらいかたを心得ているわけではない。だが、外見的には、華麗さと優美さとの融合が、ほとんど極限にまで達しているので、彼自身とキルヒアイスをのぞいては、なかなかその事実に気づかなかった。

婦人をソファーに横たわらせ、さて、メイドでも呼びにいこうとしたとき、想像もしない破局が、彼に噛みついてきたのである。

「ミューゼル少将は、他人の配偶者に興味がおありかな」

毒気と冷気を混在させた声が、背後からあびせられた。ラインハルトは肩ごしに蒼氷色《アイス・ブルー》の視線を投げつけ、ヘルマン・フォン・リューネブルクの奇妙に青白んだ顔を見いだして、舌打ちしたい気分にかられた。自分が安っぽい恋愛悲劇の登場人物になりさがったような不快感に耐えて、彼は立ちあがった。

「あなた、なにを誤解していらっしゃいますの。ミューゼル閣下は、わたしが気分を悪くしたのをご覧になって、ここに寝かせてくださったのです。失礼なことをおっしゃっては……」

妻の声を、夫は聴いていなかった。ラインハルトにむけた視線をうごかすこともなかった。

「ミューゼル少将、卿《けい》の弁明を聞こうか」

「弁明!?」

ラインハルトの、古典派画家が筆をえらびぬいて描きあげたような、かたちのよい眉が、鋭角的にはねあがった。白皙の頰が、泡だつ血の色をすかして紅潮し、両眼は雷火めくきらめきにみちた。不当な非難をうけたときの、これはラインハルトの激烈な反応であった。

「なぜ私が卿《けい》にたいして弁明せねばならぬ。事情は、卿の令夫人が説明なさったとおりだ。べつに謝辞をもとめようとは思わぬが、卿のおっしゃりよう、不快を禁じえぬな」

「それは不快だろう。こういう場で、もっとも会いたくない相手に出会ったのだからな」

「下種《げす》め、妄想もいいかげんにするがいい。このうえ、私の善意を曲解し、私をきさまの水準にまでひきさげるつもりなら、実力をもってきさまに礼節を問うぞ」

もはや卿という二人称すら使わず、ラインハルトは吐きすてた。妻が夫の手をつかんだが、夫はほとんど鉱物的な冷たさでその手をふりほどいた。

「実力をもって問うと？　一対一でか」

「あたりまえだ」

ラインハルトの怒りを正面からうけとめたリューネブルクの顔に、悪魔の弟子めいた隈《くま》どりが揺れた。

「こいつは、おれも鼎《かなえ》の軽重を問われたものだ。このかぼそい象牙細工のような坊やが、おれと一対一で闘うと……？」

リューネブルクは、ひとたび閉ざした口をいちだんと露骨な嘲弄のかたちにゆがめた。

「言っておくが、ミューゼル少将、いつも卿を助けてくれる赤毛の忠臣は、ここにはおらんぞ。卿ひとりで、おれに勝つつもりでいるとは、敵をも自己をも知らぬものだ」

「外へ出ろ……」

ラインハルトの声は低いが、それは内在する怒気と戦意が、爆発寸前であることを意味していた。

「よかろう、外に出よう。満座のなかでたたきのめされるのは、自尊心過剰な坊やにとって耐えられるものではないだろうからな」

どこまでも、リューネブルクは嘲弄をやめない。ラインハルトの鋭敏な知性に、一定の年齢だけがもたらしえる観察眼が加味されていれば、リューネブルクの嘲弄の対象がラインハルト個人ではなく、リューネブルク自身を含む周囲すべてであることを、看取しえたかもしれない。だが、また、それを看取しえたとしても、自分にたいする嘲弄や侮辱を、黙然と受容するようなラインハルトではなかった。この瞬間、ラインハルトの負《マイナス》の感情はリューネブルク個人に集中し、ゴールデンバウム王朝の存在など、ことなる次元に飛び去ってしまっていたのだ。

サロンの南側からテラスをへて奥庭へいたるその経路で、三〇代と一〇代と、ふたりの少将は、パーティーの喧騒から離れた。初夏の夜風をうけながら、礼服の上着を脱ぎにかかる。だが、両者が素手の決闘にたいする完全な準備をととのえぬうち、夜気がうごいて、数個の人影が彼らを囲んだ。ひとつの影が進み出て、ラインハルトとリューネブルクのあいだに割っている。

「お二方とも、そこまでにしていただきましょう。このような場所で腕力ざたにおよばれては、パーティーの主催者が迷惑いたします」

その語気に、やや鼻白んだリューネブルクが、まくりあげかけたシャツの袖をおろした。

「憲兵か、卿《けい》は？　官姓名を聞こう」

「ちがいます。私はウルリッヒ・ケスラー大佐。グリンメルスハウゼン大将閣下に会場の警備を命じられた者です」

その名に反応したのは、ラインハルトのほうであった。

「ほう、ケスラーとは卿か」

昨年、ごく短期間ながら、ラインハルトはキルヒアイスとともに憲兵隊に出向し、幼年学校で発生した連続殺人事件の秘密捜査にしたがったことがある。そのとき、不敬罪でとらわれた老婦人を救ったケスラーの話を聞き、その手腕と人柄に非凡なものがあると思ったのだった。

いっぽうの当事者であるリューネブルクは、無言のまま立ちつくしていた。

「それはお耳よごしでした、ミューゼル閣下」

軍人というより少壮の法律家めいた風貌でケスラーは応じ、兵士たちに、ふたりの上着をひろわせた。それぞれの所有者にむけてさしだす。

「いずれにしても、わが軍の将来をになうべき少壮気鋭の両閣下が、下士官や兵士のように上着をぬいでけんかざたにおよばれるはずもなし。酔って暑気を感じられたのでしょう」

淡々としているが、彼の一言は、ふたりの少将と、邸宅の主人と、三者の名誉を一度に救ったのだった。ふたりが実際になぐりあい、その事実が公然化すれば、おとがめなしというわけにはいかない。なりあがり両名の醜態は、門閥貴族たちが手をうって喜ぶところとなるであろう。

「両閣下とも、酔っておられる。それぞれのお住居《すまい》へ送ってさしあげよ」

部下に命じるケスラーの声に、ラインハルトとリューネブルクも、眉間《みけん》にするどい閃光をはしらせた。ラインハルトが端麗な唇を開いて反論しかけたとき、年長のリューネブルクが機先を制した。低く、だが明瞭な笑い声をあげると、上着の襟をただしたのだ。

「いや、大佐、お手数をおかけする。たしかに酒量がすぎたようだ。妻をつれて帰るから、玄関に車をまわしてくれればありがたい」

それだけ言うと、踵をかえして本館のほうへ歩きだした。ラインハルトには一顧《いっこ》もくれなかった。金髪の若者も、いまさら騒ぎはしない。封じこまれた怒気と闘気を、ひとかたまりの息にして吐きだすと、自分も服装をととのえ、リューネブルクに追いつかないよう、ゆっくりと歩きだした。

「酒に感謝せねばならんな。こいつが罪を着てくれるおかげで、人間の咎《とが》が忘れさられる……」

皮肉っぽい視線を、ケスラー大佐は夜空に投げつけた。

「だが、さて、このままではすまんだろうな」

内心につぶやくと、部下たちを解散させ、ラインハルトのあとを追うように歩きだした。一瞬、金髪の若者は肩ごしにケスラーを見やったが、無言であった。抑制の結果であったろう。

ケスラーが微笑してかるく一礼すると、ラインハルトはひとつ頭をふってふたたび歩きだした。


「ケスラー大佐が、うまく処理してくれたようじゃ。ご心配あるな、ハルテンベルク伯爵」

「とんだご迷惑をおかけしました。グリンメルスハウゼン子爵」

リューネブルクの義兄である内務省警察総局次長は、老人にむかって頭をさげた。

グリンメルスハウゼン邸の応接室である。ワインカラーを主調に配色された、重厚な印象の部屋で、初夏にもかかわらず暖炉に小さな火が燃えているのは、館の主人が近年、手足の末端に血液循環の不足を訴えるからであった。もともとこの地は乾涼《かんりょう》の気候なので、夜は汗ばむこともない。老人は、冷えた両手の指を炎にかざし、こすりあわせた。それは枯木の枝めいた印象をあたえ、火中に放りこまれてもさして違和感がないように思われる。

「ところで、伯爵の義弟どのが、皇族の血をひいているとやらいう、けっこうな噂を耳にしますな。伯爵ご自身は、それについてどうお考えですかの」

「話になりませんな」

一刀両断に言いはなってからいささか愛想に欠けると思ったか、伯爵はあらためて説明をくわえた。

「たとえば、あくまでも架空のことですが、リューネブルクが皇族の落胤《らくいん》だとしても、それが公式に認められないかぎり、なんの意味ももちません。歴史もそうですが、権力者に公認されないかぎり、仮説または謬説《びゅうせつ》にすぎないのですからな。まして今回、あまりにも荒唐《こうとう》で実《じつ》らしきものがなさすぎる。噂の発生源にたいして、不敬罪を適用してもよいくらいです」

「わしが思うに……」

「は？」

「歴代の諸帝、どなたもあの道では聖人君子ではおわさなんだからのう。マクシミリアン・ヨーゼフ晴眼帝のほか、ほんのわずかな方たちだけじゃて、ご落胤さわぎの心配がないのは」

苦笑しつつ、同意の証に、伯爵はうなずいた。

「たちいるようじゃが、妹御はどう思っておいでなのかな」

「エリザベートですか？　妹《あれ》がなにを考えているのか、じつは私もよくわからんのです。リューネブルクを愛しているのかどうかさえ、確たることは……」

伯爵の返答は、やや明確さを欠いた。グリンメルスハウゼン老人は、相手よりさらに不明確な表情でうなずくと、コーヒーにスプーン四杯の砂糖を放りこんだ。

「で、リューネブルクは危険な人物であると、伯爵はお考えですかな？」

「野心と才能をもつ男は、危険な存在ではありましょうな」

一般論で、伯爵は韜晦し、やや瞳の光彩を変えて老子爵を見やった。先刻から、グリンメルスハウゼン老人のペースにまきこまれて無用かつ不要なことを口にしたような気がするのだ。

「わしは自他ともに認める無能者じゃ……」

甘すぎるコーヒーを、老人は悠然とすすった。

「ところが、それゆえに、かえってさまざまな秘密につうじる場合もありましてな。野心も才能もなく、口がかたいゆえに、人がつい気をゆるして秘密を洩らしてしまう」

老人は笑ったが、その笑いが、ハルテンベルク伯爵には、どちらかといえば不吉の領域に属するもののように映った。社会的には、年少の彼のほうが、はるかに犀利《さいり》で油断ならぬ人物であると見なされているのだが、この部屋においては、それが逆転してしまったようであった。

ただ、それもごく数秒間のことにすぎず、グリンメルスハウゼン家の老いた当主は、いかにも好人物らしい表情にもどって、ハルテンベルク伯の辞去のあいさつをうけた。

客人が去ると、老人は、緩慢な動作で、TV電話《ヴィジホン》にむかった。

「ケスラー大佐、ご苦労じゃが、ついでにもうひとつ頼まれてくれんかな」

ひとしきりせきこんだあと、老人はそう相手に告げたのである。

Ⅳ

帰宅したラインハルトが、酔いに頰を紅潮させているのを見て、キルヒアイスはむろん心配した。アルコールよりもむしろ怒気に酔っていることは、すぐに判明したが、とにかく冷水をみたしたグラスを渡し、事情を聞いてみた。冷水をあおって胃と神経を多少ひやすと、ラインハルトは今夜の一件を説明した。

「……で、ケスラーという奴がよけいな所業《まね》をしなければ、リューネブルクめのよくうごく舌をひきぬいてやれたのだ。奴めは、おれのことを、言うにことかいて、かぼそい象牙細工だなどとほざいたのだぞ！」

かぼそいとは思えないにしろ、象牙細工という表現は、ある意味で的中しているように、キルヒアイスには思える。天分に恵まれた手工芸家が、生命力をかたむけつくして彫りあげ、組みたてたかのような、類のない均整と精巧の美が、たしかにラインハルトには存在するのだ。すくなくとも、リューネブルクは、金髪の若者を、泥人形とは呼ばなかったのである。

もっとも、容貌を賞されたところで、ラインハルトが喜ばないということも、キルヒアイスは承知していたから、話題を変えることにした。リューネブルクとその妻について、彼は調査をおこなっていたのである。彼自身も公務で多忙であり、時日も不足していたため、現在のところ判明しているのは、事実の表層部分でしかなかったが。

キルヒアイスが調査したところでは、リューネブルク少将の妻エリザベートの婚約者であった人物は、フォルゲン伯爵家の四男カール・マチアスであるという。

四男ともなれば、伯爵本家を相続する可能性もなく、両親は、どこか適当な子爵家なり男爵家なりに息子を押しこもうと画策したらしい。ところが当人は、親とちがって危機意識がなく、貴族の子弟だけがかよう大学を七年がかりでようやく卒業したのち、父親の後押しで軍官僚となった。デスクワーク専門であったが、なにかのパーティーでハルテンベルク家のエリザベートと知りあい、たちまちこの令嬢を夢中にさせてしまった。双方の親族の反対や異議を排して婚約が成立したが、にわかにカール・マチアスは前線基地の主計官として大佐待遇で帝都から転出した。その基地が叛乱軍こと自由惑星同盟《フリー・プラネッツ》軍の攻撃をうけ、カール・マチアスは白兵戦にまきこまれて、高名な〝薔薇の騎士《ローゼンリッター》〟連隊に殺害されたという。三年半ほど前のことである。

「それで、その男を殺した当の相手が、リューネブルクだったというのか」

「という噂も、たしかにあります。ラインハルトさまのお考えはいかがですか」

「ちょっと話ができすぎているのではないか。因縁話が好きな奴は、いくらでもいるからな。あまり信用できない」

ラインハルトは、リューネブルクにたいする反感を、全体的な否定へとは発展させず、認めるべきは認めていた。

ふたつの巨大な政治勢力が対立しているとき、いっぽうにおいて冷遇された者、あるいは冷遇されていると信じる者が、新天地をもとめて亡命しようとするのは、むしろ当然である。その点、ラインハルトは、リューネブルクが自由惑星同盟から亡命してきたことを、それほど奇異とは考えなくなっていた。自分の才腕《さいわん》に自信をいだき、自分が不当に待遇されていると感じたとき、そこを脱出する道が存在するのであれば、扉をたたき破りたくもなるであろう。

ラインハルトは、自分自身をかえりみる。彼が一八歳という異常な若さで銀河帝国軍少将という顕職《けんしょく》につきえたのは、彼の卓絶《たくぜつ》した才能と勇気もさることながら、姉アンネローゼの存在が否定しえない。帝国軍の人事の背景には皇帝の専権があり、皇帝にたいしてはアンネローゼの影響力がある。アンネローゼがそのような影響力を有するにいたった理由は、彼女がわずか一五歳で、初老の権力者に身を献じるよう強制されたからである。ラインハルトは一〇歳にして最愛の姉を奪われた。この不当さに抗するために、彼は彼の道をえらび、亡命という途《みち》を採らなかった。だが、それが五年後のできごとであれば、彼は姉をともなって同盟へ亡命したかもしれない。

リューネブルクの現実は、ラインハルトの無数の未来のひとつかもしれなかった。そうラインハルトは思い、不快感にとらわれていた。


六月一四日、銀河帝国の国務尚書たるリヒテンラーデ侯爵は、皇帝フリードリヒ四世のもとに伺候《しこう》して、いくつかの報告をおこない、いくつかの助言をなし、いくつかの指示をうけた。皇帝は、国務尚書を信頼していた。すくなくとも、リヒテンラーデ侯の決定や処理法にたいして、異議をとなえることはまれであった。リヒテンラーデ侯も、皇帝の信頼や期待にそむくことはなく、無難に国事を執行してきたのである。ふたりの権力者のあいだに、敬愛の念が堅牢な橋をかけているともみえなかったが、きわめて散文的な意味において、この主君と臣下とは、凡庸ならざるコンビであったのかもしれない。

公務にかんする話が一段落すると、皇帝が、寵妃の弟に爵位をつがせる件をもちだした。

「いくつか候補はあるが、けっきょく、ローエングラム伯爵家を継がせることにした。武門の名流であって、あの者にふさわしいと思うたのでな」

皇帝はすでに決定した。それは法律として明文化されたも同然であった。一礼して、国務尚書は皇帝の意向をうけいれた。

「だが、すぐにというわけにはいかぬ。まだ一八歳の未成年だ、機が熟するまで二年ほど待つべきであろうな」

「さよう、さまざまに異論がございましょうしな。ことに、各公爵・侯爵諸家の納得がえられるよう、ご配慮いただければさいわいでございます」

基本的に、リヒテンラーデ侯は、皇帝の意向に反対するつもりはない。あらたに伯爵家をつくるわけではなく、現に絶えている旧家を再興するのであれば、貴族の数がふえすぎてこまるということもないであろう。ただ、それが、門閥貴族の子弟ではなく、寵妃の弟であるという点が問題なのである。これまでにいくつも前例のあることではあるが、そのつど大貴族たちとのあいだに心理的な軋轢《あつれき》が生じるのもまた前例であって、新旧両勢力が宮廷を舞台に深刻な闘争を演じた悪例も、一再のことではない。外には強大な〝叛乱軍〟の存在があるというのに。

しかし、外征と内紛との並立は、一五〇年にわたるゴールデンバウム王朝の近日の歴史において、いわば常識的な両輪であった。この〝ローエングラム伯爵家再興〟も、事件というほどの重要性をあたえられることもなく、歴史書の一ページに埋没していくことであろう。リヒテンラーデ侯はそう思った。ゴールデンバウム王朝が未来永劫にわたって存続し、人類の過半を支配することを、リヒテンラーデ侯は、まったくうたがっていなかった。

「ところで、今年のうちにもう一度ぐらい出兵があるのか？」

皇帝は問うた。別世界のことを問う口調であった。統師本部より出兵計画案が提出されていることに、国務尚書が注意を喚起すると、フリードリヒ四世はうなずき、うなずきつつ、大きくあくびをした。

「聞いたか、キルヒアイス、八月二〇日を期してまたイゼルローン方面に出兵がおこなわれるぞ。むろん、おれもお前も出動する」

ラインハルトが赤毛の友にそう告げた。

「グリンメルスハウゼン提督も出動なさるのですか？」

「いや、あの老人はもう退役同然だ。軍務省の特別室で昼寝をしていればいいさ」

リンベルク・シュトラーゼの下宿の談話室である。中庭に面した窓から初夏の陽光が音もなく流れこみ、ラインハルトの黄金の髪と彼の野心的な瞳をかがやかせて、気化した宝石さながらのヴェールとなった。

ラインハルトの人生は、まだ完結にはほど遠いはずだが、彼の青春から戦争と野心をのぞいたら、あとにはたしかになにも残らないであろう。キルヒアイスにしても大差のあろうはずはない。

「貧しい青春というべきなのかな」

そうキルヒアイスは自問してみるが、他人の見かたはともかく、彼自身にはそうは思われないのである。あるいは、ただそう思いたくないだけのことでしかないかもしれないが。キルヒアイスには、同年代の少女との甘美でとりとめのない恋の語らいがなかった。幼年学校から軍隊へ。軍人予備役から軍人へ。後方から最前線へ。それが彼の一〇代の人生だった。流血、破壊、炎上、争奪。死の門へと疾走する黒ぬりの四輪馬車に彼は乗っていた。だがひとりではなく、いつもラインハルトがいっしょだった。だから耐えられたし、耐えることに苦痛はなかった。女の子のやわらかい手をにぎるのではなく、銀色の荷電粒子ライフルのかたい銃身をにぎる毎日が、つらくはなかったのだ。ラインハルトの存在は、キルヒアイスの労苦を半減してくれる。彼はそう思うのだが、じつのところそれは、本末転倒した考えであったかもしれない。ラインハルトがそもそも存在していなければ、キルヒアイスの労苦は、大部分が消失していたであろうから……。

同日の、ほぼ同時刻。リューネブルク少将は、自宅のサロンで妻に告げた。

「出征が決まった。八月二〇日だ」

「おめでとうございます」

「めでたいか？」

「あなたのことです、出征なされば、きっと武勲をお樹《た》てになるでしょうから、だから、おめでとうと申しあげました」

夫と妻と、このときどちらがより無表情であったか、正確には判定しがたい。さきに表情の扉を開いたのは、夫のほうであった。

「エリザベート、お前の婚約者は……」

「え？」

「お前の婚約者はな……」

リューネブルクは、妻の両眼に生気のかがやきが躍るのを見たように思った。彼はその瞬間、残忍なまでのひややかさで、自分の顔の全筋肉をおおった。彼は、わずかに背をそらし、表情にふさわしい声をつくった。

「いや、なんでもない。お前が知る必要のないことだ……」

第七章　真実は時の娘

Ⅰ

戦争、遠征、出兵、紛争というものは、本来、国家と国民に多大の負担をかけ、その経済力や社会の健全さを汚染するものである。

だが、一五〇年にわたってそれが続行されると、それは国家存立のメカニズムにくみこまれ、いつしか不可欠の要素となりおおせる。成人男子の死因の第一位に、〝戦死〟という項目がおかれる。膨大な軍事力は、経済活動をささえる強力な柱となる。一〇〇万人の軍隊が一〇〇日間にわたって作戦行動をおこせば、のべ三億食の食糧が必要になる。医薬品、衣服、武器。軍隊は巨大な胃袋を全開させて、物資を消化する。軍隊に納入するトイレットペーパーの利権をめぐって、殺傷事件が生じたこともある。滑稽な事件であるかもしれないが、それを笑いとばせる者は幸福というべきであろう。

それぞれの陣営には、それぞれの独自な事情がくわわる。銀河帝国は、全宇宙を統一支配する唯一の正統政体として、兇悪な叛乱軍を討たねばならず、ときとして皇帝自身の名誉欲が大義名分に拍車をかける。自由惑星同盟《フリー・プラネッツ》では、悪の専制帝国にたいする自由と正義の戦いをいどみつつ、政府は選挙での勝利を望み、軍首脳と癒着《ゆちゃく》した軍需企業は、失われる人命より補給されるべき物資の数量に関心をもつ。ついでにいえば、軍需産業の経営者とは、けっして戦死しない人間のことだ。

イゼルローン要塞《ようさい》で、ラインハルトは、意外な人物と再会する機会をもった。先日、奇妙なかたちで知己となったウルリッヒ・ケスラー大佐である。どちらも軍人である以上、同一の戦域に配属されて不思議はないが、偶然とは思えない気がして、ラインハルトは彼に尋ねてみた。言葉は平凡である。

「どうしてここに?」

文明の発生以来、一兆回以上も使われた言葉であろう。

「小官は今回、軍務省高等参事官代理という職分で、戦場に来ております」

「高等参事官というと……」

「グリンメルスハウゼン大将閣下のことです」

「ああ、そうだったな。グリンメルスハウゼン閣下はご壮健か」

ラインハルトの質問は、完全に形式だけのものであったが、ケスラーの返答は、真剣なものだった。彼の話によると、グリンメルスハウゼン老人は、ラインハルトたちが帝都オーディンを進発して征旅《せいりょ》にのぼったのち、夏風邪をひきこみ、それがこじれて気管支と肺に炎症をおこして病臥《びょうが》中であるという。皇帝フリードリヒ四世も、病気見舞の使者をグリンメルスハウゼン邸へつかわした。病臥して以来、急速に衰弱がすすみ、年内の死去もささやかれるありさまだ。

「なにぶんにも、ご高齢ですので。それに、軍務の第一線からはずされた、いや、はずれたことで気落ちもおありでしょう」

「そうか、お悪いのか」

ラインハルトは、わずかな後ろめたさを感じた。老人の事実上の退役を喜んだおぼえが、たしかにあったからである。

それ以上言うべきこともなく、ラインハルトは話題を転じた。

「それはそれとして、ケスラー大佐、オーディンでは奇妙なかたちで世話になった」

ラインハルトがそう述べたのは、やや唐突であったかもしれない。

「いえ、とんでもない」

「おかげで、尊敬するリューネブルク少将に恥をかかせずにすんだ。礼を言っておこう」

辛辣である。しかもその辛辣さが、直截《ちょくせつ》さをともなっており、言われたほうのケスラーにたいしてすら、清爽《せいそう》の印象をあたえたのは、尋常ではなかった。ケスラーはうごきかけた唇をとめ、無言で会釈した。そして、沈黙が重さをくわえる以前に、さりげなく、ラインハルトの現《げん》況《きょう》に話をむけた。

「聞きおよびますところでは、今回、閣下は分艦隊のひとつを指揮なさるそうですな」

「前回の出征で、私は一〇〇隻単位の艦艇を指揮した。今度は一〇〇〇隻単位を指揮する。つぎの出征では、これを一万隻にしたいものだ」

このときのラインハルトに、やや意識しての演技が絶無《ぜつむ》であったとはいえないが、身体の芯から放射される覇気が、彼自身を衝きうごかして、キルヒアイス以外の者にはけっして明かしたことのない胸中の一端《いったん》を口にだしたのだった。

「ミューゼル閣下のご才幹をもってすれば、近日中に実現することでしょう」

「問題は才幹が認められるかどうかだ」

皮肉っぽくラインハルトは指摘してみせた。

「ところで、卿《けい》が高等参事官代理としてここまで来たのは、どこまでも公事のためか？」

「この国では、公事と、高官の私事とが、しばしば区別をつけがたいものとなるようです。今回は、その小さな例のひとつでしょう」

「たしかに、これまで大きな例がいくつもあったな。それにしても、卿はなににかんする真実を知っているのやら、興味があるところだ」

「真実は時の娘と申します。あまりに早く真実をあばこうとすれば、健康に出産せず、流産してしまうこともありましょう。その結果、母体までも傷つくかもしれません」

「卿はそう思っているのか、本気で？」

ラインハルトの興味は、むしろケスラー本人にむけられた。なかなかに、底の深い味わいをもった男のように見えた。

「小官を派遣なさった方たちは、そう考えておいででしょう。小官は忖度《そんたく》したのみです。いずれにしても、ミューゼル閣下は、深入りなさらないほうがよろしいかと存じます」

ケスラーの発言は警告めいていたが、むしろラインハルトは相手の態度に好意を感じとった。リューネブルク、その妻、さらに妻の以前の婚約者などが絡まりあった愛憎の群像には、どこかラインハルトの理解を絶するところがあって、本来あまりかかわりあうべき対象ではない。うなずいて、ラインハルトはケスラーと別れた。

九月二六日からの八〇日間を、ラインハルトはイゼルローン要塞およびその周辺宙域ですごすことになった。

後年から見れば、宇宙暦《SE》七九四年、帝国暦四八五年という年は、一二月のイゼルローン攻防戦において、血臭にみちたカーテン・フォールを迎えることになる。そして、翌年、宇宙暦《SE》七九五年、帝国暦四八六年は、二月の第三次ティアマト会戦において、やはり血臭にみちた開幕のベルを鳴りひびかせる。連年、このくりかえしであって、ひとつひとつの戦いは独特の容貌を有するにせよ、皆、おなじデザインの服を着て、自分の出番を待っているようなものであった。

この不毛な無限連鎖を断ちきるためには、よほどにドラスティックな変化が必要であり、その変化をなしとげうる巨大な才能が必要であろう。

「おれのほかに、誰がいるというのだ」

ラインハルトは自負し、その自負にふさわしい構想を、すでに胸に描いていた。

「どうやら叛乱軍は、一一月ないし一二月を期して、イゼルローン要塞に数年ぶりの大攻勢をかけてくるらしい」

その情報を耳にしたとき、ラインハルトは冷笑を禁じえなかった。同盟軍などと誇称する叛乱軍にも、見るべき人材は存在しないようだ。これだからおれは、自分の将来の戦略構想が成功すると自信をもって断言できる。

「聞いたか、キルヒアイス、また叛乱軍《やつら》はイゼルローンに求愛するそうだ。何度ふられたらあきらめがつくのだろうな」

「容易ならぬ決意なのでしょう、敵軍も」

「容易な決意というものがあるのか。寡聞《かぶん》にして、おれは知らぬが」

意地悪な言いかたをして、すぐにラインハルトは後悔した。キルヒアイスを傷つけたような思いがして、気にしないようつけくわえる。笑いをふくんだ反応がかえってきた。

「気にしておりません。ラインハルトさまの皮肉をいちいち気にしていたら、私はとうの昔に首を吊っていなくてはならないでしょう」

ふん、とだけラインハルトはつぶやき、わずかに赤面したようであった。自分が赤毛の友に甘えていることを自覚すると、彼はそういう態度になり、しばしば、急に話題を変える。

「イゼルローン要塞がよくない」

この要塞が存在するために、銀河帝国と、自由惑星同盟軍《フリー・プラネッツ》と称する叛乱勢力とは、ともに軍事的・政治的な選択を、いちじるしく狭《せば》められてしまっている。両勢力の指導者の戦略的な視野は、イゼルローン回廊の幅しかないようであった。

ラインハルトの壮麗な戦略構想は、イゼルローンの存在を必要としない軍事運用システムを編成することにある。だが、現在、彼の地位は、ごく小さな戦術レベルの処理をゆだねられているにすぎない。それがいかにささやかなものであるか、リューネブルクごときに主導権をにぎられた、前回の不愉快な例で、充分に思い知らされている。

キルヒアイスが、友の表情から心理を推察した。

「リューネブルク少将のことが気になるとおっしゃいますか、ラインハルトさま」

「すこしな」

「リューネブルク少将のことなど、お気になさいますな、ラインハルトさま。もし彼がラインハルトさまのお邪魔になるようでしたら私がなんとかいたします。ラインハルトさまは前方だけをご覧ください」

それはキルヒアイスの心底を貫流する決意であったので、むしろ淡々とした口調のなかに、熱誠《ねっせい》の大河が存在することを、ラインハルトにあきらかに知らせていた。ラインハルトは信愛の念を口にした。

「そうだな、キルヒアイス。万事お前にまかせる。お前にまかせて、結果が悪かった例はないものな」

Ⅱ

いっぽう、自由惑星同盟軍は、この年初めに、ヴァンフリート星系で経験した、漫然たる無秩序な消耗戦で、さすがに、多少は学ぶところがあったようである。動員された同盟軍の艦艇は三万六九〇〇隻、これが総司令官ロボス元帥の指揮をうけ、きわめて迅速な行軍と、緻密な補給計画によって、帝国軍の機先を制し、一〇月なかばには、イゼルローン回廊の同盟側出入口を扼《やく》して、帝国軍の戦術的展開を封じこめてしまった。まことに、幸先《さいさき》よいことに思われた。

ウィレム・ホーランド少将、まもなく三二歳、俊英をもって鳴る自由惑星同盟軍の提督である。容姿も雰囲気も、するどくひきしまって、〝よく使える〟人物であることを信じさせる。実際、そうでなくては、三二歳で少将になどなれるものではないであろう。今回の総攻撃計画にあたり、もっとも注目されるべき作戦案を提示したのは彼であった。

「けっきょく、イゼルローン要塞の攻略法は、雷神《トゥール》のハンマーを使用させない、あるいは無力化する、この二点につきるものと、過去には思われておりました。ですが、小官はここにあらたな一案を提出します」

二年前、第五次イゼルローン要塞攻撃において、同盟軍総司令官シドニー・シトレ大将は、並行追撃と無人艦突入作戦の二段がまえ戦法によって、〝イゼルローンの厚化粧を一部だけ剝ぎとった〟のである。追いつめられた帝国軍の無差別砲撃によって、同盟軍は、完勝から完敗への直降下をしいられたが、これは要塞攻略戦術においてひとつの頂点をきわめたものとされ、敗軍の将たるシトレが、やや間をおいて元帥号を授与されたのも、それが評価されたからであった。それにたいして、ホーランドはあらたな戦術を提起したのだ。

「艦隊主力を囮とします。むろん、雷神《トゥール》のハンマーによって鏖殺《おうさつ》されるがごときは、回避せねばなりませんが……」

総司令官ロボス元帥に説明して、ホーランドは昂然と軍服の胸をそらした。

「火力の滝をもって、イゼルローンの鉄壁に穴をあけてごらんにいれましょう」

ホーランドは作戦参謀ではなく、三〇〇〇隻前後の艦艇集団を統率する前線指揮官である。その彼が提案したことを、ロボスは最初、重視しなかったが、よく似た作戦案を、総司令部作戦参謀のフォーク中佐が具申したので、参謀長ドワイト・グリーンヒル大将と協議したすえ、それを採用することにした。フォークは二四歳で中佐の地位をえた秀才型参謀であり、陰気そうな容姿をのぞいては、ロボスに高く評価されていた。ちなみに、ロボス総司令官とグリーンヒル参謀長のコンビは、昨年、帝国軍にたいする同盟軍の全般的な優勢を確保するのに貢献し、昨年末、ロボスは元帥に、グリーンヒルは大将に、それぞれ昇進している。ロボスは、おおざ《アバ》っぱ《ウト》な点があるにしても、戦術展開能力にすぐれ、指揮官として熟練していたし、グリーンヒルは堅実で知的判断力に富み、細部まで気くばりがきいていた。このような人々のあいだで、第六次攻撃案がまとめられたのである。

イゼルローン要塞への総攻撃は、同盟にとっては一種の国家的事業であった。大量の人的資源が動員され、計画の実行に従事したのだが、その結果、総司令部の構成人員がふくれあがり、〝参謀〟という肩書を有する者が、グリーンヒル大将以下、八六名にも達した。そのなかに、作戦参謀ヤン・ウェンリー大佐という二七歳の青年がいた。

二七歳で大佐といえば、ホーランドやフォークと比較しても、よほどの俊秀であるはずだが、この青年には才気の華麗さも、知性の鋭利さもなかった。ないように見えた。軍服を着用しているからこそ、どうにか軍人としての外見を保持しているが、それがなければ、いっこうに芽の出ない学者の卵か、古書店の三代目経営者というところであったろう。前線にありながら、さほど軍国主義的な緊張感におかされたようすもなかった。

いまひとり、アレックス・キャゼルヌという人物がいる。年齢は三三歳で、階級は准将である。これも稀有《けう》の例であった。戦場で武勲をかさねての結果なら、めずらしいことではないが、キャゼルヌの場合、デスクワークに専念して、三〇代前半で〝閣下〟の称号を獲得したのである。

いささか皮肉な幸運が、彼の昇進に寄与《きよ》してはいた。それまで、同盟軍の前線部隊における補給と事務処理の最高権威は、シンクレア・セレブレッゼ中将であるとされてきたが、彼は〝ヴァンフリート星域の会戦〟と称される、だらだらつづいた戦闘の渦中で行方不明となってしまった。どうやら帝国軍の捕虜にされてしまったことはうたがいないが、捕虜交換式でもないかぎり、それを確認するすべはない。だが、いずれにしてもセレブレッゼの空席は埋められてしかるべきであったし、さらには、セレブレッゼが捕虜となって軍事機密を帝国軍に告白した場合にそなえ、セレブレッゼとはことなる補給と事務処理の独自なシステムを確立しえるだけの才能が必要であった。こうして、アレックス・キャゼルヌ准将が、後方参謀として、事実上、同盟軍の物資供給をとりしきることになったのである。

キャゼルヌとヤンは、士官学校の先輩後輩の間柄であった。もっともこれは、グリーンヒルとヤンのあいだにもいえる関係であったが。

このふたりが、同盟軍旗艦のサロンで紅茶をすすりつつ、雑談をしたとき、キャゼルヌに、ホーランド案の可否を問われて、ヤンは答えた。

「そうですね、悪くないと思います」

「消極的評価というやつか」

キャゼルヌは、激務の間隙に余暇をつくっているのだが、ヤンのほうは総司令部の事務を多少処理するだけで、〝非常勤参謀〟と蔭口《かげぐち》をたたかれるていたらくである。謹直《きんちょく》なグリーンヒル大将が、なぜかこの青年を評価しているので、追いだされずにすんでいる、という噂が、信頼性をもって語られているのだった。

「まあ、最善の途《みち》は、イゼルローンを攻撃しないことでしょうけどね」

「そりゃそうだな、むだな人死《ひとじに》が出なくてすむ」

キャゼルヌが笑うと、ヤンはやや異議ありげな表情になったが、的確な表現法にこまったらしく、戦略上の本質論をもちだした。

「吾々《われわれ》は、銀河帝国と戦っているのであって、イゼルローンと戦っているのではないということです。イゼルローン要塞が建設されたとき、吾々の祖父たちは、錯覚してしまったのですよ」

帝国軍にたいして勝利をえるためには、イゼルローン要塞を陥《お》とさねばならぬ。そういう錯覚を同盟軍にいだかせる目的があったとすれば、帝国軍は、それに成功した。数年に一度、同盟軍は巨大な戦力をととのえてイゼルローン要塞に総攻撃をかけ、多くの人命と物資を蕩尽《とうじん》しては退却する。それを五度にわたってくりかえし、そのつど帝国軍に嘲笑の糧《かて》をあたえてきた。

二年前、ヤン自身がシトレ大将の幕僚として参加した第五次攻撃も、終わってみれば帝国軍の圧勝で、今日なおイゼルローンは健在なのである。

「まあ、いずれにしても、力ずくでイゼルローンが陥ちることは、まずありえませんよ」

とくに朗々《ろうろう》たる声量ではないにせよ、作戦の意義を否定するようなことを、ヤンはごくおだやかに断言してのけた。キャゼルヌも、しごく当然のように後輩の意見をうけいれて、下唇にあてた紅茶のカップごとうなずいたが、その視界に、離れた場所でコーヒーカップを手に参謀たちと語りあうドワイト・グリーンヒル大将の姿が映った。コーヒーの湯気ごしに、彼は後輩に語りかけた。

「そういえば、グリーンヒル大将閣下のお嬢さんは、この六月に、士官学校を次席で卒業なさったそうだ」

「才媛《さいえん》なんですね」

士官学校では凡才であったヤンの反応には、芸がない。

「ついでに、美人でもある」

重大な情報を、さりげなく投げつけたが、ヤンはたいして感銘をうけたようすもなかった。

「興味がないか?」

「ないわけじゃありませんが、どうせ私とは無縁の女《ひと》ですからね」

「おまけに上官の娘ときては、うっとうしさがさきに立つというところか。ま、お前さんらしいな」

キャゼルヌが立ちあがると、ヤンもそれに倣《なら》った。他人がどう思っているかはともかく、彼自身には、それほど暇をもてあましているという自覚はない。彼自身にとっては小細工でしかない戦術展開上の技巧が、けっこう軍首脳部から評価されることを、経験と哲学の双方から、彼は熟知していたのである。

「そうそう、ユリアンはどうしてる?」

「元気ですよ。身長もすこし伸びました」

それは、通称〝トラバース法〟という法令によって、ヤンの家で養われるようになった一二歳の少年の名であった。その法令の実施に、キャゼルヌは多少かかわったし、ユリアンの亡父とわずかながら面識もあったので、独身のヤンに扶養家族を押しつけたというわけであった。その少年にとって、ヤンは〝エル・ファシルのかがやける英雄〟であったからでもある……。

イゼルローン要塞の攻略が作戦目的である以上、陸戦要員が多数、動員されるのば、当然のことであろう。そのなかに〝薔薇の騎士《ローゼンリッター》〟連隊がふくまれることも、なんら異とするにたりない。

ワルター・フォン・シェーンコップは、この年八月一五日付で大佐に昇進し、正式に、〝薔薇の騎士〟連隊の第一三代連隊長に叙《じょ》せられた。〝ヴァンフリート星域の会戦〟において、セレブレッゼ司令官を敵軍の手にゆだねた責任を問われ、中佐、連隊長代理のままに推移していたのだが、今回、正式に昇進をはたしたのだった。

「今度は死んでも功績を樹《た》ててこい、ということですぜ、きっと」

少佐に昇進したカスパー・リンツが、皮肉などという表現をこえた話法で、軍首脳部の意図を解析してみせた。

「もしかしたら、全員戦死してこい、ということかもしれませんね」

そう応じたのは、ライナー・ブルームハルトで、彼は大尉に昇進している。二三歳で大尉というのは、士官学校出身者にまさるとも劣らない昇進速度であろう。

このふたりの腹心を前に、シェーンコップがあらためて口にしたのは、リューネブルク元大佐とのあいだに、完全に結着をつけるということであった。〝薔薇の騎士《ローゼンリッター》〟のあらたな出発は、旧指揮官を葬ることによって、はじめて心理的な条件をととのえることになろう。

「ですが、この広い戦場で、どうやってリューネブルクを探しだしますか？　まず、そいつが難題ですが」

まるで常識家のような台詞を、リンツ少佐は口にした。このような状況下では、誰かが常識的な意見を述べないと、全員が暴走してしまう恐れがある。リンツはそれをわきまえていたし、シェーンコップが若い彼を補佐役として認めている点もそこにあった。

「おれたちが薔薇の騎士ここにあり、と、実力で奴に知らせてやればいい。機会あるごとに、帝国軍におれたちの存在を教えてやるのさ。ゴシックの血文字でな」

シェーンコップの笑いは、豹《ひょう》のように優雅で危険でしたたかなものであった。

「そうなれば、リューネブルクはかならずおれたちを返り討ちするために陣頭に立つ。奴自身がえらんだ途《みち》だが、逆亡命者の哀しさだ。そうしなくては自分の名誉も地位も守れんのだから、かならずそうなるさ」

「それでも出てこなかったら？」

「リューネブルクが逆亡命者をよそおった同盟軍の密偵だ、と、帝国軍に教えてやるまでだ。べつに奴らはリューネブルクの人格を評価しているわけじゃないからな」

「大佐もけっこう策士ですな。リューネブルクはたしかに追いつめられるでしょう」

「このていどは初歩の策謀だ。そしてだな、おれみたいな正直者には、初歩が精いっぱいで、それ以上の進歩はありえんのさ」

うそぶいて、シェーンコップは好戦的な視線を、揚陸艦の壁面に突きさした。彼には私的な理由もある。彼の部下と、そして愛人の死に責任をもつ男、リューネブルク。不敵で有能な旧指揮官を撃ち倒してこそ、シェーンコップ自身が、心理的な再出発をはたしえるはずであった。

Ⅲ

宇宙暦《SE》七九四年、帝国暦四八五年。この年の一〇月から一一月にかけては、イゼルローン回廊の同盟側入口の周辺において制宙権を確保するため、小戦闘が連続しておこなわれる結果となった。

戦闘は五〇隻から三〇〇〇隻ほどの単位で、立方体に区切った数千の宙域を、ひとつひとつ争奪するかたちでおこなわれた。たんなる前哨戦というには、双方がかたむけた努力は、質量ともに小さくない。この後につづく戦略的状況をすこしでも有利にみちびかねばならなかったのだ。

ラインハルトは、二〇以上の戦闘に、自分の艦隊を指揮して参加し、まるで遊猟《ゆうりょう》にでも出かけるかのように、それを楽しんだ。〝たかが三〇〇〇隻〟ではあっても、彼は部隊の行動にかなり自由な裁量権を有しており、要塞本体から離れて回廊内の特定宙点《ポイント》に布陣しては、連日、回廊外に出撃をくりかえした。

帝国軍総司令官のミュッケンベルガー元帥は、気ままともみえるラインハルトの出戦を黙認していた。ほかの提督たちに許可しているものを、ラインハルトにのみ許可しないわけにはいかなかったし、じつのところ、ラインハルトはいまだそのていどの存在でしかなかったのだ。〝金髪の孺子《こぞう》〟にたいする敵意と警戒心が膨張し、旧体制の桎梏《しっこく》が彼を見えざる鎖で縛りあげようとする、その圧力がいちじるしく増大するのは、この翌年からのことである。一八歳の少将という存在は、たしかに異例ではあったが、まだまだ旧体制の人々には、深刻な危機感をいだかせるまでにはいたらなかった。民衆から滋養分を吸いあげる花々は、花園に咲きみだれ、高い壁は北風をさえぎり、栄華は永遠のものであるように思えていたのだ。その壁に、ラインハルトは、深い亀裂をつくりはじめていたのだが、外側からだったので、内側に住む人々はまだ気づいていなかった。

対戦相手である同盟軍が、無名の危険人物の手腕に気づいた、否、気づかされたのは一一月にはいったころである。ある戦闘のあとに、幕僚たちが肩をすくめてささやきあったのだ。

「あそこに火線を敷かれたら、右側背《そくはい》を直撃されて、全軍が瓦解していたところだった。あぶないところだったな」

「新無憂宮《ノイエ・サンスーシー》とやらのサロンで、酒と女にうつつをぬかしている貴族の道楽息子にしては、よくやるじゃないか」

彼らに透視能力、あるいは予知能力が欠如していたことは、彼らにとっての幸福であったというべきであろう。ラインハルトの正体を、その真価を知っていたら、これほど悠然と批評してはいられなかったはずである。

一一月六日、同盟軍のラムゼイ・ワーツ少将が二五〇〇隻の分艦隊をひきいて、ほぼ同数の敵と戦い、敗死した。常識外の中央突破戦術で、艦隊中核を直撃され、指揮官を失った残兵は徹底的に掃滅《そうめつ》されたのである。生還した艦艇数は三〇〇にみたなかった。このとき、同盟軍総司令部に衝撃をあたえたのは、ワーツ少将の参謀長であったマルコム・ワイドボーン大佐の戦死であったろう。彼は二七歳の若さで、士官学校において一〇年にひとりの秀才とみなされていたのであったからだ。

同月一四日には、キャボット少将の高速機動集団が、巧緻をきわめた側背攻撃の犠牲となって潰滅した。

このようなことが、短期間にたびかさなると、同盟軍としても意識せざるをえない。

「帝国軍に、えらくこざかしい指揮官がいるようだ。先日からの敵の優勢は、そいつひとりの功におうているのではないか」

こざかしい、とは、ラインハルトにたいする過小評価であるが、とにかくその存在を認識したことは、たしかな事実だった。参謀長ドワイト・グリーンヒル大将が、それに留意して対策を指示したのは、彼の地位と権限からいえば当然であったが、彼にはまずなによりも、イゼルローン要塞本体への攻撃計画を検討し、決裁し、改良し、実施する責務があったから、誰かに〝こざかしい敵〟への対処をまかせようと思った。

グリーンヒル大将は、〝むだ飯食いのヤン〟ことヤン・ウェンリー大佐を呼んで、必要な資料をわたし、対策を講じるようもとめた。六年前、ヤンがエル・ファシル星系から非戦闘員を大量に脱出させ、英雄あつかいされたことを、グリーンヒル大将は記憶していた。否、ほかの高級幕僚たちも記憶はしているのだが、無視しようとする傾向があったのだ。

まる一日後、ヤン・ウェンリー大佐は、ひとつの作戦案をグリーンヒル大将に提出した。さらに二時間後、グリーンヒル大将はヤン大佐を参謀長室に呼び、作戦案の採用を告げた。その

ことは予想していたらしく、ヤンは「はあ」と言ってうなずいたが、

「ひとつお願いがあります」

「言ってみたまえ」

「この作戦案は、グリーンヒル閣下のご発案ということにしていただけませんか」

「しかしそれでは、きみが作戦立案にはたした役割を無視することになる。軍としての筋がとおせなくなるぞ」

「いいえ、私の作戦案だということがわかると、各部隊があまりまじめにうごいてくれないでしょう。参謀長閣下のご指示ということであれば、きちんとうごくでしょうから」

敬礼しかけて、その手をとめ、ヤン・ウェンリーは、ややしかつめらしくつけくわえた。

「ええと、それと、僭越《せんえつ》ではありますが、どうか兵力をだしおしみなさって、大魚を逃がすことがなければさいわいです……どうかよろしく」

こうして一一月一九日の戦闘で、ラインハルトはあやうく同盟軍の重囲に陥《おちい》るところであった。

この日、ラインハルトは七時四五分に、同盟軍の布陣する一角を襲撃した。火力によって先制し、ひきずりだした敵を、後退しつつ、さらにたたき、突出する敵の左右を逆進して背後に展開し、後方からの砲火で撃滅する。実行は計画の一〇〇〇倍ほども困難だが、ラインハルトはピアニストが鍵盤《キイ》をあやつるように敵の艦隊運動をあやつりつつ戦闘を展開していった。そ

のうち、味方の一戦艦が、複数の敵艦を相手に、巧妙果敢に戦いをまじえ、二隻とも葬りさったのを見て、感歎のつぶやきを発した。

「あの艦の艦長は誰だ？」

フリッツ・ヨーゼフ・ビッテンフェルト大佐だそうです、と、キルヒアイスが調べて答えると、ラインハルトは、愉快そうなきらめきを蒼氷色《アイス・ブルー》の瞳に踊らせた。

「猪突猛進に見えるが、じつにいいタイミングで、いいポイントを衝く。おちついたらその男に会って話をしてみようか。何歳ぐらいの男だ？」

「二七歳だと士官リストには記されていますが」

「ほう、若いな」

ラインハルト自身の年齢を考えれば、この驚きは、いささか滑稽であったかもしれないが、それがキルヒアイスの表情で現実化する直前、戦況が一変した。ラインハルト軍が敵にたいして芸術的なまでの背面攻撃を完成させた瞬間、上、下、後の三方向から、新手の敵が殺到してきたのである。

ラインハルトの戦術運用が、敵――正確にはヤン・ウェンリー大佐――に予測されていたのである。それはむしろ心理分析の結果であって、まずラインハルト（という名を知るはずもなかったが）が、あらゆる戦術パターンを展開していることを確認し、それが一種の不遜な楽しみにもとづくことを想定したすえ、それまで使われていない戦術として、側面逆進・背面展開があることを調べ、さらにラインハルトの出撃地点を分布図にして行動パターンを解析したのであった。仕上げとして、合計一万隻におよぶ兵力配置図までしめして、ヤンは作戦の実施を、グリーンヒル大将にまかせたのである。この日の戦いで、ラインハルトは苦闘しつつも包囲網の一角を突破しえたが、八〇〇隻もの損害をだしてしまった。これまでの被害総数が三〇隻でしかなかったのにくらべると、したたかな教訓をあたえられたというべきであった。

けっきょく、ラインハルトが危地を脱しえたのは、同盟軍が兵力をだしおしみし、完全な包囲網を完成しえなかったからである。〝こざかしい敵将の鼻柱さえへし折れば、それでよし。細事にこだわって、イゼルローン攻略の大目的を忘れるな〟というのが同盟軍首脳部の見解であり、それは完全に正しかった——その時点においては、であるが。

いずれにせよ、ラインハルトがいかに可能なかぎり巧緻な戦術を駆使して善戦しても、戦場はしだいにイゼルローン要塞本体にむかって移動しつつあった。それは帝国軍から見れば後退であり、同盟軍から見れば前進であったが、大局から見て、帝国軍の基本姿勢は、つねに、敵軍を要塞前面にひきずりこむことにある以上、当然のことであった。ラインハルトは、戦術家としての手先の技巧をしめしえたことで自分を満足させ、ミュッケンベルガー元帥からの召喚命令に応じてイゼルローン要塞に一時帰投した。補給と整備をすませ、一一月二七日にはふたたび要塞外に出て、遊弋しつつ、同盟軍の大攻勢を待ちうけたのである。

Ⅳ

一二月一日。自由惑星同盟軍《フリー・プラネッツ》は、ついにイゼルローン要塞の前面に全軍を展開させた。〝雷神《トゥール》のハンマー〟の射程外、六・四光秒の距離である。

〝艦艇数三万強〟と、イゼルローンの戦術コンピューターは推計した。それは二年前の第五次攻撃に比較すれば少数である――あのときは五万余の光点が、イゼルローン要塞中央指令室のメイン・スクリーンを埋めつくしたのであるから。だが、三万といえど充分すぎるほどの大軍であり、その圧迫感は尋常なものではない。

要塞から出撃した帝国軍は二万隻。これがたてつづけに主砲を斉射し、火力応酬の火蓋をきる。数万の光条が宙空をつらぬき、爆発光がスクリーン上で脈動する。放出されたエネルギーの乱流が艦艇を揺動させ、苛烈な戦闘が、要塞主砲の射程外で展開された。

この間に、〝雷神《トゥール》のハンマー〟は膨大なエネルギーを充填させていく。ひとたび無音の咆哮《ほうこう》を発すれば、巧緻な戦術も艦隊運用も、ミクロン単位の塵と化して、宇宙を構成する最小の要素に分解されてしまうであろう。

「D線上のワルツ・ダンス《ワルツ・ダンス・オン・ザ・デッドライン》」

とは、同盟軍が血の教訓によって習得したとされる、艦隊運動の粋《すい》である。イゼルローン要塞主砲〝雷神のハンマー《トゥール・ハンマー》〟の射程限界を正確に測定し、その線上を軽快に出入りして敵の突出を誘う。タイミングが一瞬でもずれれば、みすみす〝雷神のハンマー《トゥール・ハンマー》〟の一閃に、全艦隊が撃砕されてしまう。これを完璧に制御するソフトウェアは、きわめて高度なもので、この点にかんして、同盟軍の力量は帝国軍のそれにまさった。

いっぽう、帝国軍にとっては、これではらちが明かない。〝D線上〟まで艦隊を突出させ、火力を応酬しつつ、射程内にひきずりこもうとする。しかも、このとき、自分まで要塞主砲に狙撃されてはたまらないから、凹形にちかい陣形で敵の艦列を収束させつつ、いざとなれば左右上下に散開する準備をおこたるわけにいかない。虚々実々のかけひきは、一時間にわたってつづき、膠着《こうちやく》状態におちいるかにみえた。

だが、同盟軍の意図を正確に看破《かんぱ》した者が、帝国軍にただひとり存在した。ラインハルト・フォン・ミューゼルという弱冠《じやつかん》一八歳の若者は、黄金律そのままに造形された白いしなやかな指を鳴らすと、副官兼専任参謀というやや異例の職責をになう赤毛の親友に、同盟軍の意図を説明してみせた。そして最後に、こう評価したものである。

「狙いは悪くない。だが、敵にはただひとつ誤算があったな」

「それは？」

「おれがイゼルローンにいたことだ」

昂然と言いはなって、ラインハルトは、地平に虹が立つかのような清爽な笑いを、白皙の頬に刻みこんだ。ラインハルトの美しさは多彩な光をともない、このときは、象牙細工というより自然性に富んだ美しさであった。

「おれの艦隊は、たかだか二二〇〇〇隻。これは戦術的にはまことに小さいが、戦略的にはきわめて大きい」

キルヒアイスは、上官であり友である金髪の若者を見つめかえした。その意をさとって、ラインハルトはもう一度笑った。

「言いまちがえたのではないぞ、キルヒアイス。戦術レベルで考えれば、たかが二二〇〇〇隻だ。だが、この二二〇〇〇隻がイゼルローンを救うのだ」

ラインハルトの高言が、根拠をともなわなかったことは一度もない。今回が最初の例外ではないことを、キルヒアイスは信じ、ラインハルトの指示にしたがってミュッケンベルガー元帥に連絡をいれた。出撃許可をもとめるためであった。

その間、同盟軍は〝雷神《トゥール》のハンマー〟の射程限界の線上で、完璧に制御されたダンスを踊りつつ、帝国軍と火力を応酬している。このあたり、ロボス元帥およびグリーンヒル大将の戦術管制能力は、けっして低くない。

そのとき、〝雷神《トゥール》のハンマー〟の死角から、多頭ミサイルの群が飛来してきた。要塞のオペレーターたちが警告の叫びを発した直後、着弾の光芒がイゼルローンの表皮をきらめかせた。

イゼルローン要塞も、迎撃光子弾幕を斉射してそれを歓迎した。爆発光は白く、悪魔のネックレスとなって輝きわたり、両軍将兵の視界を灼いた。固体のミサイルと、気体化したミサイルとが、要塞の至近空間を埋めつくし、不毛に消費されたエネルギーの余波が、サイクロンとなって要塞表面を走りぬけ、砲台や銃座を吹きとばした。

イゼルローン要塞の巨体からみれば、細胞の一片にも値しないミサイル艇の大群が、正面からの砲戦の間隙をくぐって、要塞の各処に集中攻撃をかけたのである。同盟軍の幕僚たちが、〝主力部隊を囮とする〟と豪語した作戦の眼目《がんもく》が、ここにあった。要塞表面の数カ所のポイントに、数千のミサイルが集中し、連爆をかさねた。蟻《あり》の一穴を巨体にうがつための、徹底的な火力集中は、功を奏するかにみえた。

要塞に肉迫する同盟軍の艦列に、いきなり、白熱した穴がうがたれた。というより、連続する爆発光が、ミサイルごと艦艇を吹きとばし、無の球体を宙につくりあげていく。ラインハルトの側面攻撃であった。防御力の弱いミサイル艇群を、連爆する火球と光球のうちに蹴散らすと、そのまま火線を伸ばし、同盟軍主力を天底方面から狙撃する。

この攻撃を回避するためには、同盟軍は二時方向へ回頭しなくてはならない。だが、そこは〝雷神《トゥール》のハンマー〟の射程内であったのだ。

同盟軍は、ラインハルトの罠に落ちた。キルヒアイスにむかって彼が明言したように、わずか二二〇〇隻の兵力が、このとき戦局全体を主導したのである。しかもそれは、同盟軍の戦法を逆用したものであり、ラインハルトの異常な戦術的洗練を証明するものであった。

このとき、同盟軍は、数の優勢を生かすことができなかった。陣型を拡げれば、〝雷神《トゥール》のハンマー〟になぎはらわれる。極度に前後に細長い紡錘《ぼうすい》陣型をとり、その尖端をラインハルトにむけて突進する以外にない。同盟軍にとって唯一の活路を、むろんラインハルトは、生かさせるつもりはなかった。

ラインハルトと同盟軍との攻防は、長剣の尖端を突きあわせるような激烈さをもっておこなわれた。本来、ほぼ一五対一の兵力比で、まともな戦闘がおこなわれるはずがないのだが、包囲されないかぎり、ラインハルトとしては恐れるなにものもなかった。せまい橋の上に立った騎士が正面からの敵をつぎつぎと斬りすてるように、集中砲火と柔軟な進退によって敵を阻止しつづけた。

二二時一〇分。それまでラインハルトひとりに武勲を独占されていた帝国軍の諸艦隊が、イゼルローン要塞から突出してきた。武勲ほしさという動機はともかく、戦術的に、これは至当であるように思えた。同盟軍の艦列は前後に細長く伸び、その側面を衝いて分断することは、容易でしかも有効であったのだ。

「厚刃のナイフでバターを切るようなものだ。分断して各個撃破せよ！」

ミュッケンベルガー元帥の命令も、細部に拘泥《こうでい》せず全軍の勢いにゆだねて、戦闘全体を運用しようとしている。それも誤りとはいえなかった。だが、それは帝国軍の論理であって、同盟軍としては、やすやすとナイフで切りきざまれるわけにはいかない。グリーンヒル参謀長は、ヤン・ウェンリー大佐の進言をうけて、全予備兵力を投入する決断をくだした。帝国軍が出撃してきたことは、〝雷神のハンマー《トウール》〟を、彼らが使用しえなくなることを意味する。その状況判断が成立すれば、手をつかねて、味方の敗勢を傍観していることはできなかった。

ラインハルトが内心で危惧していた状態が、こうして実現してしまった。

もし同盟軍が充分な予備兵力を有し、この時点でそれを投入してくれれば、〝雷神のハンマー《トウール》〟の射程内で大規模な混戦状態が生じ、イゼルローンが誇る要塞主砲は無用の存在となる。そうなれば、第五次イゼルローン攻防戦の途中経過と酷似《こくじ》した状態が生じ、にわかに戦局を収拾することは困難となるであろう。そのことをラインハルトは予測し、それが的中してしまったのである。

第六次イゼルローン攻防戦の特徴は、帝国軍と同盟軍との双方が、途中から目前の戦術的状況を有利にみちびこうと努力した結果、本来の構想を見失い、用兵思想に混乱をきたした点にあるであろう。ミュッケンベルガーが〝冷酷な賢明さ〟あるいは〝賢明な冷酷さ〟をそなえていれば、ラインハルト・フォン・ミューゼルがいかに勇戦しようとも、それを見殺しにし、あくまでも〝雷神のハンマー《トウール》〟の破砕力をもって同盟軍をたたきつぶすべきであった。一年後であれば、かならずそうしたにちがいない。だが、このとき、ラインハルト・フォン・ミューゼルという要素は、ミュッケンベルガー元帥をはじめとする帝国軍の首脳部にとって、まだ無視することが可能な存在であった。

結果的に、混戦の原因をつくってしまったラインハルトは、やや憮然としていた。

「なあ、キルヒアイス」

「なんでしょう、ラインハルトさま」

問いかけた赤毛の青年は、すぐに相手の意を察した。

「あのときの件ですか？　先月、叛乱軍の罠に落ちかけたときの」

ラインハルトは大きくうなずき、白い頬に落ちかかる金髪を、わずらわしそうに指先でかきあげた。

「あれは驕《おご》っていたかもしれん。戦士でなく、猟人の気分になっていたようだ。相手にも武器があり、戦意があり、用兵技術があるのを忘れていた。それにしても、叛乱軍にも、よくできる奴がいるらしいな。完全に、おれのうごきを読まれていた」

「ですが、そのような人物が多くいるとも思えません」

「そうさ、たったひとりかもしれん。だが、ひとりだろうと、幾人だろうと、叛乱軍の指揮官どもにしてやられるようで、どうやって宇宙を手にいれることができるか！」

遠い将来、これは覇気と烈気に富んだ帝王の発言として、賞賛されることになるかもしれない。だが、帝国暦四八五年一二月の時点において、これは一八歳の若者の、誇大妄想にちかい空疎《くうそ》な歎きにすぎなかったであろう。それが空中楼閣でないことを、ジークフリード・キルヒアイスだけが知っていた。

「ラインハルトさま、挫折なさったわけではなく、ご経験を積まれたのです。ラインハルトさまにたりないのはご経験だけ、それをひとつお増やしになったのですから、けっこうなことではありませんか」

「ほんとうにそう思うか？」

「はい、心から」

「そうだな、そう思うことにしよう。すんだことを悔やむのは、おれらしくないものな」

「ええ、ラインハルトさまには似あいません」

ふたりは視線をあわせて笑い、こうしてラインハルトは、ささやかな心理的再建をはたしたのである。

V

混戦状態は、収束への流れを見いだしえぬまま、時間と物量と人命を消費しつつ、万華鏡《カレイドスコープ》のような無秩序な多彩さを、戦域全体にまきちらしている。大小さまざまな悲劇、喜劇、惨劇が量産されるなかで、同盟軍〝薔薇の騎士《ローゼンリッター》〟主演の戦闘劇は、まことにはなばなしく、しかも常軌《じょうき》を逸《いっ》していた。

本来、〝薔薇の騎士《ローゼンリッター》〟の出番は、艦隊戦においてはそう多くないはずであったが、第六次イゼルローン攻略戦において、この過激な亡命者集団は、常識との決裂を宣言するかのように、専用の強襲揚陸艦による出撃をくりかえし、西暦末期《AD》の〝宇宙海賊の世紀〟を再現してのけた。なにしろ彼らは、敵の一艦を占拠するつど、その通信装置を使用して、かつての隊長に呼びかけるのである。

「出てきやがれ、リューネブルク、地獄直行便の特別席を、きさまのために用意してあるぞ。それとももとうに逃げうせたか」

このような〝薔薇の騎士〟連隊のやりかたにたいしては、「これは貴官らの私戦ではない」と、たしなめる声もあったが、連隊長ワルター・フォン・シェーンコップ大佐は、ごく簡潔に良識を否定してのけた。

「私戦ですよ。でもなければ、とてもやってられませんな」

連隊長の毒舌を、連隊長補佐のカスパー・リンツ少佐が補佐した。

「公務で人殺しをやるところまで、まだ、おれたちは堕《お》ちちゃいませんよ」

幹部ふたりの危険な発言につづいて、ライナー・ブルームハルト大尉が、ハンド・キャノンの遊底を音高くスライドしてみせたので、良識の味方は閉口し、退散したのであった。

こうして、〝薔薇の騎士〟は、血文字を記したリューネブルク個人あての招待状を、戦場の各処にばらまいてまわり、それは帝国軍の知るところとなって、リューネブルクはあまり快適とは呼びえない立場におかれた。一二月五日、彼はミュッケンベルガー元帥に呼ばれて、イゼルローン要塞の会議室に姿をあらわした。彼を待っていたのは、むろん、ミュッケンベルガー元帥であったが、ひとり同席者がいた。周囲を圧する巨軀の存在感は、装甲擲弾兵総監オフレッサー上級大将であった。リューネブルクに椅子もすすめず、ミュッケンベルガーは事態を説明した。

「わしはな、リューネブルク少将、卿《けい》ならずとも、たかだか一少将の身上など、かかわってはおられんのだ」

意図的な冷酷さではないにせよ、そのつきはなした語調が、リューネブルクの神経回路に冷水をそそぎこんだ。回路がスパークの青白い火花を発した。

「では小官にどうせよとおっしゃいますか」

「知れたことではないのかな。卿自身の不名誉だ。卿自身の力をもって晴らすべきであろう」

「なるほど……」

低くうめいたリューネブルクは、自分が帝国軍から見すてられたことを察した。自嘲の波が脳細胞を濡らした。彼は故国を棄てて敵国に身を投じ、今度は自分が棄てられた。それほど理不尽な帰結《きけつ》でもないように思われた。もはや一言も発せず、リューネブルクは敬礼を残して退出した。閉ざされたドアにむかって、ミュッケンベルガーが独語した。

「彼自身はまだ知らぬことだが、妻が兄殺しの罪人になりさがったのだ。死んだほうが奴自身のためだろう。生きていても、名誉や栄光とは無縁の人生が待っているだけだからな」

ミュッケンベルガー元帥の、もっともらしい述懐を耳にして、オフレッサー上級大将は大声で笑った。巨大な肺活量のいくぶんかは、元帥の論法を笑いとばしているように聴こえた。それが元帥の邪推でなかったことは、笑いをおさめたオフレッサーの一言によって証明された。巨漢の装甲擲弾兵総監は、うそぶくように言ってのけたのである。

「それにしても、元帥閣下も、なにかと苦労なさいますなあ」


「出てこい、出てこい、リューネブルク、出てくりゃあの世へ直行便、地獄の魔女どもお待ちかね、朱《あけ》に染まった色男！」

上品とは称しがたい即興歌までつくって、旧連隊長を待ちこがれていた〝薔薇の騎士《ローゼンリッター》〟連隊が、ようやく望みをかなえられたのは、一二月五日一四時のことである。前線の所在さえ明確ではない混戦域を、彼らの揚陸艦は移動していた。そこへ、帝国軍の揚陸艦が、衝角《しょうかく》をむけて急接近し、回避行動をあざ笑うようにぶつかってきたのだ。

揚陸艦どうしが衝突し、嚙みあったのである。一五〇年にわたる両軍の戦いにあっても、まれなことであった。だが、それがなにを意味するか、すくなくとも、ワルター・フォン・シェーンコップにとっては、暗夜の灯火も同様であった。

「リューネブルクが来たぞ！」

緊張が、連隊全員を帯電させた。

侵入してきた帝国軍とのあいだに、激甚《げきじん》な白兵戦が展開されたのは、三五〇秒ほどのちのことである。先頭に立った男が、戦斧《トマホーク》をふるって、おそろしい手練で左と右に〝薔薇の騎士〟隊員をなぎ倒し、シェーンコップに冷笑を投げかけてきた。

「渇望に応えて来てやったぞ、未熟者のシェーンコップ、きさまでは案内人として不足だが、おれは寛大な男だからな」

ブルームハルト大尉が、好戦的な眼光をむけて一歩踏みだしたが、水平に突きだされた連隊長の腕が、彼の前進をはばんだ。

「やめろ、ブルームハルト、二年後はともかく、現在《いま》はまだお前では奴に勝てん」

「そうだ、ひっこんでいるんだな。尻に卵の殻《から》をくっつけたひな鳥が」

ブルームハルトが抗議しようとしたとき、シェーンコップはすでに前進し、リューネブルクとのあいだに戦斧《トマホーク》をまじえていた。

床を蹴ったのは同時、戦斧《トマホーク》を一閃させたのも同時だった。ふたつの兇器は触れあったが、激突するというより擦過《さつか》しあって、神経をそぎとるような擦過音とともに、火花の泉を湧きおこした。〝薔薇の騎士〟のふたりの連隊長は、とびちがい、反転し、文字どおり殺人的な斬撃を応酬しあった。苛烈をきわめる闘いは、だが、意外に短かった。一撃ごとに、両者が巨大なエネルギーを費い、消耗した結果であったろう。すさまじい斬撃が空を切ったとき、リューネブルクに小さな隙が生じた。

「そこまでか、リューネブルク！」

声と斬撃と、どちらがより強烈であったか、とうてい瞬時で判断しえるものではなかった。熱く、重く、破壊力と殺意にみちた衝撃が、リューネブルクの右半身で炸裂した。リューネブルクは、のけぞり、よろめいたが、その場をうごかなかった。むしろ、シェーンコップのほうが、みずからの斬撃の余勢で、大きく平衡を失い、泳ぐ足を踏みしめねばならなかった。

リューネブルクの右腕は、肩口から吹きとばされていた。奔騰した血液は、宙に鮮紅色のカーテンをかけたあと、暗く沈んだ色調のカーペットとなって、床に拡散した。半永遠とも思われる数秒のあいだ、致命傷をうけたにもかかわらず、リューネブルクはその場に佇立《ちょりつ》していたが、わずかに身をよじると、落雷をうけた大木のように倒れこんだ。

シェーンコップが姿勢と呼吸をととのえ、敗者に低い声を投げかけた。

「なにか言うことがあるか？」

急速に死へと心身が傾斜するなかにあって、敗者は、むしろ傲然と勝者を見返した。

「そうだな、ひとつだけ言っておこう。きさまの技倆が上がったのではないぞ、シェーンコップ、青二才よ。おれの力量が衰えたのだ。でなくて、おれが負けるわけはない」

「……そうかもしれんな」

率直に、シェーンコップは、先々代連隊長の豪語を認めた。リューネブルクの瞳から、急速に光が失われ、それに比例して流血の量が減少した。

「……エリザベート、おれは死んでやる。おまえを解放してやるから、あとは好きなようにするがいい」

それは声にはならず、唇の微動として発現しただけで、誰にも知覚されることなく、宙に消えていった。

血の泥濘《でいねい》に横たわったリューネブルクの遺体を、シェーンコップは黙然と見おろした。リンツとブルームハルトが、第一三代連隊長の左右に寄りそい、なにか言おうとしたとき、機先を制する語が発せられた。

「敬礼しろ。ともかくかつては、おれたちの指揮官だった男だ。勇敢で有能だった……」

欠点にはあえて触れず、シェーンコップはみずから率先して敬礼をほどこした。彼は疲労に似た重みを両肩に感じていた。こういうときは、彼に無言の理解と共感をしめしてくれたであろう、あの女性に会いたかった。ヴァンフリート4＝2において彼が失ったものは、小さくなかったのである。

リューネブルクの死は、それが帝国軍首脳部によって公認されるまで、まる二四時間を必要とした。補給と兵士の休息のため、一時、要塞に帰投したラインハルトは、彼を探していたケスラーに放送で呼びだされた。オーディンから、ある報告がとどいたという。

「吉報か？」

「とは申せません、残念ながら、訃報《ふほう》でしてな」

ラインハルトは、思いあたることがあってかたちのいい眉をわずかにうごかした。

「グリンメルスハウゼン大将閣下が亡くなったのか」

「ちがいます」

返答は簡潔だったが、それがラインハルトの想像力を悪い方向に刺激して、金髪の若者は、顔色を変えかけた。帝都にある姉のことを、彼は考えたのだ。明敏にそれを察して、ケスラーは片手をふってみせた。

「いえ、ミューゼル少将、姉君グリューネワルト伯爵夫人はご健在です。亡くなったのは内務省警察総局次長ハルテンベルク伯爵です」

「……？」

「伯爵は妹たる女性に殺害されました。ちなみに、伯爵の妹とは、リューネブルク少将の夫人エリザベートのことです」

沈着で理性に富んだケスラーの声が、ラインハルトの聴覚全体に谺《こだま》をひびかせた。彼は蒼氷《アイス・》色《ブルー》の瞳におどろきと好奇をこめて、相手を見つめ、瞬間、要塞の外で展開されている流血を忘れた。

第八章　千億の星、ひとつの野心

Ｉ

補給と休息のためにあたえられた六時間は、まだ一割も消費されてはいなかった。ラインハルトは、タンク・ベッドでの睡眠を延ばして、ケスラーに事情を聞いた。いずれにせよ、しばらく戦闘で彼の出番はなかったし、好奇心を刺激されてもいたのだ。

士官用の小談話室のひとつに、ラインハルトとキルヒアイスを迎えて、ケスラーは語りはじめた。

「もともと、エリザベート・フォン・ハルテンベルク伯爵令嬢が、カール・マチアス・フォン・フォルゲンを恋したことが、すべてのはじまりなのです」

カール・マチアスは、およそ社会だの人生だのをまじめに考えたことのない青年で、ものの役にたつことはなにひとつできなかった。いちおう軍隊に身をおいてはいたが、前線に出るどころか、軍務省に出勤するのさえ、おこたりがちであった。

ただ、風采《ふうさい》がよく、談話がたくみで、乗馬と撞球《ビリヤード》とダンスの名人であり、服装の嗜《たしな》みがよく、女性にたいしてやさしかった。否、正確には、やさしいふりをするのが得意だったのかもしれない。彼がエリザベートに手をだしたのも、本気ではなかった。だが、エリザベートのほうは真剣であり、最初はかるくあしらっていたカール・マチアスは、やがてもてあましはじめた。それがさらに進化して、評判の遊蕩児も、本気になってしまった。彼自身、これまでの自分のありかた、生きかたに、疑問があったのかもしれない。

　本気にはなったものの、カール・マチアスは、まともに生計をたてる道を知らなかった。三〇歳ちかくまで、父親から金銭《かね》をもらっては散財《さんざい》するだけの人生であった。ところが、エリザベートの兄ハルテンベルク伯ときては、警察官僚がたまたま貴族の服を着ていると評されるかたぶつなのである。

　ハルテンベルク伯のほうからは、どうやって妹との生活をたてる気か、きびしく質問してくる。カール・マチアスは進退に窮した。エリザベートは、あなたとふたりならどんなに貧しい生活でもいとわない、と語り、それは真意ではあったが、観念的なおとぎ話にすぎないことを、さすがにカール・マチアスはわきまえていた。エリザベートが平民あるいはそれ以下の生活に耐えられるはずがない。

　カール・マチアスは、必要な金銭を、非合法的な手段によってえようとした。彼が手をだしたのは、サイオキシン麻薬の密売行為であったのだ。とにかく、彼が努力したことはたしかである。その情熱を正業にむけていれば、という批判もあろうが、架空の論議はさておき、とにかくカール・マチアスは、努力に比例する、あるいはそれ以上の成果をえた。一時的に大金を入手しただけでなく、系統化された中毒患者の大群は、永続的な利益を、彼にもたらしてくれるはずであった。

だが、ハルテンベルク伯が、彼の秘密を知ってしまったのだ。冷静にして沈着な伯爵も動揺を禁じえなかった。義弟となるべき男が、サイオキシン麻薬の密売業者であったとは。彼の視界は暗転したであろう。妹が不幸になるだけではない、有能な警察官僚として栄達してきた彼自身の未来も閉ざされてしまう。内務尚書の座どころか、不名誉きわまる麻薬事犯の縁故者《えんこ》として、貴族社会の嘲笑と、失脚とを身にうけねばならないのだ。

ハルテンベルク伯は、心からカール・マチアスを憎まずにいられなかった。といって、正面から難詰《なんきつ》して、自暴自棄の告白でもされたら、万事休すである。ハルテンベルク伯は、まずカール・マチアスの長兄、すなわちフォルゲン伯爵家の当主に、ひそかに事情をうちあけ、彼を陰謀の共同実施者にひきずりこんだ。やがて、ハルテンベルク、フォルゲンの両伯爵家から、軍部に圧力がかかり、カール・マチアスは会計士官として最前線へ送りだされ、名誉の戦死をとげたのである。

「……つまり、ハルテンベルク伯は、不名誉な秘密もろとも、妹の婚約者を葬るために、彼を戦場へ送りこんだというのか？」

「そういうことです。貴族社会、軍部、警察、すべてが協力しあって、カール・マチアスに非公然の処刑を宣言したのです」

カール・マチアスが平民であれば、法にもとづき、公然と死刑が執行されたであろう。貴族社会の一員であったゆえに、カール・マチアスは、〝名誉ある戦死〟を許されたのであった。彼は二階級を特進して少将に叙され、フォルゲン、ハルテンベルクの両伯爵家は、〝祖国のためにりっぱに戦って死んだ英雄〟のために盛大な葬儀をとりおこなったのである。

これで陰謀フーガの演奏が完全に終わったわけではなかった。婚前未亡人となったエリザベートは、人柄が変わってしまい、兄の勧めによって、やがてリューネブルクと結婚する。

「私にも、完全にはわかりませんが、推測すれば、伯爵は妹を彼なりに愛してはいたのでしょう。妹が廃人同様になったのを見かねて、かれはリューネブルクの求婚をうけいれさせたのではないでしょうか」

「だが、どうしてリューネブルクでなければならなかったのだ？」

それがラインハルトには解《げ》せなかったが、ケスラーの推理では、リューネブルクがつい先日まで敵の陣営にいた、ということも理由のひとつであったようだ。憎悪の対象としての夫を、兄は妹にあたえ、精神を活性化させるようもくろんだのではないだろうか。

「リューネブルク少将自身も、伯爵と似た心情をいだいたかもしれません。心を開かない妻にむかって、お前の婚約者を殺したのはおれだ、憎んでみろ、と言ったかもしれませんな」

だが、エリザベートの心は、愛憎いずれであれ、リューネブルクにはむけられなかった。彼女も、夫を愛するよう努力はしたようであるが、関係者全員にとって、それは徒労に終わった。そして、ついに、破局という題目の終曲が演奏されるにいたったのである。

この年、一二月一日、ハルテンベルク伯は、妹に招かれてリューネブルク邸を訪れ、カール・マチアスの死について責任を問われた。激しい口論のすえ、伯爵は席を蹴ったが、階段を降りようとしたとき、背後から突きとばされた。長身の伯爵が、女の細腕でもろくも突き落とされたのは、彼が口にしたコーヒーに薬物が混入されてあったためらしい。二〇段の階段を、まっさかさまに落ちた伯爵は、苦痛に耐えて起きあがろうとしたが、ひややかにそれを階上から見おろしたリューネブルク夫人は、自分を見あげる兄の顔めがけて、コスモスの鉢植えを投げおろしたのである。

「伯爵の顔は、血と肉の塊になって、原形をとどめなかったそうです」

ケスラーは、話をそうしめくくり、ラインハルトは索然《さくぜん》とした。だが、彼は、あることに気づいていた。

「待て、ひとつ得心がいかぬ点がある。リューネブルク夫人は、どうやって、自分の兄が、婚約者の死に責任があることを知ったのだ」

彼の質問をうけて、ケスラーは、テーブルの上で高級士官用のケースを開いた。

「それこそグリンメルスハウゼン大将閣下にかかわりあることです。これをご覧ください」

ケスラーの手には、頑丈に装幀《そうてい》された一冊の厚い文書があった。装飾のない黒い表紙が印象的であった。

「あの方は、七六年間の生涯で貯めこんだ多くの秘密、貴族社会や官僚界、軍部のさまざまな裏面の事情を、克明に記録しておいででした。それをまとめたものがこれです」

銀河帝国には検閲《けんえつ》制度があり、政治的あるいは社会的な大事件であっても、権力者たちに不利な実相が公表されることは、めったにない。それらについて、グリンメルスハウゼンは、知るかぎりのことを記述し、保管していたのである。そして、ちかきにせまった死に臨んで、そのごく一部を、エリザベートに明かし、彼女に彼女自身の結着をつけさせたのであった。

「卿《けい》はその記録をどうするつもりだ？」

「私の自由意思ではなにもさだめられません。あなたしだいです、ミューゼル閣下」

「おれ⁉」

思わずラインハルトは、公式の場にはふさわしくない一人称を使用してしまった。ケスラーは礼儀正しく、それを無視した。

「このグリンメルスハウゼン文書――仮にそう呼びますが、これをご老人は、あなたに遺託されました。自分の死後、ミューゼル閣下に処置をゆだねるように、と。そして私が使者の任をうけたのです。ミューゼル閣下に役にたててほしい、ということでした」

役だてる、とはどういう意味か。数瞬、ラインハルトが判断に迷ったのは、彼の知性がとぼしかったからではなく、発想法がことなったからである。ようやく理解したとき、ラインハルトは、単純な喜びを見いだしえなかった。グリンメルスハウゼンは、こう告げているのだ――この文書には、大貴族や高官どもの恥部や弱みが記されている。それを活用して、卿の立場を強化し、これからの戦いを有利にはこべ――と。老人は、ラインハルトの未来に、ある展望をいだいていたのだ。

「グリンメルスハウゼン閣下のご厚意には感謝する。だが、私は脅迫者にはならない。閣下が遺託してくださったことはありがたいのだが……」

彼は傍の親友に視線を送った。

「このキルヒアイスが知っている。私は軍人であるし、軍人としての器量と才幹とをもって、自分の未来を開きたいと思っている。大貴族や高官たちから憎まれるにしても、堂々たる憎まれかたでありたい。脅迫者として憎まれ、怨《うら》まれるのは、私の好みではない」

ケスラーはうなずいた。ラインハルトの返答を予期していたようであった。

「では、破棄なさいますか、この文書を？」

「いや……」

ラインハルトが頭《かぶり》をふると、頭髪が黄金の波をおこした。

「ケスラー大佐。私も卿を信頼しよう。グリンメルスハウゼン閣下が卿を信頼したようにな。ゆえに、卿に依頼する。この文書を封印し、保管してくれぬか」

「歴史が門閥貴族どもの独占物でなくなるときまでだ」

「いつまで、ですか?」

これは微妙でしかも重大な表現であった。現在の体制にたいする批判と、それを改革しようという意思のあらわれ。だが、具体的に、〝叛意〟を示唆《しさ》する表現は使用されていなかった。

いつかゴールデンバウム王朝の歴史全体が、検閲されることもなく、弾圧されることもなく、科学的に検証される日がくるであろう。否、ラインハルトがその日をもたらす。その意思を、彼は明示したのだった。ラインハルトの未来に託された、グリンメルスハウゼン老人の代償行為も、そのようなかたちで歴史に貢献することになるであろう。

「わかりました。おっしゃるとおりにいたしましょう。この文書は封印し、私が可能なかぎりの力をつくして保管します」

ケスラーは、おだやかさに確乎《かっこ》たるものをこめて言明し、その態度は、ラインハルトの信頼感を満足させるものだった。文書をもったケスラーは、この攻防戦が終われば、ただちにイゼルローンを離れるむねを語って、別離を告げた。

「オーディンにもどるのか?」

「オーディンにもどり、それから辺境星区のいずれかへまいることになりましょう」

「辺境星区へ!?」

ラインハルトのおどろきを、ケスラーは冷静にうけとめた。

「私はあまり軍首脳部から好まれておりません。グリンメルスハウゼン閣下の知己をいただいて、オーディンにとどまることを許されていましたが、それも閣下が亡くなるまでのことです」

辺境星区への赴任期間は、いちおう三年とされているが、軍首脳部に忌避され、辺境を転々として生涯を終える者も多い。自分も、おそらくそうなるだろう。ケスラーは自分の未来をそう予測してみせた。

「それで卿《けい》はいいのか？」

「よくはありませんが、軍首脳部の指示をくつがえす力は私にはありません。ただ、卑屈にならぬよう自己を律したいと思うのみです」

ケスラーは立ちあがって敬礼し、ケースをさげて身をひるがえした。彼の後ろ姿が遠ざかりかけたとき、ラインハルトは呼びかけた。

「ケスラー！　私は三年後には、現在《いま》よりもっと大きな力をえているだろう。そのときは卿をオーディンに呼びもどし、卿の力量にふさわしい地位に着いてもらう。だから、それまで待っていてくれぬか」

立ちどまったケスラーは、無言のまま、もう一度、端正な敬礼をほどこすと、踵をかえして歩き去った。

Ⅱ

第六次イゼルローン攻防戦は、終末ちかく、なお戦火を激烈なものとしつつある。

同盟軍のヤン・ウェンリー大佐は失望したように舌打ちの音をたて、黒ベレーをぬいで、くしゃくしゃの黒い頭髪をさらにかきまわした。やがて社会人としての自己認識がよみがえったか、手で髪をかたちばかりなでつけて、ベレーをかぶりなおす。彼は大佐であり、社会的にも地位を認められた（はずの）存在であるから、「大佐なら大佐らしくふるまってください」と、被保護者の少年に言われたのである。

このまま戦局が推移し、仮に両軍艦隊が消耗しつくして全滅したとしても、帝国軍にはなお無傷のイゼルローン要塞が残る。これは初級の算数である。当初の作戦案が、敵の一部隊の奇襲であっさり瓦解した、その時点で撤退すべきだったのだ、と、ヤンは考えているのだった。

ヤンは操作卓《コンソール》から視線を放し、旗艦のメイン・スクリーンをなかば肩ごしに見やった。暗黒の空間を背景に、数万の光点が点滅し、イゼルローンの巨大な球体は、虹色の光彩につつまれている。

通信が旗艦艦橋にはいった。

「駆逐艦エルムⅢ号、中破のため後方へしりぞきます。なお、艦長以下、搭乗員に死者なし……」

エルムⅢ号という駆逐艦の名が、ヤンの記憶巣を刺激し、彼は安堵の小さな息をついた。それは彼の後輩ダスティ・アッテンボローが少佐に昇進し、はじめて艦長として指揮した艦の名であったのだ。

第六次イゼルローン攻撃作戦は、このときまだ失敗に帰してはいなかった。

だが、失敗への傾斜路は、急速に角度をましつつあった。ヤン・ウェンリーの危惧が、事実となって具象化し、同盟軍の戦闘継続能力を蚕食《さんしょく》しつつあった。死者はもとより、負傷者によって病院船の収容能力は限界にちかづき、補給物資もいちじるしく減少している。後方参謀のキャゼルヌ准将は、際限ない物資要求の攻勢にさらされつづけていた。

「ミサイルがない？　食糧がたりない？　ああ、そうか。費えばそりゃあなくなるだろうよ。で、おれにどうしろというんだ⁉」

キャゼルヌは吐きすてたが、通信チャンネルを切ったうえでのことであった。人命もエネルギーも物資も、無限ではありえない。帝国軍はイゼルローンという巨大な補給拠点をかかえこんでいるが、同盟軍はそうではない。これだけでも充分に不利な状況だというのに、こうも用兵思想が混乱しているとあっては。

怒りや不満とはべつに、キャゼルヌは後方参謀としての責任をはたした。彼の指示にしたがって、ミサイルと医薬品、艦体修復システム、レトルト食品など、多ければ一万ダース単位の物資が必要な場所へ正確に送られたことを確認すると、キャゼルヌは自分の席を立って、ヤンの席へやってきた。

「どうだい、作戦参謀どの、帝国軍は気前よく、おれたちに勝たせてくれそうか」

「むりでしょうよ。敵にひとり気のきいた指揮官がいたら、おたがい、あの世で再会するしかありませんね」

「そんな才人が帝国軍にいるかね？」

「吾々《われわれ》は、かつてリン・パオ、ユースフ・トパロウルという偉大な先人をもちました。一五〇年たって、帝国軍が、彼らの生まれかわりを手にいれることだってあるでしょうよ」

もっとも、能力と権限との均衡がとれないかぎり、偉大な将帥も実績において偉大ではありえない。現在のところ、帝国軍の首脳部は、同盟軍のそれといい勝負だった。

それにしても、もうすこしやりようがありそうなものだ、という気がする。ヤンは、戦争が嫌いだと公言しているくせに、戦争の実施レベルで愚行がおこなわれていると、つい口をだしたくなってしまうのだ。わが軍の総司令部は、個人的な武勲を集積して、戦術的勝利を手にいれ、戦術的勝利を合算して、戦略的成功をおさめる気でいるのだろうか。

だとしたら用兵学など必要ないな、と、ヤンは皮肉っぽく考えた。ある意味で、実戦とは用兵理論の証明行為である、という考えがヤンにはあるし、キャゼルヌにいわせれば、需要と供給との経済行為ということになるかもしれない。

キャゼルヌ准将やヤン大佐の考えとはべつに、戦争における個人プレイを技術から芸術にまで高めようという、不敵な小集団が同盟軍には存在する。〝薔薇の騎士《ローゼンリッター》〟以外に、その傾向が強いのは、単座式戦闘艇スパルタニアンのパイロットたちである。ことに、第八八独立空戦隊に所属する四人組《カルテット》は、みずからをカードのエースになぞらえ、戦闘ごとに撃墜数をきそって賭をするという噂だった。事実にもとづく噂である。この戦いでも、母艦からの出撃直前、四人はウイスキーをまわし飲みして景気をつけていた。

「生き残った奴が、勝手に歴史ってやつを書くんだ。そう簡単に死ねんぜ」

〝スペードのエース〟ウォーレン・ヒューズ中尉が、ポケットウイスキーの瓶を、仲間めがけて投じた。やせ型で、あごと鼻のとがった、茶色の髪の青年である。

〝ダイヤのエース〟サレ・アジズ・シェイクリ中尉が、その瓶をうけた。あわい褐色の肌、黒い巻毛、黒い目の若い撃墜王《エース》は、かるく瓶をかかげ、ひと口飲んで、大きくむせた。僚友たちの、からかうような笑い声をうけて苦笑すると、みずからも瓶を投じる。

〝クラブのエース〟イワン・コーネフ、〝ハートのエース〟オリビエ・ポプランの両少尉が、同時に手を伸ばして瓶をつかもうとしたが、ぶつかりあった手の上で瓶がはね、床に落下する直前、ヒューズがたくみにそれをすくいあげる。

「そのていどの反射神経で、よくまあこれまで生きのびてきたもんだな」

「きれいな天使の加護があるんでね、お前さんとちがって」

「知ってるか、酔っぱらい操縦は、軍の禁令《ごはっと》だとよ」

「素面《しらふ》で戦争ができるとは、たいした連中だぜ。だから出世するんだな」

毒舌を投げつけあいながら、ヘルメットをパイロット・スーツに装着し、愛機に駆けよる四人組であった。やがて管制室から発進許可の通信がとどき、母艦のゲートが開いて、星と艦艇の大海を矩形《くけい》に切りとる……。

個人プレイの妙技は、各艦の艦長レベルでも、いくつかの例を見いだしえた。

帝国軍のカール・グスタフ・ケンプ大佐は、回頭しつつ主砲を斉射するという大胆きわまりない方法で、同盟軍部隊の浸透をくいとめ、二隻の戦艦を大破、戦闘不可能の状態におとしいれた。金属粒子の煙を噴きあげ、艦内火災を生じて離脱する二隻。その復讐のため、同盟軍の数艦が肉迫して、同時に荷電粒子砲のビームを集中させてくる。巧妙な操艦でビームをかわしたケンプは、総司令部に援護をもとめたが、余力なしと応答され、くんでいた太い腕をほどいて吐きすてた。

「そうかそうか、よくわかった。戦争はおれがやると総司令官に伝えろ。安全な壁のなかにいる奴に、なにができる!?」

通信オペレーターが気をきかせて回路をカットしたので、ケンプの激語は、総司令部にとどかなかった。けっきょく、ケンプは被弾しつつも自力で敵中からの離脱をはたした。

ひとたび混戦状態におちいった以上、同盟軍は、むしろこの状態を利して、〝雷神《トゥール》のハンマー〟を使用させぬままに、全軍を撤退させるべきであったろう。グリーンヒル大将はそう思ったが、実行は容易ではなかった。まず緻密な戦力分離が必要であろう。

これほど両軍が統一と統制を欠きながら、死と破壊だけが量産されていく。手段じたいが目的と化した戦争の愚劣さが、イゼルローン回廊の一角に集約されたかのようであった。

その愚劣さのなかで、死と戦慄のゲームを楽しんでいる者もいる。局外に身をおくことがかなわぬ以上、手腕のかぎりをつくして、状況を楽しむしかない、と、考えているのであろうか。ヒューズ、シェイクリ、ポプラン、コーネフの四人組は、愛機を駆って母艦を躍りだしてから、すでに合計一〇機の敵――帝国軍の単座式戦闘艇ワルキューレを、虚空の墓所に葬りさっていた。

「どうした、ポプラン。まだ一機しか墜としてないぞ。お前さんのひとり負けらしいな」

その通信が、回路をはしった直後に、オリビエ・ポプランが、ほかの三者の眼前で、銃火を二閃させた。ふたつの爆発光。たちまち彼の犠牲者は、ほかの三名のそれにならぶ。

「おれは自分が損をするのはいっこうにかまわないが、他人が得をするのは耐えられない性分《しょうぶん》なんでね！」

「そういうのを、貧乏人のひがみというんだ。ポプラン家は息子の人間形成に失敗したな」

彼らは他者の生命をもてあそんでいるつもりはない。彼らは自分たち自身の生命をも、ゲームの超越的支配者にさしだしている。いつか、彼らより卓越した撃墜王《エース》が敵軍にあらわれたとき、彼らは愛機もろとも火球となって四散するであろう。いつかかならずその日がくる。それを彼らは信じており、せめてその日がくるまで、陽気さを失わない生きかたをしたいと思うのだ。

Ⅲ

無数の小さな武勇談を織りこみつつ、第六次イゼルローン攻防戦という一枚のゴブラン織が、血と炎の色に織りあげられていく。

「もしかすると、このまま、戦況が停滞して、年をこしてしまうかもしれんぞ」

そう危惧する者もいたが、生き残った者にはどうやら故郷で新年を迎える権利があたえられそうであった。一二月六日、同盟軍はさんざん苦労しながらも、全軍の過半を混戦域の外縁で再編し、たくみな挟撃態勢をととのえたのである。

これを成功させたのは、作戦参謀ヤン・ウェンリー大佐の功績であった。ごく一部では、彼は脳髄の一隅に小さな魔法のランプを隠しており、ランプの魔神がたまたま眠りから覚めたときだけ、他者を驚歎させる作戦案を考えつくのだ、とささやかれていた。もっとも、この魔神は、一年のうち三五〇日ほどは眠ってすごしているようであるが、いまは起きて活動しているものらしい。

だが、それも、参謀長グリーンヒル大将が、彼の作戦案を採用してくれたからである。参謀長の指示によって、同盟軍は、イゼルローン要塞の右側——回廊の同盟側出入口方面から見て右側ということである——に火線を構築し、三度にわたる集中砲火によって、帝国軍のかなりの数を、〝雷神《トウール》のハンマー〟正面宙域に押しこんでしまった。そして左側面からの機動的な波状攻撃によって、帝国軍にすくなからぬ損害をあたえた。二時間にして、帝国軍は、過去の二四時間をこえる質と量の損害をこうむったものである。

正式の休息を終えたあと、ラインハルトは再出撃命令がくだされぬまま、イゼルローン要塞内で待機をつづけている。ヘルマン・フォン・リューネブルク少将の戦死と、大将への二階級特進が帝国軍総司令部によって公認されたことを、キルヒアイスが報告したとき、ラインハルトは、コーヒーカップをにぎる手を、ミクロン単位で揺らした。

「そうか、リューネブルクがな」

声にだしてのラインハルトの反応は、その一言にとどまった。

憐憫《れんびん》されて喜ぶようなリューネブルクではないであろう。ラインハルトには、一七歳年長の、逆亡命してきた男を全面的に理解するなど不可能なことであったが、その一面だけはたしかに把握していた。ラインハルトの精神を構成する多面体にも、その一面が存在したからである。ラインハルトは、死者の記憶を脳細胞の一部に封じこめ、生者のための作戦立案に意識を傾注《けいちゅう》した。

　同盟軍はグリーンヒル大将の指示による作戦行動で、戦線を拡大した。ことに、ホーランド少将の分艦隊は、柔軟で機動性をきわめた艦隊運動により、帝国軍の陣列に突入すること三度、陣形を攪乱しては、そこへ火力を集中して、はなばなしい戦果をあげ、ホーランドは勇名をはせるにいたる。

　だが、同盟軍全体のこの攻撃は、帝国軍イゼルローン駐留艦隊に所属したばかりのふたりの准将によって阻止された。この年二七歳のオスカー・フォン・ロイエンタール、二六歳のウォルフガング・ミッターマイヤーは、麾下にそれぞれ一六〇隻の砲艦とミサイル艇を保有しているにすぎなかったが、これを巧妙に配置し、かつ機動的に運用して、おどろくべき戦果をあげたのである。

　むろん、圧倒的な兵力差がある以上、彼らの抵抗が長期にわたってつづくはずもない。五〇分にわたって敵を翻弄すると、ふたりの青年准将は、すばやく後退して、イゼルローンの後背に撤収してしまった。

　第六次イゼルローン攻防戦の、第二の特徴は、ことに帝国軍において、三〇代以下の若い指揮官たちが、個々に武勲をかさね、武名をあげたことにあるであろう。年輩の指揮官で、地位と名声にふさわしい功績をあげたのは、ウィリバルト・ヨアヒム・フォン・メルカッツ大将ぐらいのものであった。

「無能な上官どもが死に絶えれば、あらたな才能が出番をあたえられる。だとすれば、この凡戦にも意味があるか」

すでに、中将に昇進するにたるだけの武勲を、この無秩序な会戦において、ラインハルトは樹立している。だが、彼の資質は、小さな、区々たる武勲などに満足しえなかった。彼ひとりが目だてばよい、という辛辣な気分もあったが、戦略と戦術の天才児たる精神的な要素が、現状に納得しないのである。

「同盟軍と称する叛乱軍の奴らは、未来永劫、この宙域で戦っているわけにはいかんのだ。一軍をもって突出させ、奴らの退路を遮断すればよい。いや、そう見せかけるだけでよいのに、なぜそうしないのか⁉」

自問自答に耐えかねて、ついにラインハルトは、おせっかいをすることにした。総司令官ミュッケンベルガー元帥にたいする上申書をしたため、それを元帥あてに送付したのである。充分に形式はととのえたのだが、参謀のひとりシュターデン少将からその上申書をうけとったミュッケンベルガーは、急角度に眉をあげた。

「こざかしい金髪の孺子《こぞう》めが、上官にたいして差出口《さしでぐち》をたたくか。おとなしく命令に服しておれば、波風もたたんものを」

ミュッケンベルガー元帥が、ラインハルトにたいして、はじめて怒ったのは、このときであったかもしれない。これまで、ミュッケンベルガー元帥とラインハルトとのあいだには、いくつもの地位と人の障壁がそびえ立ち、年齢はわずか一八歳、階級はたかが少将、家門は零《ゼロ》以下、などという、帝国の体制中枢にあるまじき異端者の存在など意識する必要がなかったのだ。ただ、ミュッケンベルガーは、ラインハルトが偏見をもって眺めているほど、無能ではなかったので、彼の進言が戦理《せんり》にかなっていることを認めざるをえなかった。そこで、元帥は、老獪《ろうかい》な方法で、事態を処理することにしたのだ。

シュターデン少将をつうじて、元帥の返答はラインハルトにもたらされた。卿《けい》の進言を可とするも、なお成功の可能性に疑問あり。卿自身をもって作戦実行の責任者に擬《ぎ》する意思あれば、総司令部は、協力をおしまないであろう、と。自分でやってみろ、ということであった。

「おやりになるのですか、ラインハルトさま」

「キルヒアイスはどう思う?」

「おやりください、ラインハルトさま」

「キルヒアイスもそう思うか?」

短い、個性に欠ける対話のようでいて、思考の波長が完全に同調しているので、長い会話も豊富な表現も必要ではないのである。

ラインハルトは自分の作戦行動に自信をいだいていたし、作戦立案に付随する責任を回避するつもりもなかった。本来、考慮の余地もないところなのだが、ラインハルトの弱点は、彼自身の能力ではなく、彼の指揮下に隷《れい》する兵力が二〇〇〇隻余しかない、その点にある。見殺しにされてはたまらない。だが、キルヒアイスとふたりなら、その危険も、克服できるだろう。

ラインハルトが実行を承諾したので、元帥は、作戦を許可せざるをえなくなった。

「よし、とにかくやらせてみろ。奴が失敗したら、べつの手段を考えればよい」

ミュッケンベルガーは断をくだした。ラインハルトの失敗を望む、あるいはそれをもくろむところまで、彼の敵意はいまだ深刻ではなかったのだ。それに、だいいち、現在のぶざまな戦況をどうにか収拾し、処理しなくては、ミュッケンベルガー元帥自身の地位や声望が、変動をきたすこともありえるのだ。たとえば、軍の一部には、ミュッケンベルガーよりメルカッツ大将あたりの実績と指揮能力とを高く評価する声も存在するのである。ミュッケンベルガーがあまりに腑甲斐なければ、宮廷や帝国政府の意向もどう変わるか知れたものではない。

こうして、さまざまな事情が、ミュッケンベルガーの決断をうながし、ラインハルトに機会をあたえ、第六次イゼルローン攻防戦に終熄の刻《とき》をもたらすことになった。

Ⅳ

　同盟軍の姿勢は、やや消極的になっている。一二月七日から九日にかけての攻勢が失敗すると、致命的な損失をうけぬうちに回廊から出て撤退すべきである、との意見が総司令部において主流となりつつあった。たとえ強硬論を主張したところで、具体的な打開策を提示しえない以上、説得力をもちえない。

「ヤン大佐の意見では、もはや撤退すべしということです。先日、彼が提案したところによると……」

　言いかけたグリーンヒル大将を、総司令官が制した。

「ちょっと待ってくれんか、参謀長、貴官の言いかたでは、ヤン大佐はすでに、撤退案を考えていたようだが、そうなのかね」

　ロボス元帥はそう確認せずにいられなかったが、グリーンヒル大将の返答はイエスであった。ヤン・ウェンリーは、六年前、エル・ファシル星域で武功を樹《た》て、同盟軍の不名誉を救った男で、今回も彼の構想力と識見に期待してよいのではないだろうか。

「エル・ファシルの件は、しょせんまぐれにすぎん、とする意見が多いようだが、その点に留意したのかね、貴官は？」

　ロボス元帥は、ことさらヤン・ウェンリーという〝まちがって軍人になった〟青年を嫌っているわけではない。同盟軍の中枢にいるこの職業軍人には、一部のなかば個人的な幕僚を信頼しすぎるという悪評があったが、頑迷というほどでもなかった。

　グリーンヒル大将のほうは、ヤンを信頼するというより、黒髪の青年大佐が今回の作戦でしばしばしめした智略のさえに期待しているのだった。ゆえに、ヤンが彼自身の思案とことなる作戦案や見解をしめしたときには、それをしりぞけており、とくにヤンをひいきにしているわけではない。

　なおロボス元帥がなにか言いかけたとき、索敵オペレーターから、あわただしい緊張にみちた連絡がはいった。

「報告いたします。イゼルローン要塞を出撃した帝国軍の一部隊、総数二〇〇〇隻ないし二五〇〇隻と算定されますが、戦域を斜行してわが軍の後背に出、退路を絶《た》つかに思われます」

　一瞬の沈黙に、ロボス元帥の舌打ちがつづいた。

「そいつはまずいな。グリーンヒル大将、ヤン大佐はこの件も予測していたのかね」

「いくつかの予測のなかに、たしかにありましたな」

「ふむ……」

　ロボス元帥は、肉の厚いあごに片手を埋めて考えこんだ。小さな目の奥で、生体計算機が高速回転しつつあった。

一二月九日二二時の時点で、帝国軍および同盟軍の戦死者は、ともに三〇万人台に達している。仮に、〝雷神《トゥール》のハンマー〟の発動がすでにおこなわれていたとすれば、同盟軍の戦死者はさらに増大し、帝国軍のそれは減少していたであろうから、この時点まで同盟軍としては、りっぱに善戦したといってよく、ここで無事に帰還をはたせば、ロボスの指揮能力にたいする評価は向上するであろう。

ロボスがそう打算の数式をたてたとしても、非難されるいわれはないであろう。これ以上の戦死者をださないよう決意したとすれば、むしろ賞賛に値する。彼自身がそこまで考慮したとしても、である。

正しい数式が成立したとすれば、つぎはそれを実施せねばならない。帝国軍と戦いつつ、〝雷神《トゥール》のハンマー〟の射程外に全軍を離脱させねばならないのだ。容易な事業ではないが、ロボスは今日まで、その事態処理能力をそれほど低く評価されてはいなかった。その真価が、いま、ためされるのかもしれない。

ラインハルトの目的は、混戦域の外に出て、同盟軍の退路を絶つと見せかけることであった。そのため、針路の左右に展開する同盟軍には目もくれず、敵の分布が薄い宙点《ポイント》を選定しては、それを結ぶように、快速で疾走していった。その天翔《あまか》ける速さは、当然ながら同盟軍の注意をひき、彼らはこのこざかしい敵を捕捉撃滅するという強烈な欲望に身ぶるいした。

「逃がすな！　追え！」

眼前の戦術的利益にとらわれて大局を見ない者と、それを凌駕する者との差が、ここにあらわれているであろう。同盟軍の各指揮官は、ラインハルトの小艦隊を捕捉撃滅しようと、艦首をひるがえして殺到してきた。

その第一波が、巧妙な斜線陣からの集中砲火で粉砕され、第二波が攻勢をかわされると、同盟軍の戦意は、ほとんど逆上の域まで急上昇して、小癪《こしやく》な敵をたたきつぶすことに夢中になった。

同盟軍総司令部の一部から危惧の声があがった。

「二〇〇〇隻ていどの数で、わが軍の退路を遮断することはできない。あれは囮です。帝国軍の目的は、自軍とわが同盟軍との戦力を引き離すことにあります」

ヤン大佐は洞察し、断定した。ただ、不確定要素が、いくつか存在する。囮としても、たかだか二〇〇〇隻という数では少数すぎる。混戦域を突破しえず、敵の砲火と物量の前に、解体されてしまうかもしれない。あるいは、功をあせった何者かの個人プレイに属する行動であろうか。だとしても、同盟軍の退路を遮断しようとみせかける戦略的構想と、混戦域のなかを高速で突破していく戦術的洗練は尋常なものではなかった。さらには、大軍の心理的弱点を、無名の敵将は、完全に把握している。少数の敵軍に翻弄されるほどの屈辱はなく、大軍が瓦解するとすれば、第一歩は、この屈辱感が全軍の統合的運用を混乱させることにあるのだった。この事態にたいし、いちおうヤンには解決策がある。

「混戦状態のまま、雷神《トゥール》のハンマーの射程外に出て、そこで相互の戦力を引き離し、急速撤退する」

これを実行するには、戦術的洗練の極致を必要とする。ヤンにとっては、それが最大の障壁であった。彼が、いかに戦理にかない、しかも敵の心理の盲点を突くような作戦を考案しても、それが完全に実行されないかぎり、並行宇宙《パラレル・ワールド》の夢想でしかないのである。

ヤンは自分で感心するほどの熱意をもって上申をさらに二度くりかえした。だが、ロボスは自分なりの思案をいだいて、若い幕僚の進言を喜ばなかったし、三度めの上申は、すでに時おそく、状況に干渉する機会を失っていたのである。

「追ってきたぞ、キルヒアイス、奴らは罠にかかった」

ラインハルトの表情も声も、昂然たる光彩にみちて、不安や危機感は分子レベルですら存在しないようにみえる。わずかに、演技の一面はあった。キルヒアイスをのぞくすべての幕僚、すべての兵士を、ラインハルトは服従させ、みずからの手足よりも確実にうごかさなくてはならなかったのだ。

「卿《けい》ら、わずかの狂《くる》いもなく、わが節度にしたがえ。ことごとく、わが命令、わが指示に服従して、誤ることなきようにせよ。卿らにとって他の途《みち》はないのだ。これを銘記せよ！」

お前たちが生きて還れる方法を、自分だけが知っている。そうラインハルトは言いはなち、全面服従を要求したのだ。彼の部下、約三五万人の兵士は、それにしたがうしかなかった。反感をいだいたり、サボタージュにはしったりすれば、当人が戦死をまぬがれない。この光彩にみちた若者の力量を信頼する以外にないのである。フリッツ・ヨーゼフ・ビッテンフェルト大佐などは、

「顔がとびぬけていいんだから、頭がそれにつりあっているよう祈ろうぜ」

と、漆黒《しっこく》に塗装された自分の乗艦で、部下たちに語ったものであった。

部下たちの反応は、ラインハルトを満足させた。彼の苛酷なまでの命令は、迅速に実行されて間隙を生じなかったのである。

「だが、もし見殺しにされたら……」

その危惧は絶無ではなかった。このまま同盟軍がラインハルト部隊を蹂躙《じゅうりん》してそのまま去るにまかせる、というのも、帝国軍としては、ひとつの選択肢なのである。

「もしミュッケンベルガーがその手段を採るとしたら、奴の冷酷さはゴールデンバウム王朝を救うことになるな」

それは皮肉という表現をこえた認識であった。ラインハルトの成功と栄進は、ゴールデンバウム王朝の命脈《めいみゃく》にとって、じつは大いなる兇兆であるのだった。黄金の髪をかがやかせた若者は、ゴールデンバウム王朝を打倒し、ルドルフ大帝の子孫を地にひきずりおろすためにこそ、

戦い、勝利しているのであったから。

だが、帝国軍は、将来の帝位簒奪者を援護するため、指揮系統の混乱した同盟軍にたいして、攻勢に出た。その光景を戦術スクリーンで確認して、ラインハルトは、わが意をえた。

このとき帝国軍を直接指揮していたのは、ウィリバルト・ヨアヒム・フォン・メルカッツ大将で、その戦術指揮は華麗ではなかったが隙がなく、確実をきわめた。混戦を激化させることをさけ、慎重に距離をおいて、砲撃によって同盟軍の後背をたたきはじめたのだ。これらの事情が交錯するあいだに、戦場それじたいが、イゼルローン要塞から離れだしていた。しかも、帝国軍の巧妙な戦闘運用によって、混戦は追尾戦へと変化しつつある。

「あの部隊を追うのはけっこう、イゼルローンから撤収する契機となります。ですが、あくまでも帝国軍との接近戦状態を持続しませんと、雷神《トゥール》のハンマーの好餌《こうじ》となってしまいますぞ。戦いつつ、敵をひきずるのです」

グリーンヒル大将は、ヤン大佐の、また大将自身の意見を、そうロボス元帥に伝えた。

だが、現実には、戦いつつひきずられているのは、同盟軍のほうであった。ラインハルト・フォン・ミューゼルという固有名詞を知りようもないにせよ、二〇〇〇隻の小艦隊をこれほど巧妙に駆使して、同盟軍の大兵力に拮抗《きっこう》し、翻弄している。たんなる小細工の名手で、一〇〇〇隻単位をうごかすていどの器量なのだろうか。それとも……それとも……。

「もしかしたら、あの部隊の指揮官は、先月、回廊でとり逃がしたあの敵将と、同一人物かもしれんな」

そう思ったとき、戦慄の氷刃がグリーンヒル大将の精神世界を、アイススケートのように滑走していった。彼はひとつ身ぶるいすると、助言をもとめて周囲を見まわした。彼がこのときもっとも期待していた人物――ヤン・ウェンリー大佐は、操作卓《コンソール》の上に両足を投げだし、黒ベレーを顔にかぶせて眠っているようであった。

グリーンヒル大将は、どなりはしなかった。彼は同盟軍で随一の紳士だった。どなりはしなかったが、この瞬間、彼は、自分がヤン・ウェンリーを買いかぶっていたと思った。そして、その考えを変えるのに、まる一年以上を必要としたのである。

ヤンとしては、自分に作戦の選択・実施権限がない以上、もう今回は出る幕なしと見限ってしまったのだが、この失態のため、その後の人生航路に影響が出ることになるかもしれない。

艦外では、一秒ごとに帝国軍と同盟軍との位置関係が激変しつつあった。遠くからその光景を見れば、蛍《ほたる》の大群が急流にのって疾走するようにみえたかもしれない。指揮の統一を欠く追撃戦は、かならず加速し、暴走する。しかも、ばかばかしいことに、たった二〇〇〇隻を三万隻が本気で追い、鋭い巧妙な逆撃で出血をしいられ、ますます猛《たけ》り狂って、これをたたきつぶそうとするのである。

この狂態に冷水をあびせたのは、ひとりのオペレーターの声であった。

「見ろ！　イゼルローン要塞を！」

それは報告ではなく、悲鳴だった。そして、その意味を理解しえない者は、この戦場には存在しなかった。イゼルローン要塞の一点に、充填されつつあるエネルギーの、ひときわ白いかがやきが点じられ、急速に膨張しつつあったのだ。

〝雷神《トゥール》のハンマー〟が、ついにその存在意義を主張しはじめたのである。驚愕と戦慄は、光速にひとしい速度で、両軍将兵の精神回路をかけぬけた。

「キルヒアイス！　全部隊、急速上昇せよ。回廊の天頂方向へ、全速力だ。天井にはりつけ！」

ラインハルトでさえ、余裕綽々《しゃくしゃく》というわけにはいかなかった。キルヒアイスが伝達した命令は、前例のすべてにまさる真剣さで順守された。ラインハルト部隊に倣うように、同盟軍の艦艇も、必死の回避をこころみて、回廊周縁部へ散開する。

光が炸裂した。

白くかがやく巨大な柱が、回廊を直進していった。数千の艦艇が黒い影絵と化して消滅した。直撃をうけなかった光柱の周辺部では、無数の小爆発が生じ、艦体は引き裂かれ、火球と化した。小さな小さな光の粒。その粒ひとつが、一〇〇単位の生命を代価として要求したのである。

一撃で虚無の円柱と化した回廊の中心軸を、第二の光柱が走りぬけていった。あらたな犠牲者は出たが、それは、ほとんど象徴的なものであった。勝利の象徴、敗北の象徴、そしてイゼルローン要塞の難攻不落を、宇宙の深淵に刻印する象徴であったのだ。

V

一二月一〇日一七時四〇分。第六次イゼルローン要塞攻防戦は、自由惑星同盟軍《フリー・プラネッツ》の全面退却をもって終熄した。同盟軍の戦死者は七五万四九〇〇名、帝国軍のそれは三六万八八〇〇名。同盟軍はイゼルローン要塞攻略という戦略上の目標を達しえず、死者数においても敵を凌駕した。〝雷神《トゥール》のハンマーが発動するまでは互角に戦った〟という、戦術レベルでの自己満足のみが残り、それとひきかえに、一都市の全人口にひとしい生命が失われたのである。それを補充するために、同盟軍の徴兵《ちょうへい》部門は、多くの市民を、職場や学校からかき集めなくてはならないだろう。帝国軍は、それよりはややましであるにせよ、やはり一〇万単位の新兵を徴募《ちょうぼ》しなくてはならない。そして、民主共和政治と、専制君主政治との存亡を賭けた戦いを、なおもつづけることになるのだ。死者の数にたじろいでいては、戦争などできない。敵兵にも家族や恋人がいるだろうと想像するようでは、人殺しなどできない。誰かのやさしい恋人の咽喉を銃剣でえぐり、誰かの愛する夫の眼にビームを撃ちこみ、赤ん坊をだきあげて頰ずりするであろう父親の脳天を戦斧《トマホーク》でたたき割る。それが戦争である。そして、兵士たちにそうしろと命じる者、戦争反対者を非国民とののしる者は、つねに安全な場所で戦争による利益を独占している……。

ヤン・ウェンリー大佐の気分は快適とはいえなかった。操作卓《コンソール》に両肘をつき、両手であごをささえて、思索《しさく》の浴槽に首までつかっている。

ヤン・ウェンリー大佐は、作戦参謀としていくつかの戦術案を提示し、功績をたてた。首都ハイネセンにもどれば、おそらく准将に昇進するであろう。グリーンヒル大将の失望をかったため、統合作戦本部や宇宙艦隊総司令部のような軍中枢にはおいてもらえないであろうが。

同盟軍のヤン・ウェンリーと、帝国軍のラインハルト・フォン・ミューゼルとは、その資質に共通した面を有していた。地位があがるほど、権限が大きくなるほど、その才幹は光をますにちがいない。

だが、ヤンは戦争の実行者であるより構想家であり、構想家であるより哲学者であり、哲学者であるより批判的観察者であった。それは、ラインハルト・フォン・ミューゼルの資質と、完全に反比例するものであったかもしれない。そのことをヤンが自覚するのは、やはり一年以上、経過してからである。ヤンは超絶的な予言者ではなく、過去と現実を解析して理論的に未来を予測する。ゆえに、あのとき、グリーンヒル大将に回答をもとめられても、確答はしえなかったであろう。

アレックス・キャゼルヌ准将が、総司令部におけるヤンの評価を教えてくれた。

「お前さんは運のいい男だそうだ。エル・ファシルのときもそうだったが、他人が恥をかくときに、すこしだけましな働きをして点をかせぎ、昇進をはたすとさ」

酷評であるが、ヤンは怒気を発しなかった。むしろ感心したほどである。たしかにそういう一面はある。エル・ファシルでもそうだった。他人が失敗するとき、彼は成功し、その落差が彼を今日の地位までひきあげてきたのではなかったか。

「コーヒーを飲まんのか。冷めてしまうだろう」

「ユリアンがあまりおいしいお茶をいれてくれるので、軍隊のコーヒーがますますまずく感じられて、こまりますよ」

「生きて還る大きな理由ができたじゃないか、感謝しろよ」

「そうですね」

「なんだ、元気がないな、どうした?」

「いえね、もし私にもうすこし地位と権限があったら、もうすこし戦死者を減らせたかなと思って。ほんのすこしね……」

語尾を消してしまった後輩の肩を、キャゼルヌがたたいた。

「一杯やろうや。じつは女房が、実家秘蔵のブランデーをもたせてくれた。戦いがすんだら生還祝いにってな」

「けっこうですね。いただきましょう。それにしても、女房にもつべきは上官の娘ですか」

気をとりなおしたようなその軽口には、キャゼルヌは即答しなかった。

戦闘中にはかならずしも必要ではないが、戦闘が終わって生還する身にはかならず必要なものが、大量にはこばれてきた。装甲服《アーマー・スーツ》をぬぎすてた兵士たちが、缶ビールの大箱にとびつき、手から手へうけわたしていく。〝薔薇の騎士《ローゼンリッター》〟恒例の、これは、任務に失敗した死神をあざ笑う、生還者のささやかな行事だった。アルコールが一巡すると、歌がとびだすのも、慣例となっている。連隊長ワルター・フォン・シェーンコップ大佐が、士官のひとりに声をかけた。

「おい、リンツ」

「なんです、連隊長？」

「お前さんが卒業した専科学校に、出征する兵士が恋人と別離する歌があったろう、あれを歌ってくれ」

「『別離の夜』ですか？　あれ、お嫌いだと思ってましたが……」

「いまでも嫌いだがね」

「……なるほど、では一曲」

連隊長の心情の一端を理解したのであろう。リンツは、ひとつせきばらいをすると、歌いはじめた。豊潤《ほうじゅん》な歌声であった。画才だけにとどまらず、歌でも彼は連隊一の名手なのである。

永き別離《わかれ》に耐えかねて
この酒杯《さかずき》をあおぐかな

珠玉のごときこの一夜《ひとよ》
されば歌わん君がため

わが半生の夢さめて
過ぎにし日々を遠く見る
君が涙を溶かしては
今宵《こよい》の酒は苦かりき

リンツの歌がとまった。シェーンコップは視線をうごかして、連隊きっての歌手をにらんだ。

「なんだ、その歌は二番で終わりか?」

「いえ、まだつづきがあります」

「じゃあ歌え、最後まで」

連隊長の酔眼《すいがん》を見やって、リンツはうなずき、声調をととのえて、ふたたび歌いだした。

死地におもむく我《われ》なれば
君との未来《あす》を望みえず
あつき慕情《おもい》を葬りて

いざや歌わん君がため……

若いブルームハルトが、手にしたビール缶にむかって、ため息をついた。シェーンコップは、聴覚に残響する歌詞を反芻《はんすう》した。

「あつき慕情を葬りて、いざや歌わん君がため……」

形式が古く、しかも感傷過剰の安っぽい歌である。戦争やそれを指導する責任者にたいしての批判精神もとぼしく、男と女の感傷的な関係のレベルに社会性を埋没させてしまっている。にもかかわらず、奇妙に、人の心に共鳴を呼ぶものがあるのはなぜであろうか。

「つまりおれが安っぽい人間だからだろうな」

そう結論づけて、ワルター・フォン・シェーンコップは、缶ビールをあおった。もともと苦い液体が、泡だちつつ咽喉の内壁を流れ落ちるとき、シェーンコップの過去の一部も、ともに流れ落ちていった。

ラインハルトは部隊をひきいて、イゼルローンへ帰投しつつあった。出撃した全帝国軍が収容をすませるまで、彼と部下たちは、四半日を要塞外で待機させられた。勇戦の、これが報酬であり、彼にたいする総司令部の評価のほどがうかがえた。

「雷神《トゥール》のハンマーという、巨人的なハードウェアにたよっただけのことではないか。そんな安っぽい勝利の、どこが嬉しい」

自分がイゼルローン要塞駐留艦隊司令官であったら、〝雷神《トゥール》のハンマー〟など使用することなく、同盟軍と誇称する叛乱軍を蹴散らしていたのに、と思う。イゼルローン要塞をスクリーンごしに凝視していたラインハルトは、白い頰に静止する他者の視線を感じとって、友人をかえりみた。

「キルヒアイス、さきほどから、おれの顔を見ているが、なにか言いたいことでもあるのか」

「ご不満のように見えますので……」

「どうして不満だと思うのだ？　おれは武勲を樹《た》てたし、中将への昇進も確実だ。姉上も喜んでくださるだろう。それなのに、どうして、おれが不満そうに見える？」

ラインハルトの、友にからむ声こそが、もっとも不満そうだった。正面から対応する愚をおかさず、キルヒアイスはべつの話題をもちだした。

「ご存じですか？　来年早々にも、また叛乱軍にたいする軍事行動がおこされるそうです。今度はイゼルローン回廊に叛乱軍の進攻を許さず、こちらから先制出撃するとか」

「えらく強気だな、ミュッケンベルガー元帥も。なにか理由があるのか」

「今回の戦死者がすくなかった、と、そう言っておいでのようです」

「すくなかっただと⁉」

「四〇万人に達しませんでしたから。三〇何万かの生命、それとおなじ数の家庭です。門閥貴族たちにとっては、とるにたりぬものなのでしょう」

キルヒアイスの声に、静かな、それだけに深い憤《いきどお》りが潜んでいた。ラインハルトは、キルヒアイスの精神に、氷山を感じることがある。表層にあらわれぬ存在の、静かで、巨大で、深く、厚く、充実していることを。

「キルヒアイス、おれはこんなばかげた戦いはしない。無益に兵士たちを殺すようなことはしない。おれたちの目的を達成するためには、まったく血を流さないわけにはいかないだろうけど、無益に血を捨てたりしないことは約束する」

赤毛の若者は、はじめて微笑した。

「わかっております、ラインハルトさま。ラインハルトさまが正しく目的をお達しになれば、門閥貴族たちが平民の生命をもてあそぶこともなくなるはずですから」

「そうなる。いや、そうするさ、お前が力を貸してくれるなら、きっと、そう遠くないうちに」

ふたりの若者は、申しあわせたわけでもなく、同時にイゼルローン要塞を見やった。その内部にこもって、安全な戦いを謳歌《おうか》する者たちこそ、彼らが征服すべき真の敵であった。

この銀河系には、千億の星が存在し、千億の光を放っている。

そして、ただひとつの野望が、ただひとつの光を。

『銀英伝』にひれ伏してしまうワケ

菅　浩江

巻末解説なるものは、だいたい、その本の梗概《こうがい》を記すところからはじまる。

「正伝一巻に描かれたアスターテ会戦に先立つこと二年、薔薇の騎士《ローゼンリッター》副隊長シェーンコップは、衛星ヴァンフリート4＝2での偵察中、帝国側に寝返った元連隊長リューネブルクと邂逅《かいこう》する。帝国側でもまた、弱冠十八歳で准将となったラインハルトがリューネブルクの身辺に不穏なものを感じ、キルヒアイスと共に警戒を強めていた。内外の思惑《おもわく》が絡み合う中、戦局はヴァンフリートから第六次イゼルローン攻防戦へとなだれ込む――。若き日の主人公たちを垣間見られる、魅力に満ちた外伝第三巻」

こうして紹介をしておいてから、解説本文へ……。

さあ、困った。

これまでに解説を書いている方の何人かも「困った」とおっしゃっているが、私も実に困っている。なにしろ、天下の『銀英伝』なのだ。書籍はおろか、アニメやコミック、ムックにファンブック、さまざまな媒体で縦横無尽に語り尽くされた名作なのだ。私ごときが巻末に付すべきネタなど残っているはずもない。

中国文学のスタイルが、とか、《機動戦士ガンダム》ファーストシリーズがどうの、とか、スペースオペラなるものは、とか、引っ張ってきたくなる事象のほとんどは、すでに関係性を指摘し尽くされている。

ギョーカイ話はいくつか知っている。例えば「バレンタインデーになると、ファンから届いたチョコレートが、田中芳樹さんのところにトラック二台ぶん運ばれる」。これなんぞ聞いた時には「京都でひとつふたつ落としていってくれないかなあ」と思ったものだ。けれど、こういう噂話もきっとすでにどこかで書かれているに違いない。

なので、あとはもう、自分自身の身を売って語るしかない気がする。書き尽くされたことであろうと、指摘し尽くされたことであろうと、同業者としてスガヒロエが個人的に「悔《くや》しい！」と思う点を正直に告白することで、読者の皆様にも『銀英伝』の魅力を再確認していただこうという……。

以下、あまりにも当たり前すぎる事柄を列記する羽目になりますが、「そんなことは百も承知」と投げやらず、どうかしばしお付き合いください。

・語感が悔しい
私は語学がテンで駄目である。スペイン・イタリア・ポルトガルは聞き分けがつかないし、ぼそぼそ話すタイプの話者だとロシア語なのかフランス語なのかすら瞬時に判断できなかったりする。

しかし、勝手に親近感を覚えているのは断然ドイツ語なのだった。医薬品や理化学系、音楽関連の名称で少しは慣れ親しんでいるせいもある。それになによりも、濁音と長音と撥《はつ》音のバランスが、私の耳にはとても心地よいのだ。意味も文法も判らないけど好き、なのだから自分でも呆れてしまう。

『銀英伝』では、帝国側にドイツ語の名称が付けてあるようだ。始祖からして、ルドルフ・フォン・ゴールデンバウム。主人公からして、ラインハルト・フォン・ローエングラム（本巻ではまだミューゼル姓）。格好良さをむりやり日本語に対応させるならば、愛染覚羅溥儀《あいぜんかくらふぎ》や武者小路実篤《むしやのこうじさねあつ》という発音の重厚さに匹敵するかもしれない。

中でも私のお気に入りの名前は、ウォルフガング・ミッターマイヤーだ。みなさんも一度、騙されたつもりで実際に声に出して「ウォルフガング・ミッターマイヤー」と言ってみるといい。リズムのよさ、明瞭さ、得《え》も言われぬ重みと威厳、このひとつの名前からしてもそれらを感じはしないだろうか。

このように、ドイツ語にはハキハキした印象がある。長音と巻き舌を駆使するイタリア語や、鼻に抜ける母音を持つフランス語にはない魅力だ。現在は万国共通語めいて扱われる英語も、erやhの発音が弱くて、ドイツ語の勢いよさにはかなわない。

ドイツ語の持つ生来の力強さが、ヒットラーのプロパガンダ演説に貢献したことは間違いない。また特に日本人は、医科学が主にドイツから入ったせいで、医者や研究者を筆頭とする厳めしい人物を想像するきらいがある。要するに、ドイツ語の名称に触れるだけで、ドイツ帝国や重厚さを自然と感じ取り、書かれずとも銀河帝国なるもののイメージに重ね合わせてしまうのだ。これは、単純だが効果は絶大な仕掛けと言えよう。

オーベルシュタインやビッテンフェルトという名前を持つ人物が着用しているのなら、制服は詰め襟ふうで、肩章や勲章は仰々《ぎょうぎょう》しいだろう、と私たちは我知らず思い描いてしまう。メックリンガーやファーレンハイトという名前の人が住む家ならば、調度品はあんなふうで、料理はこんな感じで、と。いや、いくらドイツ文化を幻視してしまうとはいえ、さすがにファンの性《さが》が働いて、ラインハルトが乗馬ズボン（いわゆるガテンパンツ＝ニッカポッカ）の尻のあたりをダボダボさせて歩いているところまでは想像しなかったけれど。

翻《ひるがえ》って同盟軍は、主人公からしてヤン・ウェンリーと中国系の名前だし、ダスティ・アッテンボロー、オリビエ・ポプラン、パトリチェフ、果てはムライ、と国際色豊かだ（もちろん帝国からの亡命者である「薔薇の騎士」たちはドイツ語名のままだが）。いかにも自由惑星同《フリー・プラネッツ》盟《ツ》に集《つど》った人々という感じがよく出ているではないか。衣服もそうで、ベレー帽ひとつとっても、軍服としては略装だし、革命家のチェ・ゲバラや芸術家なども連想され、反体制や自由を象徴する心憎い演出となっている。

また「イゼルローン回廊」との名称も素晴らしい。まず、空間的特徴を「回廊」と表わすのが上品だ。イゼルローンはどうやらドイツの地名らしいが、「回廊」と繫《つな》がると「ローン」の部分の長音が「レーン」のイメージを引きずってきて拡《ひろ》がりに富むように感じる。これは、ガンダムにおいての要塞が「ア・バオア・クー」、と、ボルヘスの幻獣の名を持ってきたのに負けずとも劣らないセンスだと思う。ちなみに超兵器命名対決は「ソーラ・レイ」「グリプス2」のガンダムよりも、イメージ含有力のある「雷神《トゥール》のハンマー」に軍配を上げたい。

中国文学に詳しい田中さんだからこその字句選びが、頻出する「孺子《こぞう》」にも表われている。「金髪の小僧」という字面だと、なんとなく、ヤンキーが社会更正のために修行させられてるっぽい。「孺」には、「幼い」と同時に「柔らかい」という意味があり、果ては女性を指すのにも使われるのだから、美形のラインハルトを貶めて口にする言葉としてはやはり「孺子」のほうがぴったりくる。

これらのネーミングが、小さいが繁用される部品として『銀英伝』の世界全体を支えているのは確かだろう。

・視点の変化が悔しい

小説を書いていると、ある時点で急に、三人称つまり神の視点の難しさに気付くことがある。複数の小説家仲間から同じようなことを聞いたので、私だけの悩みというわけではないはずだ。

視点というのは小説の根幹であり、構成や演出、共感やリーダビリティといったすべての質に関わってくる。正伝七巻の解説をお書きになっている久美沙織さんの名著『新人賞の獲《と》り方おしえます』（徳間文庫）の中にも、繰り返し「視点はカメラワーク」との説明がなされているのがその証拠。ひとつのシーンの中で、「Aはこのように見ていた。Bはこう考えていた。しかしCはその時……」などと、ころころ視点（語り手）が変わるようでは目まぐるしくて駄目、という主旨だ。

私は曲がりなりにも商業出版してもらっている身なので、さすがにそこまでひどい原稿は書いていないつもりだし、少しは手慣れてきているはずだ。なのに、本当のことを言えば、書き表わし方の手法に悩むことがまだある。本来ならば神の視点で大きく描かなくてはならない場合においても、視点を変える勇気が出なくて、ずっと主人公目線《めせん》で語ってしまう傾向があるのだ。一行開けて大段落を改めたり、章を変えた時に思い切って語り手を交替させる、というのが関の山。

ところが『銀英伝』ではおそるべき滑《なめ》らかさで視点がひらりひらりと切り替わっている。また、そうでなければ英雄たちの列伝など描けはしない。

本巻の冒頭である第一章のⅠを見ていただきたい。例のごとく、ストーリー上の出来事をより先の未来からの視点で語るという方法で「ヴァンフリート星域の会戦」の歴史的位置を述べ、「この会戦に参加した銀河帝国軍の士官に」と、ラインハルトへ注目を向けている。

次に「帝国歴四八五年、宇宙歴七九四年の三月」と日付を振っておいてから、当時のラインハルトとキルヒアイスの処遇をさらりと流し、「准将とは、なんと中途半端な地位か」という段落唯一のセリフをカギ括弧《かっこ》で肉声扱いにして、歴史的なラインハルト像に血肉《けつにく》を与えておくことも忘れていない。

その上で、大段落を改め「三月二〇日」と日付をさらに明確にしつつ、「将官会議に出席しようとしたラインハルトの華麗な容姿が、ひとりの人物の視覚を刺激した。」と、視点をミュッケンベルガーに移す。語り手を変更することで、ラインハルトの外からの評価が加えられ、次の大段落で「三月二一日二時四〇分」と時刻表記までを付し、いよいよヴァンフリート会戦の概要が一気に前振りされる。巻頭でいきなり会戦の結果が表示されるというのは、歴史書に影響を受けている物語ならではの荒技だ。

「ラインハルトが冷笑するような状況は」で再び彼の名を出しておいてⅠを閉じ、しかし直後のⅡでは「ラインハルトの直接の上官は」と、グリンメルスハウゼンの人となりの記述へと引き継いでいく——。

『銀英伝』においては万事がこの調子で、語り口はけっして滞《とどこお》ることがない。

過去の歴史として物語る超俯瞰《ふかん》のカメラから、ズームアップ、独白のオーバーラップ、クロスフェイド、再びロング、と、華麗なカット割りを見せながらするすると物語が進んでいくのだ。

とかくひとりの視点にしがみついてしまいがちな私からすれば、なんと剛胆《ごうたん》な、としか言いようがない。すでにキャラクターが読者に根付いている自信が、外伝をこのような書き方にさせているのかも、と僻《ひが》みからくる悪足掻《わるあが》きで正伝一巻を見直してみると、このスタイルはすでに明らかになっていた。つまり、序章で銀河系史概略を大きく語りつつ文末にラインハルトとヤンの名を明示し、第一章のⅠはラインハルトをキルヒアイス視点で初お目見えにふさわしく内から外から描写。序章でちらりと見せた「ダゴンの殲滅戦《せんめつ》」で繋がりを保つ手堅さもある。Ⅱはそのシーンを引き取る形でアンネローゼとの過去を回想、Ⅲではバチンと視点が変わって、序章で示されたもうひとりの雄《ゆう》ヤンを、Ⅱの末尾にある「ルドルフ」に言及した歴史書を読書しているシーンでカットイン。多少突き放した三人称だが、カギ括弧付きの肉声の言い回しが彼の性格を顕著に表わしているので人物説明ぽくはない。そしてⅣではヤンの口調もむべなるかなという来歴を説《と》き——。

ああ、もう、まったく、悔しさを通り越して呆《ほう》けてしまうくらい、群像劇を作らんとする人は絶対参考にするべき非の打ち所のないカメラワークなのである。

これらの素晴らしさは、おおまかに言って三つの特徴が生み出したものに感じる。

第一は、先ほど述べた「ストーリー上の出来事をより先の未来からの視点で語る」歴史書という設定が、とてつもないアドバンテージを稼いでいるということ。「後にこう呼ばれた」という角度を変えた説明や、飽くまでもフェアな書き方で「知るよしもなかった」として読者の気を引くことができるのは、歴史書独特の手法だと思う。

第二に『銀英伝』は戦闘に彩《いろど》られているということ。第一にも関連することだが、戦闘を描く時に明確な時間進行を提示すれば、それがテロップ代わりになってくれ、「その時この人は」という言葉を使わないままに事務的なカメラ切り替えが可能になる。また、どこに何が着弾したか、どのような光景であったか、という情景描写をロングで見せることによって、一方から中立的情景描写を経《へ》てもう一方へ、という流れが利用できる。

第三に……これは確認していないから歯切れが悪くなるのだが……田中芳樹さんは非常に映像的に物事を想像する人ではないか、ということ。

例えば、本書一一九ページ、Ⅱの前後を見ていただきたい。リューネブルクを追おうとするシェーンコップが「戦斧《トマホーク》をひっさげて、混戦のもやを横切った。(改行) 否、横切りかけたとき、防御戦の一部を突破してきた帝国軍と、その動線が交錯した。」とある。その直後にⅡがはじまり、その靄《もや》の中で邂逅したキルヒアイスが、シェーンコップという名も知らぬままに視点を奪うのだ。

この切り替わり方は、まことに映像的ではあるまいか。

シェーンコップの体軀《たいく》が靄に呑《の》まれて霞《かす》んでゆき、今度はそこから歩み出る影としてキルヒアイスの目に映る。敵の詳細はヘルメットに阻《はば》まれて定かではない。キルヒアイスは、瞳を引き絞るかなにかをしたのではないかとすら思わせる場面だ。そして「一瞬の対峙《たいじ》は、激闘に直結した。」キルヒアイスが「剛柔自在の攻撃を、ついにふせぎとおし」た時、今度はシェーンコップの瞳がヘルメットの中で見開かれるイメージを読者は得る。「内心、シェーンコップは感歎を禁じ得なかった。」という文章によって。カッカッカッと短く敵味方切り替わるカメラワークが、いかにも映像カットめいている。

もう一箇所、さらに映画じみた描写もある。一八九ページ、ひとりで下宿へ戻るラインハルトがヴェストパーレ男爵夫人に遇《あ》うところだ。地上車《ランド・カー》の窓越しに手を振った男爵夫人は、そのままラインハルトの傍《そば》を通過する。カメラは彼を置いてその地上車のテールランプを追い、二街区ほど追尾した後、歩行者のひとりが挨拶を寄越すのを小さく捉えるのだ。その人こそ、のちの皇妃ヒルデガルド。おそらく私たちがこれまでに何百回となく目にしてきた映画づくりの定石が、ここで効果的に用いられている。

田中さんがどこまでカメラワークを意識して原稿を書いているのか、私には判らない。苦しんで計算して狙い澄まして、かもしれないし、何も考えずに自然とそのような選択をしているのかもしれない。どちらにせよ、結果的に世に出てきた『銀英伝』が淀みなく読める素晴らしい本であることを、ひたすらに感謝したい気持ちだ。

いくら悔しいと思っても、いくら解析めいたことをしてみても、このような大きな物語を書くことは私の手に余る。語学が駄目とか、社会や歴史が駄目とか、そういうレベルの問題以上に、まず、歴史を物語るという広い度量がない。大胆に視点を切り替える手腕が足りない。要は、自信と思い切りがない、ということだ。

よって『銀英伝』は私にとって未曾有《みぞう》のバイブルとなりうる。こういうことができる作家さんもいるんだなあ、と悔しくなる禁書でもある。

悔しい悔しいと思いながらも、自分の身の裡にはカケラもない素晴らしさに満ちているのだから、悔しさはすぐに尊敬に変わってしまう。そして、やっぱり禁書じゃなくて聖書よね、と、ついつい読み返してしまうのだ。

こんなに複雑な心境なのに、ここまでの快感を与えてくれる『銀英伝』と同時代にいる……「後に、このことを」私はどんなふうに記《き》するのだろう。今から、その振り返りをとても楽しみにしている。

本書は一九八八年にトクマ・ノベルズより刊行された。九八年には『銀河英雄伝説外伝4　螺旋迷宮《スパイラル・ラビリンス》』と合冊のうえ四六判の愛蔵版として刊行。二〇〇二年、徳間デュアル文庫に『銀河英雄伝説外伝VOL.6,7「千億の星、千億の光上・下」』と分冊して収録された。創元ＳＦ文庫版では徳間デュアル文庫版を底本とした。

著者紹介　1952年，熊本県生まれ。学習院大学大学院修了。78年「緑の草原に……」で幻影城新人賞受賞。88年《銀河英雄伝説》で第19回星雲賞を受賞。《創竜伝》《アルスラーン戦記》《薬師寺涼子の怪奇事件簿》シリーズの他，『マヴァール年代記』『ラインの虜囚』『月蝕島の魔物』など著作多数。

検印
廃止

銀河英雄伝説外伝3
千億の星、千億の光

2009年2月27日　初版
2023年2月3日　12版

著者　田《た》中《なか》芳《よし》樹《き》

発行所　（株）東京創元社
代表者　渋谷健太郎

162-0814/東京都新宿区新小川町1-5
電話　03・3268・8231-営業部
　　　03・3268・8204-編集部
URL　http://www.tsogen.co.jp
振替　00160-9-1565
DTP　フォレスト
暁印刷・本間製本

乱丁・落丁本は，ご面倒ですが小社までご送付ください。送料小社負担にてお取替えいたします。

ISBN 978-4-488-72513-6　C0193